碧血黃金系列
短刀行
上
豪門
于東樓
武俠經典珍藏版
6

目錄

前曲

揚州小孟是個絕頂聰明的人。

他反應快，模仿力強，卻從不自作主張去做不切實際的事，所以他平生無大志，只想繼承祖業，做一個比他歷代祖先更加出色的大廚師。

他的父親、祖父、曾祖父，都曾經是享譽大江南北的名廚，以此類推，再上幾代也極可能是這一行業中的佼佼者。

由於他在這一行業中的顯赫家世，當他父親過世之後，他很順利便成了「江南第一名廚」杜老刀的門下。

在杜老刀嚴格的教導下，他整整苦修了十年才出師。十年的日子雖不算短，但他卻絕對是眾多同門中學藝最短、出師最快的人。

不料就在他出師的第一天，當他躊躇滿志的端著最後一道菜，親自走出謝客的時候，一件意想不到的變故突然降臨到他頭上。

也正因為這個變故，不但改變了整個武林的情勢，也改變了他本可平淡度過的一生……

第一回　冷月千秋關

更深，夜靜。

淒清的月色淡淡照在青石板鋪成的大街上。大街上空無一人，只有街尾「大關客棧」的招客燈籠仍在夜風中搖晃。

「大關客棧」是千秋關唯一的客棧，而千秋關也並非大關口，只不過是皖浙交界處的一個小鎮甸。平日旅客少得可憐，往常到了這個時刻，早已收燈就寢，可是今天卻有點反常，不僅店門未關，店裡的伙計還不時探首門外張望，似乎正在等待著什麼人。

如此深夜，還有誰會路經如此荒僻的地方？

忽然間，一陣急驟的馬蹄聲響遙遙傳了過來，十幾匹健馬轉眼便已衝入鎮內，踏過沉寂的大街，同時勒韁在客棧門前。

但見健馬昂嘶，人影落地，十幾名青衣大漢目光一起落在那名迎接出來的伙計臉上。

那名伙計什麼話都沒說，只伸出三個指頭朝上一比，立刻有幾名大漢腰身一擰，便已縱上了樓簷。

為首一個四十出頭的矮胖子也推開那名伙計，帶領著其他幾個人一陣風似的衝進店門，直撲樓上，抬腳便將天字三號房門踹開來。

房裡燈光晃動，燈下一個背門而坐的年輕女子卻動也沒動，只專心在刺繡，連頭都沒有抬一下。

躺在床上的一個老人，反倒將身子往上挪了挪，半靠半坐的倚在床頭，滿臉驚愕的望著那個矮胖子。

那矮胖子一見那老人的臉孔，急忙倒退兩步，冷笑道：「我當哪個有這麼大的膽子，原來是『千手如來』解老爺子。」

「千手如來」解進是武林中數一數二的暗器名家，他的女兒解紅梅也是此道中的高手，難怪其他那幾個人聽得也跟著那矮胖子連連倒退。還有一人已退出門外，一副隨時準備開溜的樣子。

解進卻雙手藏在被裡，一點動手的意思都沒有，只輕輕嘆了口氣，道：「老夫的膽子一向不大，從來不敢惹是生非，這次不知何故驚動了『青衣樓』，又有勞『矮判官』孫舵主大駕親臨，實在罪過得很。」

那矮判官雙手一翻，一對百煉精鋼的判官筆已護在胸前，厲聲喝道：「姓解的，你少跟我裝模作樣，老子沒空跟你閒扯，說！人呢？」

解進道：「什麼人？」

矮判官一字一頓道：「沈玉門。」

解進大吃一驚，道：「沈二公子？」

矮判官道：「哼！」

一旁的解紅梅也聞之動容，道：「沈二公子還沒有死？」

矮判官道：「無論是生是死，我都要把他帶回去。」

解進哈哈大笑道：「孫舵主，不要開玩笑了，如果沈二公子真的沒有死，憑你們這幾個人，就能把他帶回去嗎？」

解紅梅緊接道：「就是嘛！連你們少總舵主都不是人家的對手，憑你，行嗎？」

矮判官冷笑一聲，突然喝道：「馬成！」

那名已退出門外的大漢，身形猛的一顫，道：「屬下在。」

矮判官甩首道：「過去看看他們有沒有把人藏在床底下！」

那名叫馬成的大漢「鏘」的一聲，鋼刀先抓在手裡，然後才戰戰兢兢的走進來，剛剛走到矮判官身旁，只覺得腳下一浮，身體已被矮判官拋起，直向躺在床上的解進飛去。

其他人也個個兵刃出鞘，一起撲向那張床。

只見矮判官雙筆一分，上取解紅梅那張俏麗的臉蛋，下點她微微聳起的酥胸，似乎非一舉置她於死地不可。

解紅梅年紀雖輕，江湖經驗卻極老到，足尖一挑，身下的木凳已然飛出，剛好將矮判官的攻勢阻住，手中一把鋼針卻向窗外打去。

窗外連聲慘叫中，已有幾個人栽下樓去，但仍有一名大漢破窗而入，對著解紅梅的腦袋就是一刀，動作剽悍已極。

解紅梅身子往後一仰，腳撥那持刀大漢下盤，兩手暗器又已接連打出，左手的菩提子打向床鋪，右手的弩箭直射矮判官的雙足。

慘叫之聲又起，撲向解進的那幾名大漢紛紛栽倒，矮判官卻在這時陡然翻起，雙筆狠狠地刺入床上隆起的棉被中。

房裡所有的打鬥頓時停頓下來，每個人都吃驚的瞪著幾乎整個撲在床上的矮判官，被裡那人也驚駭萬狀的望著他，但卻不是「千手如來」解進，竟然是剛才被他拋出去的馬成。

解進這時卻已站在馬成原來準備開溜的地方，哈哈大笑道：「孫舵主，你未免也太狠了，怎麼六親不認，連自己的屬下都痛下毒手？」
矮判官吭也沒吭一聲，矮胖的身體已像木樁一樣，整個僵在那裡。
解進走近來仔細一瞧，也不禁整個僵住了。
原來也不知道什麼時候，一柄烏黑的長劍穿牆刺入，劍尖剛好刺進了矮判官的咽喉。
隨同矮判官前來的「青衣樓」大漢，只剩下三個人還站在房裡，但已個個刀頭下垂，面露驚惶之色。
解進凝視了三人一陣，才咳了咳，道：「如今孫舵主已被刺身亡，你們三位何不高抬貴手，放我們父女一馬？」
那三名大漢相互望了一眼，同時似點頭似哈腰的哆嗦了一下。
解進即刻道：「多謝三位網開一面，回去務請上轉你們的蕭樓主，孫舵主雖然死在解某房中，人可不是我父女殺的，這筆帳可不能記在我們頭上。」
那三名大漢急忙答應。
解進又道：「還有，解某並沒有藏匿任何人，我想一定是傳遞給你們消息的人搞錯了。」
那三名大漢連忙點頭，好像他說什麼都是對的。
解進走到床邊，將垂下的被單撩開，道：「你們最好看清楚一點，回去也好跟上面交代。」

那三名大漢只有硬著頭皮，彎腰朝床下瞧了瞧。

就在這時，那柄穿透牆壁的長劍猛然收了回去，矮判官的屍身被帶得往前一撲，雙腳整個懸起，頓時嚇了那三人一跳，慌不迭的退到門口，卻沒有一個人趁機衝出房門。

解進笑笑道：「三位可以請了。」

那三名大漢連連點頭，腳下竟動也不動。

過了半晌，其中一人才指指那扇破碎的窗戶，囁嚅著道：「我們可以從那邊走嗎？」

解紅梅身子往旁邊一讓，道：「請！」

但見燈影輕搖，三名大漢飛快的自破窗魚貫而出，轉瞬間馬蹄聲已遠去。

解紅梅這才移步解進跟前，輕聲道：「爹，方才的那口劍，我愈想愈像青城韓二俠的寒鐵劍。」

解進沒有回答，只朝門外指了指。

門外果然有個人應道：「解姑娘不但暗器手法妙絕，眼力也高人一等，實在令人佩服。」

說話間，一名面蓄短鬚的中年人閃身走了進來。

解進哈哈一笑，道：「難怪那三人不敢出去，敢情是霍大俠堵在外面。」

原來這個中年人正是名滿武林的「青城四劍」之首，人稱「君子劍」的霍天義，解紅梅剛剛提到的韓二俠，便是「霹靂劍」韓昌。

霍天義匆匆掩上房門，先向解進父女施了一禮，才道：「兩位受驚了。」

解進微微一怔，道：「青衣樓找的莫非是你們弟兄兩個？」

霍天義道：「不是兩個，是四個。」

解進皺眉道：「你們怎麼把青衣樓給得罪了？」

霍天義道：「方才兩位不是已聽矮判官說過了嗎？」

解進霍然動容，道：「真的是為沈二公子？」

霍天義點點頭，而且還嘆了口氣。

解紅梅忍不住插嘴道：「沈二公子真的沒有死？」

霍天義道：「還沒有死，不過傷勢卻很嚴重。」

說到這裡，又是一聲沉嘆，道：「我們弟兄也知道青衣樓萬萬得罪不得，可是碰到這種事，我們能袖手不管嗎？」

解紅梅立刻道：「當然要管。」

解進也不禁嘆了口氣，道：「當然要管……問題是怎麼個管法？」

霍天義道：「本來以我們弟兄四人的能力，把他悄悄送回金陵也並非難事，只可惜他的傷勢太重，非立即治療不可，所以我們才不得不鋌而走險，跑到青衣第三樓的勢力範圍裡來……」

解進截口道：「你們莫非是來找梅大先生的？」

霍天義道：「不錯。」

解進搖頭道：「你們能想到梅大先生，青衣樓的人也會想到，說不定你們趕到那裡，人家早就佈好陷阱等著捉人了。」

霍天義道：「沒法子，因為除了梅大先生之外，我們實在想不出還有誰能醫治如此嚴重的傷勢。」

解進沉吟了一下，道：「但不知沈二公子的傷勢，究竟嚴重到什麼程度？」

霍天義唏噓道：「只不過比死人多了一口氣而已。」

解紅梅忽然道：「你能不能帶我爹去看一看，也許可以想辦法先把他的傷勢穩住。」

霍天義神情一振，道：「解大俠莫非也精通醫道？」

解進淡淡道：「精通可談不上，刀頭舐血的日子過久了，多少總能學到幾手。」

霍天義卻毫不遲疑道：「二位請跟我來！」

話剛說完，人已到了門外。

×　×　×

床上果然躺著一個只比死人多一口氣的年輕人。

昏暗的燈光照著他蒼白得可怕的臉，所有的血色已全都染在他的衣服上。

他的衣著雖已髒亂不堪，但仍可看出十分考究。他的臉色雖已了無生氣，但看上去仍然英氣逼人。

解紅梅不由多看他幾眼，道：「這人真的就是鼎鼎大名的沈玉門沈二公子？」

身後立刻有人答道：「絕對錯不了！別說他的人還完整無缺，就算只剩下一條膀子，我也絕對不會認錯。」

說話的是「霹靂劍」韓昌，趕過來挽起那人左袖的，卻是人稱「閃電劍」的三俠方烈。

他指著那人左臂上一道尺許的傷痕，道：「這條刀疤，就是為我們青城派留下來的痕跡。」

霍天義一旁感嘆道：「不錯！那年若非沈二公子趕來增援，我青城派只怕早就在江湖上除名了。」

韓昌大聲接道：「而且欠他們沈家的，並不只是我們青城一派，中原各大門派幾乎都受過人家的好處，尤其是少林那些和尚……當年沈大公子如非為他們身負重傷，也不會如此英年早逝，金陵沈家的聲勢也不至於像如今這麼單薄了。」

方烈也長嘆一聲，接道：「那當然，如果沈大公子不死，哪還有他青衣樓囂張的份！」

解紅梅又忍不住道：「沈大公子之死，對武林的影響真有這麼大嗎？」

方烈道：「怎麼沒有？倘若他還活在世上，至少各大門派不會像一盤散沙一樣，個個閉關自守，任由青衣樓那群敗類胡作非為。」

霍天義立即道：「所以這個人我們無論如何不能讓他死掉，否則這世上就再也沒有人可以影響武林各大門派了。」

解紅梅聽得臉蛋都急紅了，急忙拽著解進的袖子，道：「爹，你就趕快救救他吧！這個人是死不得的。」

解進輕叱道：「不要吵，妳沒看到我正為他把脈嗎？」

解紅梅果然不再言語，霍天義弟兄三人也個個屏息以待，神色一片凝重。

解進這時的神態，反而顯得有些不太安定，原來微微閉起的雙眼忽然睜開來，目光裡充滿了驚奇之色。

解紅梅一旁急急道：「怎麼樣？還有沒有救？」

解進理也不理她，只匆匆將那人的衣襟撩了起來，喊了聲：「燈！」

解紅梅急忙將燈端過來，一張俏臉卻整個撇開，漲得比那人血跡斑斑的胸膛還要紅。這時每個人的注意力都集中在那重傷的年輕人身上，誰也不會留意到解紅梅的嬌羞之態。

解進更是全神貫注在那人傷口上，仔細的察看許久，才道：「你們給他敷的是什麼藥？」

霍天義道：「不瞞解大俠說，我們不知道是什麼藥，這是沈二公子自己帶在身上的，我們只是替他敷上去而已。」

解進道：「在你們發現他的時候，他的傷口上是不是已經敷了藥？」

霍天義道：「當然敷了，我們發現他不過才三天，而他跟青衣樓的衝突，卻是半個月之前的事，如果當時沒有敷藥，哪裡還能活到現在！」

解進指著那年輕人一條自右肩一直延伸到右腹的刀口，道：「各位請看，像這種傷勢，他自己怎麼還能夠敷藥呢？」

霍天義皺眉道：「對啊！我想前面那十幾天，一定有人在旁照顧他。」

解進道：「而且一定還是個精通醫道的人。」

霍天義想了想，道：「可能。」

解進道：「可是人呢？他總不至於管到一半就跑掉，除非他有意把這副擔子甩給你們四位。」

霍天義又將眉頭緊皺起來。

原本守在門旁的韓昌忽然走上來，道：「咱們何必為過去的事傷腦筋！眼前最要緊的是怎麼讓他在見梅大先生之前，傷勢不再惡化。」

方烈即刻接道：「二哥言之有理，總之無論如何，咱們也得把沈二公子這條命保住。」

霍天義道：「對！就算拚著咱們四條命不要，也得叫沈二公子活下去。」

解進嘆了口氣，道：「這麼一來，恐怕就不止四條命了。」

解紅梅毫不猶豫道：「六條。」

解進道：「不錯！為了這六條命，我不得不再慎重的請教各位一句，這個人當真是沈玉門沈二公子嗎？」

方烈馬上將那年輕人少許搬動了一下，指著他後腰上的一道疤痕道：「解大俠請看，這一條就是他去年獨闖『神龍教』總壇所負的傷。那一戰曾經震驚江湖，不知賢父女有沒有聽人說過？」

解進默然不語，解紅梅卻在拚命的點頭。

方烈又撩起那人的褲腳，露出一塊淡紅色的傷疤，道：「這一塊便是蜀中唐三姑娘的傑作，雖然只是兩人之間的一點小衝突，但當時卻也轟動得很。」

解紅梅沒等他說完，便已「噗哧」一聲笑了出來。

方烈又道：「解大俠可曾聽說過沈二公子獨戰秦嶺七雄那檔子事？」

解進終於開口道：「那是沈二公子成名之戰，我曾聽很多人提起過。」

方烈隨手一拽，已將那人腰帶鬆開，剛剛掀起褲腰，又急忙蓋住，似乎直到此刻才發覺解紅梅的存在。

解紅梅粉臉又是一陣發燒，忙不迭的把油燈往解進手中一塞，轉身跑到窗口，背對著眾人在窗臺上坐下來。

方烈這才又揭開那人褲腰，往裡一指道：「你看小腹上的那道劍痕，便是那時留下來的，雖然害他躺了足有半年之久，卻也使他名聲大噪，同時也讓武林同道慶幸金陵沈家後繼有人。」

霍天義緊接道：「而且我們四弟也正因為目睹那場血戰，方知人外有人，天外有天，因此才重返師門，痛下苦功。我的劍法能有今日的小成，也可以說完全是沈二公子所賜。」

方烈雙手一攤，道：「試想憑他身上這些安不上也取不掉的標記，還不能證實他的身分嗎？」

解紅梅遠遠的搶著道：「當然能，這人毫無問題，一定就是沈二公子。」

解進道：「但願他是，否則咱們這六條命就丟得太不值得了。」說著，忽然高舉油燈，詫異道：「咦，郭四俠呢？」

原來直到現在，他才發覺房裡少了個人。

霍天義即刻說道：「天未亮時，我就派他去請梅大先生了，但願他能碰得到人。」

方烈略顯不安的接道：「無論能不能碰到人，現在也該是回來的時候了……」

話沒說完，坐在窗臺上的解紅梅突然叫道：「有人進來了，我看八成就是郭四俠！」

韓昌立刻開門迎了出去。

過了一會，果然見他帶著一個體型魁梧的漢子走進來，那人正是青城四俠中，劍法最高、年紀最輕的「追風劍」郭平。

霍天義迫不及待道：「事情辦得怎麼樣？」

郭平未曾開口，便先嘆了口氣，才道：「這條路是走不通了。」

霍天義一怔，道：「連沈二公子的事，他都不肯來？」

郭平道：「並非梅大先生不肯來，而是在三天前他就遇害了。」

霍天義身形猛的一顫，道：「什麼？你說梅大先生已經死了？」

郭平黯然道：「不錯。」

霍天義倒退兩步，失魂落魄的跌坐在一張板凳上，再也講不出話來。

韓昌卻大吼起來，道：「青衣樓簡直瘋了！對梅大先生這種人，他們居然也下得了手！」

方烈長嘆一聲，道：「如此一來，沈二公子這條命恐怕也完了。」

解進忽然道：「還沒有完。」

眾人聽得全都閉上了嘴巴，每個人都兩眼直直的望著他。

解進道：「梅大先生的遇害，固然是武林一大損失，但對這個人的生死卻毫無影響。」

霍天義怔怔道：「為什麼？」

解進道：「因為……他身上所敷的藥，就是梅大先生的『雪蓮生肌散』。」

霍天義頓時從板凳上彈起來，衝到床邊，在那年輕人傷口上嗅了嗅，道：「咦？他身上怎麼會帶著梅大先生視若性命的武林聖藥？」

解進沉吟著道：「如果我所料不差，在你們之前照顧他的那個人，極可能就是梅大先生。」

霍天義一面點頭，一面道：「這麼說，沈二公子這條命是有希望了？」

解進道：「那就得看我們能不能把他安全的交到沈家手上了。」

眾人聽得不約而同的垂下頭，好像都在思考這個問題。

就在這時，坐在窗臺上的解紅梅突然道：「咦，他們急著往外搬東西幹什麼？」

霍天義急忙跑到窗邊，朝外瞄了一眼，道：「不好！他們要放火。」

韓昌大叫起來，道：「這批傢伙也太沒人性了！我們索性先殺他個片甲不留再說！」

說完，轉身就想衝出去。

霍天義喝道：「不可衝動！」

韓昌只得停住腳，道：「除此之外，還有什麼辦法可行？我們總不能白白燒死在裡邊吧！」

霍天義道：「稍安勿躁，且讓我先跟解大俠商量一下，再作打算。」說著，大步走到解進面前，突然跪倒在地，道：「解老前輩，晚輩弟兄有一事相求，務必請你老人家應允。」

那三人一聽，也同時跪了下來。

解進慘笑道：「你這一稱晚輩，我這條老命只怕已經去了八成。」

霍天義忙道：「晚輩情非得已，還請你老人家包涵。」

解進指著床上那人，道：「你是不是想把這個燙手的山芋塞給我？」

霍天義尚未來得及回答，解紅梅已搶著道：「爹，他不是山芋，他是沈玉門沈二公子啊！」

解進沉嘆一聲，道：「好吧！就算他是沈玉門，你們把他交給我之後，是不是打算出去跟青衣樓那批人拚了？」

霍天義立刻道：「晚輩還不至於那麼愚昧，晚輩只想以身作餌，設法把青衣樓的人引開，好讓你老人家把他帶到安全的地方。」

解進道：「你不要想得太天真，青衣樓那批人詭詐得很，你想把他們引開，恐怕並不是一件容易的事。」

霍天義道：「如果晚輩把隔壁的死人帶一個出去，或許可以騙過些人。」

方烈附和道：「對，找個體型差不多的，把沈二公子的衣服往他身上一穿，哪怕眼力再好的人，也很難分辨出真假。」

解紅梅一旁讚道：「這個辦法不錯，爹，你說是不是？」

解進只好點點頭，道：「嗯，的確不錯。」

解紅梅道：「那你還遲疑什麼？再拖下去，他們真要放火了。」

解進又遲疑了一陣，方道：「你們儘跪在這裡幹什麼？還不趕快動手準備！」

霍天義神情一振，道：「您老人家答應了？」

解進嘆了口氣，道：「事到如今，我不答應，行嗎？」

霍天義等人一走，樓下那些忙著往外搬東西的人手即刻停了下來。

解紅梅急忙轉回天字三號房，將隨身衣物很快就收拾妥當，一副馬上要走的樣子。

解進卻不慌不忙的把換下來的那套青衣樓大漢的衣服穿在那年輕人身上，然後竟抱著那年輕人走回三號房裡，隨手把他扔在地上。

解紅梅大吃一驚，道：「爹，你這是幹什麼？」

解進道：「把屍首集中，好等著他們來清點人數。」

他一面說著，一面從另一具屍體上弄了點血跡，塗抹在那年輕人臉上。

解紅梅蹙眉道：「何必再多費手腳，現在一走了之，豈不省事得多？」

解進道：「如果現在出去，不出半個時辰，就會落在他們手裡。」

解紅梅道：「何以見得？」

解進道：「我方才不是說過麼，青衣樓這批人詭詐得很，想騙過他們，就非得做得天衣無縫不可。」

說話間，門外已響起了腳步聲，只見剛剛替青衣樓指路的那名伙計，鬼鬼祟祟的走進來，朝地上掃了一眼，道：「咦！怎麼少了一個？」

解進立刻把棉被一掀，道：「在這裡。」

那伙計道：「這小子倒會選地方，死都要死得比別人舒服。」

解進沒答腔，一隻手卻已伸進懷裡。

那伙計急忙擺手道：「你老人家不必向我下手，我只不過是名小伙計而已。」

解進慢慢地把手掏出來，手裡已多了錠白花花的銀子，和顏悅色的望著那伙計，道：「你不要緊張，我只是賞你點銀子，請你替我們換個房間，這房間我們是住不下去了。」

那伙計喜出望外的接過了銀子，道：「那好辦，天字號房統統都空了，隨便你們住哪一間。不過你們最好明天一早趕快離開，縣裡的官差可難打發得很，萬一被他們碰上就麻煩了。」

解進道：「多謝關照，天一亮，我們就上路。」

那伙計道：「那就再好不過了，明天早晨我不在，不過，我會交代櫃上到時把你們叫醒……」說著，目光色迷迷的在解紅梅身上轉了轉，道：「要不要幫你們僱輛車？」

解進忙道：「那倒不必，我們是窮人，哪裡僱得起車？」

他嘴裡說得寒傖，卻又取出錠銀子塞在那伙計手裡。

那伙計這才一步一哈腰的退出房去，臨出門還在解紅梅微微聳起的酥胸上死盯了一眼。

解紅梅狠狠地啐了一口，道：「這個死王八蛋，我真恨不得給他一刀！」

解進急忙探首門外瞧了瞧，道：「妳若真給他一刀，我們父女就再也離不開千秋關了。」

解紅梅忿忿道：「我就不相信憑青衣樓那些嘍囉，就能攔得住我們。」

解進指著地上那年輕人道：「就算我們闖得出去，可是這個人怎麼辦？我們總不能把他丟在這裡不管吧？」

解紅梅不講話了，臉上的怒氣也頓時消失得無影無蹤。

解進看得眉頭一皺，道：「梅兒，妳今年幾歲了？」

解紅梅道：「十九了……我是說再過幾個月就十九了，爹突然問我的年齡幹嘛？」

解進道：「老實告訴爹，這些年來，妳的心裡有沒有喜歡的人？」

解紅梅不假思索道：「有。」

解進嚇了一跳，道：「是誰？妳怎麼從來沒有跟我提起過！」

解紅梅「噗嗤」笑道：「就是爹呀！做女兒的喜歡爹，難道還要每天掛在嘴上不成？」

解進鬆了口氣，道：「妳不要胡扯，我是問妳除了爹之外，有沒有其他男人？」

解紅梅俏臉一紅，道：「當然沒有！自從娘死了之後，我跟爹就沒有一天離開過，如果有，爹還會不知道嗎？」

解進長嘆一聲，道：「日子過得真快，轉眼妳都快二十了。」

解紅梅道：「可不是嘛！這些年爹也顯得老多了。」

解進憐惜的望著解紅梅，道：「爹幾乎忘了妳已經長大成人了，等這次事了之後，如果我父女還有命在，爹一定想辦法給妳張羅個合適的婆家……」

解紅梅截口道：「我不要嫁，我要一直陪著爹跑江湖。」

解進苦笑道：「那怎麼可以！妳總不能為了陪爹跑江湖，把自己的終身大事都給耽誤了。」

解紅梅跺腳道：「我說不嫁就不嫁！我絕不能留下爹孤零零的一個人在江湖上受苦。」

解進只好點頭道：「好，好，那是後話，暫且不提也罷，咱們且先搬到最後那間房去再說。」

解紅梅急道：「爹，別搬了，還是趕快走吧！」

解進道：「妳不要著急，時間還充裕得很，妳先用燈光把外面的眼線幫我引過去，我好趁機溜出去探探情況……也好順便找個可以隱藏這個人的地方。」說著，足尖還在那年輕人頭上撥了撥。

解紅梅緊張叫道：「爹，你不要忘了，他是沈二公子呀！」

解進淡淡道：「我知道，所以我才儘量想辦法把他安全的帶出去。」

解紅梅不再多說，左手拎起包袱，右手端起油燈，毫不遲疑的走了出去，走到隔壁門前，腰身一擺，已將房門擠開，高舉著油燈朝裡照了照，然後又轉到第三間，又將房門擠開來，同時手裡的油燈又高高的舉起。

如此一路照下去，直走到最後一間，才將油燈擺在床頭的一張茶几上，隨手把包袱往桌上一甩，人又飛快的衝回了天字三號房。

房裡的解進早已不見，只有那年輕人依然躺在幾具屍體中間。

暗淡的月光從破窗子斜照進來，將房裡映照得朦朦朧朧，如真似幻，也憑添了不少恐怖氣氛。

解紅梅當然有點害怕，但她還是壯著膽子，將那年輕人從幾具屍體中抱起，小心翼翼的轉出房門，穿過漆黑的通道，直奔最後那間房。

夜色更深，窗外更加寧靜，只有夜風不時吹動著窗紙，發著「啵啵」的輕響。

解紅梅呆呆地端坐在床前，手裡依然做著針線，卻再也不像先前那麼專心，目光不時在緊閉的門窗上掃動，一臉焦急之色，顯然是在擔心解進的遲遲不返。

那年輕人已被她安置在床上，臉上依然血跡斑斑，神態卻極安詳。

遠處隱隱傳來了幾聲更鼓，已是三更時分。

解紅梅終於忍不住放下女紅，站了起來，剛想走到窗口去瞧瞧外面的動靜，忽然覺得下擺被什麼東西扯動了一下，急忙低頭一看，不禁大吃一驚，原來正有一雙眼睛在緊緊地盯著她。

床上那年輕人也不知何時清醒過來，方才扯動她下擺的，正是那人垂在床邊的一隻手。

解紅梅撫胸喘喘道：「你醒了？」

那年輕人嘴巴翕動了半晌，才說了一個字：「水。」

解紅梅趕緊把桌上的水壺提過來，小心的將壺嘴送到他口中。

那年輕人一口氣喝下了大半壺，才將頭撇開，卻無意間觸動了傷口，頓時大叫一聲，道：「哇！痛死我了！」
解紅梅忙道：「你受了傷，千萬不要亂動。」
那年輕人呆了呆，道：「怎麼搞的，我怎麼會突然受了傷？」
解紅梅道：「你在青衣樓數十名高手的追殺下，只受了點傷，已經是不幸中的大幸了。」
那年輕人茫然道：「青衣樓我是聽說過，那些人都厲害得不得了，可是……他們為什麼要殺我？」
解紅梅苦笑道：「你殺了他們少總舵主，他們當然要殺你。」
那年輕人急道：「這是哪個胡說的？我雖然每天手不離刀，卻從來沒有殺過人。」
解紅梅不由楞住了。
那年輕人斜著眼睛端詳了解紅梅一陣，道：「妳是不是青衣樓的人？」
解紅梅道：「當然不是，如果我是青衣樓的人，你還醒得過來嗎？」
那年輕人點點頭，道：「那麼妳是誰？」
解紅梅俏臉一紅，道：「我姓解。」
那年輕人十根手指同時動了動，道：「螃蟹的蟹？」
解紅梅失笑道：「二公子真會開玩笑，哪有人姓螃蟹的蟹？我姓的是下面沒有虫的那個解。」

那年輕人恍然道：「我知道了，妳姓的是羊角解。」

解紅梅怔了怔，道：「什麼羊角解？」

那年輕人道：「一個羊肉的羊，再加上一個菱角的角，不正好是妳的那個解字嗎？」

解紅梅「噗哧」一笑，道：「看樣子，你好像是餓了？」

那年輕人道：「我已經餓扁了。」

解紅梅忍笑解開包袱，取出一袋乾糧，同時也露出了一柄短刀。纏繞在刀柄上的猩紅絲繩，在燈光下顯得格外耀眼，那年輕人忍不住多看了幾眼。

解紅梅道：「那是我防身用的兵刃，是不能吃的，能夠充饑的只有這袋乾糧，你就先墊一墊吧！」

說著，抓了把乾糧送往那人嘴裡。

那年輕人邊嚼邊道：「原來這裡不是妳的家！」

解紅梅黯然道：「我沒有家。」

那年輕人含含糊糊道：「那麼這是什麼地方？」

解紅梅道：「這裡是千秋關的『千秋客棧』。」

那年輕人嘴巴停了停，道：「千秋關？」

解紅梅道：「不錯。」

那年輕人道：「離揚州遠不遠？」

解紅梅道：「遠得很，少說也有五百里。」

那年輕人「咕」的一聲，硬把口裡的乾糧嚥了下去，叫道：「我的媽呀！我怎麼跑到這麼遠的地方來了？」

解紅梅道：「是青城四劍帶你來的。」

那年輕人皺眉道：「什麼青城四劍？」

解紅梅眉梢也微微蹙動了一下，道：「就是青城派第七代弟子中的四名俗家高手，難道你連這四個人都沒有聽說過？」

那年輕人搖頭，渾然不解道：「他們把我帶到這裡來幹什麼？」

解紅梅道：「來找梅大先生替你醫傷，梅大先生是武林中有名的神醫……可惜現在已經死了。」

說到這裡，不禁悠悠地嘆了口氣。

那年輕人眼睛一眨一眨的又呆望她半晌，才道：「原來妳說的都是些武林人物，那就難怪我對他們一無所知了。」

解紅梅也呆了呆，道：「我爹爹也是武林人物，江湖上都稱他為『千手如來』解進。這個人，你有沒有耳聞？」

那年輕人依然搖頭。

解紅梅俏臉一沉，忿忿道：「你沈二公子高高在上，當然不會把這些小人物看在眼裡，可是你知道麼？這些小人物現在卻都在替你賣命啊！」

那年輕人忽然撐起身子，道：「等一等、等一等……妳方才叫我什麼？」

解紅梅道：「沈二公子。你不是沈玉門沈二公子嗎？」

那年輕人道：「難怪我們說起話來格格不入，原來是妳認錯人了。」

解紅梅跳起來，道：「什麼？你不是金陵沈家崗的沈二公子？」

那年輕人咧嘴乾笑道：「我當然不是，我從未到過金陵，而且我也不姓沈……」

解紅梅截口道：「那你是什麼人？」

那年輕人神色自負道：「我姓孟，人家都叫我揚州的小孟。」

解紅梅失聲叫道：「你胡說！你一定在騙我。」

那年輕人急道：「我沒有騙妳，我在揚州也是個小有名氣的人，不信妳可以到瘦西湖附近去打聽。」

解紅梅一個失神，手中的乾糧「嘩」的一聲，整個撒在地上。

她一面後退，一面搖著頭道：「我不要去瘦西湖，我也不要去打聽，我根本就不相信你的鬼話，我認定你就是沈二公子。」

那年輕人瞧著滿地的乾糧，嘆了口氣，道：「或許我長得很像什麼沈二公子，可是我真的不是他……」

話沒說完，突然「砰」的一響，房門已被人撞開，但見一條黑影疾若閃電般的竄了進來，手中長劍一挺，對準床上那年輕人就刺。

解紅梅反應極快，想都沒想，隨手抽出桌上那柄短刀，頭也沒回便狠狠地甩了出去。

只聽那黑影悶哼一聲，人已栽倒床前，但他手上那柄利劍卻已刺進了床頭的枕頭，幸虧那年輕人機警，身子一縮，已滾到床角邊。

幾乎在同一時間，解進也陡然自窗口出現，腳未著地，暗器已如雨點般打出，硬將想陸續衝入的人給逼出門外，足尖在地上一點，龐大身軀已落在床邊，一把便將年輕人抱了起來，扭頭衝著一旁的解紅梅喝道：「還不快走！」

解紅梅雙腳動也不動，只凝視著插在枕頭上的那柄利劍，道：「爹，那不是韓二俠的寒鐵劍嗎？」

解進頓足嘆道：「韓昌和方烈都已被殺，咱們再不走，也要跟著他們去見閻王了。」

說話間，又是一把暗器打出，門外的人剛想衝入，又被嚇了回去。

解紅梅立刻收起了短刀，也拔起了那柄寒鐵劍，回首望著解進，道：「從哪邊走？」

解進沒有回答，抬腿踢出一張板凳，將窗戶砸了個粉碎，人也跟著飛出了窗外。

解紅梅卻倚著窗口在等，直等到那柄寒鐵劍貫穿了第一個衝進房門的大漢胸膛，她才從容不迫的自破窗中躥了出去。

在青衣樓高手的追逐下，三人在暗巷內閃躲了大半個時辰，才竄進鎮尾一間黑漆漆的穀倉裡。

解進將那年輕人往稻草堆裡一丟，揮汗如雨道：「幸虧追趕霍天義和郭平的那些人還沒有回來，否則，咱們父女早就完了。」

解紅梅喘喘道：「咱們父女死不足惜，這個人，咱們非得想辦法把他救出去不可。」

解進道：「直到現在，妳還想捨命救他嗎？」

解紅梅道：「當然想。如果我們現在罷手，怎麼對得起剛剛死掉的韓二俠和方三俠？」

解進道：「還有梅大先生，我想這個人一定是他最後的傑作。」

解紅梅道：「最要緊的還是整個武林。如果沒有金陵沈家，今後武林的局面，實在讓人不敢想像。」

解進緩緩地點了點頭，忽然道：「有一件事，我覺得非常奇怪，怎麼想都想不通。」

解紅梅道：「什麼事？」

解進道：「這個人雖然沒有武功，可是卻有一雙使刀高手的手掌，梅大先生縱然妙手無雙，但掌中那些老繭和腕上的筋肉，卻是無法做上去的。」

解紅梅立刻抓起了那年輕人的手，那隻手忽然也緊緊地抓住了她，雖然穀倉裡很暗，但她的臉孔仍覺一陣發燒。

只聽那年輕人呻吟著道：「你們不要管我，趕快走吧！免得丟掉性命。」

解進輕哼了一聲，道：「聽他的口氣，倒有點像沈家的人。」

解紅梅摸著那年輕人的手掌，道：「也許他真的是沈二公子，他只是不願意承認罷了。」

解進嘆了口氣，道：「其實他無論是不是真的，現在說來都已同樣重要，因為他即使沒有沈玉門那套天下無敵的刀法，至少也可以暫時維持金陵沈家在武林中的影響力。」

解紅梅沉默著。

解進繼續道：「我想梅大先生肯在他身上下了這麼大的功夫，抱的也一定是這種心態。」

解紅梅道：「可是……如果他是假的，那麼真的沈二公子呢？」

解進道：「當然是死了，就跟我們聽到的消息一樣。」

解紅梅道：「但人死了總該有屍體才對，屍體到哪裡去了？」

解進道：「當然在梅大先生手裡，否則梅大先生再行，也做不出那些難辨真假的傷痕。」

解紅梅又是一陣沉默，同時心裡也湧起了一陣難以名狀的傷感。

解進長吁短嘆道：「如今梅大先生一死，所有的真相都已無法查證，就算他是假的，也變成真的了。」

解紅梅道：「這麼說，梅大先生也可能是以死來封住自己的嘴，否則他大可跟這個人躲在一起，何必趕回家裡去等死！」

解進道：「不錯！也正因為如此，我們更得非把他送到沈家手裡不可。」

解紅梅沉吟答道：「可是，我們如何才能擺脫掉青衣樓的攔劫呢？」

解進道：「在這種時候，我們想把一個不會武功又身受重傷的人帶出去，簡直是不可能的事，所以……我想了一個特殊的方法。」

解紅梅忙道：「什麼特殊的方法？」

解進道：「我已經在妳背後的牆角上挖了個坑，而且已在坑裡撒了藥物，蟲蟻一時不敢接近。妳可以把他埋在坑裡，叫他在裡邊安靜的睡兩天。」

解紅梅大吃一驚，道：「把他埋在土裡，他還怎麼呼吸？」

解進在懷裡摸索一陣，道：「我這裡有顆蠟丸，妳只要給他吃下去，二十四個時辰之內就不至於悶死。」

解紅梅急忙把手抽回來，接住那顆蠟丸，道：「二十四個時辰以後呢？」

解進又是一嘆，道：「傻丫頭，這還用問嗎？」

解紅梅也嘆了口氣，道：「其實有二十四個時辰也應該夠了，問題是咱們怎麼把這個消息傳給沈家的人？」

解進道：「那就得看妳的了。」

解紅梅怔了怔，道：「那麼爹呢？」

解進道：「我要想辦法把他們引到另外一個方向去，妳才有逃出去的希望。」

解紅梅道：「那我以後怎麼跟爹會合呢？」

解進想了想，道：「三天之後，妳可以在嘉興城南的正興老店等我，……如果等到月底我還沒回來，妳就不必等了。」

解紅梅急道：「那我以後怎麼辦？」

解進沉默片刻，道：「首先妳要活下去，因為妳還年輕，但從此絕對不能再與武林中人來往，更不能接近沈家，當然最好的辦法還是更名改姓，讓人永遠找不到妳……」

解紅梅截口道：「為什麼？」

解進道：「因為只有這樣，才對得起梅大先生，才能永遠保守住這個秘密。」

解紅梅整個楞住了。

解進停了停，又道：「然後妳再找個合適的人家，但妳千萬記住，什麼人都可以嫁，就是不能嫁給武林中人。」

解紅梅依然沒吭聲，眼淚卻已奪眶而出。

解進將重要的東西一件一件的取出來，不聲不響的塞在解紅梅手裡。解紅梅再也忍不住，一頭栽到解進懷裡，失聲痛哭起來。

解進卻一把將她推開，輕聲叱道：「這算什麼！莫忘了妳是俠義中人，而且妳是我『千手如來』解進的女兒。」

解紅梅哭聲頓止，只淚眼汪汪的呆望著解進模糊的輪廓。

解進道：「如今梅大先生、青城四劍等人的願望以及整個武林的命運，都已寄託在妳的身上，在這種緊要時刻，妳應該挺起胸膛才對，怎麼可以表現得如此懦弱無知！」

解紅梅淚眼一抹，挺胸道：「爹還有什麼吩咐？」

解進道：「還有兩件事，妳仔細聽著。第一，我在坑邊準備了一塊木板，妳在掩埋他的時候，要把木板遮在他的臉上，最好給他多留點空間，即使沈家的人不能及時趕到，也好讓他多支持一段時間。」

解紅梅道：「我知道了。」

解進繼續道：「第二，妳將他掩埋之後，直奔嘉興，切莫回頭，路上遇到沈家的人，妳只把消息傳給他們就好了，千萬不要跟著回來。」
解紅梅道：「爹是怕我惹起青衣樓眼線的注意？」
解進搖頭道：「那倒不是。我是怕石總管一旦發現這個人是假的，會殺了妳滅口。」
解紅梅聽了不禁倒抽了一口氣，沉默許久，才道：「除了這兩件事之外呢？」
解進緩緩地站起來，道：「沒有了，以後一切就全靠妳自己了。」說完，轉身便走，不帶一絲眷戀的味道，解紅梅卻早已傷心得泣不成聲。
那年輕人一直默默地在聽，這時才突然開口道：「那個人，對妳真的那麼重要嗎？」
解紅梅邊哭邊道：「他是我爹，對我怎麼不重要？」
那年輕人忙道：「我說的不是令尊，是那個姓沈的。」
解紅梅一聽，連哭都忘了，立刻道：「沈二公子不僅對我重要，對整個武林都很重要，否則怎麼會有這許多人甘心為他赴死！」
那年輕人嘆了口氣，道：「只可惜他們認錯了人，我根本就不是什麼沈二公子。」
解紅梅頓時叫起來，道：「人已經死了這麼多，你怎麼還能講這種話！」
那年輕人道：「我說的是實話，我不是告訴過妳麼，我不姓沈，我姓孟，我是揚州的小孟。」

解紅梅氣急敗壞的喊道：「事到如今，你居然還在胡說八道！你怎麼對得起那些為你死掉的人！你怎麼對得起我爹！」

一說到她爹，她又開始大放悲聲，比先前哭得更加傷心。

那年輕人手足失措的呆望她半晌，道：「好吧！妳不要哭，妳說妳叫我怎麼辦？」

解紅梅哭著道：「我叫你坦白承認你就是沈玉門。」

那年輕人牙齒一咬，道：「好，我就是他媽的沈玉門，行了吧？」

解紅梅呆了呆，道：「沈玉門就沈玉門，還帶著『他媽的』幹什麼？」

那年輕人立即更正道：「好，去皮退殼，什麼都不帶，我就是沈玉門，沈玉門就是我，總可以了吧？」

解紅梅這才破涕為笑，掏出手帕將眼淚鼻涕統統拭抹乾淨，然後忽然湊近那年輕人，認真問道：「說實在的，你究竟是不是沈二公子？」

那年輕人搖搖頭，又點點頭，道：「是，絕對是，當然是。」

解紅梅笑了笑，隨即嘆了口氣，道：「其實你除了承認是沈二公子之外，已經別無生路，因為不論你是什麼人，青衣樓都不會再容你活下去的。」

那年輕人道：「妳的意思是說，我只有做沈玉門，才有活命的機會？」

解紅梅道：「不錯！唯有在沈府的保護之下，你才能安安穩穩的活下去。」

那年輕人沉吟了一會，道：「可是怎麼能瞞得過沈家的人呢？」

解紅梅道：「你根本就無須隱瞞，沒有人敢說你是假的，最多也只能懷疑你因負傷，暫時喪失記憶而已，你只要裝一裝就行了。」

那年輕人為難道：「我對沈家一無所知，連自己是啥東西都不知道，妳叫我怎麼裝呢？」

解紅梅道：「可惜我對沈家的人事也不太瞭解，不過沈家一些人物在江湖上頗有名氣，我倒是曾經聽人說起過。」

那年輕人忙道：「哪些人物？妳趕快告訴我，也好讓我先打個底。」

解紅梅道：「其中最有名的就是『雙寶三仙三花婢』這七個人。」

那年輕人「咕」的嚥了口唾沫，道：「『雙爆三鮮三花貝』？倒很像一道菜的名字。」

解紅梅道：「我說的是人，不是菜。」

那年輕人道：「那也應該是八個人，妳怎麼說是七個呢？」

解紅梅笑笑道：「你的腦筋倒滿清楚的。」

那年輕人道：「那當然，否則我怎麼能記得上百道菜的名稱和佐料？」

解紅梅怔了怔，道：「你過去究竟是幹什麼的？」

那年輕人傲然道：「我是揚州『一品居』的大師父，也是『揚州第一名廚』杜老刀的得意弟子。我在同行中的名氣大得很，提起揚州小孟，幾乎無人不知，無人不曉……」

就在他說得最得意的時候，解紅梅忽然撲了過去，緊緊地將他的嘴捂住。

只聽一陣急促步履聲自倉外飛馳而過，同時，遠處也在不斷地響著尖銳的呼哨。

解紅梅緊緊張張道：「八成是我爹的行蹤被他們發現了。」

那年輕人只點頭，沒吭聲，因為解紅梅的手掌還捂在他的嘴上。

解紅梅收回手掌，剛想坐起來，卻發現自己的腰已被人抱住，不禁一陣耳紅心跳，整個身子都已癱軟在那年輕人懷裡。

也不知過了多久，那年輕人才將手鬆開，道：「看來我的時間已經不多了。」

解紅梅急忙坐起來，往後挪了挪，喘喘道：「所以你千萬不要再打岔，好讓我把我所知道的趕快告訴你。」

那年輕人道：「好，妳說！」

解紅梅一邊整理著頭髮，一邊道：「我方才說到哪裡了？」

那年輕人道：「你正在說沈府那八個很有名氣的人。」

解紅梅道：「不是八個，是七個。」

那年輕人道：「好，七個就七個，妳說吧！」

解紅梅道：「雙寶指的就是沈府總管石寶山和你的大嫂顏寶鳳。」

那年輕人嚇了一跳，道：「我的大嫂？」

解紅梅道：「是啊！她是你死掉的大哥沈大公子的老婆，不是你大嫂是什麼？」

那年輕人嘆了口氣，道：「對，她剛好是我的大嫂，一點都沒錯。」

解紅梅輕笑一聲，繼續道：「顏寶鳳是『太原名刀』顏老爺子的掌上明珠，家世好，人又精明能幹，十幾年來把沈府治理得井井有條，上下幾百口人沒有一個不佩服她的。」

那年輕人吃驚道：「什麼？沈府上下竟有幾百口人？」

解紅梅道：「是啊！金陵沈家是個大族，你們這一支雖然人丁不旺，但你的堂兄堂弟、堂姐堂妹卻有一大堆，再加上執掌各種事務的管事、家丁、僕婦、丫鬟、書僮等等，幾百口已經少說了，如果連外面僱用的人都算上，恐怕非上千不可。」

那年輕人道：「沈家既然有這許多人，為什麼會要一個女人來管理？」

解紅梅道：「她是長房長媳，理應由她當家主事，這是大家族裡的規矩，誰也沒有話說。」

那年輕人道：「那麼石寶山又是幹什麼的呢？」

解紅梅道：「石寶山是沈府所有管事的頭頭，也等於是顏寶鳳的左右手，從前沈大公子在世的時候，授予他的權力就很大，沈府對外的事務，幾乎都是他說了算，所以外邊的人都知道他是金陵沈府的全權總管。」

那年輕人道：「這個人是不是很厲害？」

解紅梅道：「那當然！此人不但武功極高，而且智謀超群，是武林中出了名的厲害角色，不過，他對你們沈家倒是忠心耿耿。據我猜想，你睜開眼睛第一個看到的人，極可能就是他。」

那年輕人輕嘆一聲，道：「我倒希望第一眼看到的是妳。」

解紅梅沉默了一會，才道：「除了顏寶鳳和石寶山之外，『虎門三仙』在江湖上也是極有名氣的人物。」

那年輕人神情一振，道：「紅爛三鮮？」

解紅梅輕嘆一聲，道：「我差點忘了告訴你，你死去大哥的名字叫沈玉虎，你叫沈玉門，所以江湖上也稱你們金陵沈家為『虎門』。」

那年輕人也不禁失聲笑道：「原來是虎門，不是紅爛，我差點又當成一道菜名。」

解紅梅忽然摸出一支竹筒，道：「可惜乾糧已被我撒掉，已經沒有東西可以給你充饑，不過我這兒還有一點酒，你要不要喝兩口？」

那年輕人勉強爬起來，道：「妳怎麼不早說，我現在最需要的就是酒。」說著，已將竹筒接過去，昂起脖子就猛灌了幾口。

解紅梅急忙道：「你可不能喝光，等一會還要靠它送藥呢！」

那年輕人好像又觸動了傷口，痛苦的呻吟著道：「我知道了，妳繼續說吧！」

解紅梅道：「你的傷口是不是很痛？」

那年輕人道：「不要緊，痛不死人的。」一面說著，一面又昂起脖子喝酒，然後又痛苦的呻吟了幾聲。

解紅梅只有呆呆地站在旁邊，一副愛莫能助的樣子。

那年輕人嘴巴一抹，道：「妳別楞著，我正在等著聽妳說下去。」

解紅梅又開始整理著頭髮，道：「我方才說到哪裡了？」

那年輕人道：「虎門三仙。」

解紅梅道：「哦，第一個指的就是你姐姐沈玉仙。」

那年輕人驚道：「我怎麼又冒出個姐姐來了？」

解紅梅沒理他，繼續道：「沈府得以結交權貴，虎踞金陵，至少有一半是靠她，因為她嫁的是京城裡的『神槍』傅小侯爺。」

那年輕人道：「原來是嫁進了官宦之家！」

解紅梅道：「不錯，據說她對你最疼愛，你失蹤這半個多月，我想她一定急壞了，說不定現在已在金陵等著你。」

那年輕人急忙道：「第二個是誰？」

解紅梅道：「第二個姓胡名仙，因為他長得很胖，所以大家都叫他胡大仙。據說這個人很少走路，在府裡出來進去，都要叫人抬著走。」

那年輕人道：「是不是他的腿有毛病？」

解紅梅道：「不是，那是因為他不太敢走路，聽說他每走十步，身上的銀子就會往上翻一倍，就算他只帶一兩銀子，你猜走一百步之後，會變成多少？」

那年輕人即刻道：「一千零二十四兩。」

解紅梅埋頭算了半晌，才道：「不錯，一千零二十四兩。你不妨想想看，如果是你，你還敢走路嗎？沒走多遠就被自己身上的銀子給壓死了。」

那年輕人哈哈一笑，道：「哪有這種怪事？這簡直是神話嘛！」

解紅梅道：「這當然不可能是事實，只不過是形容胡大仙的生財有道罷了，沈府能夠過著帝王般的生活，據說完全是靠著胡大仙的腦袋每天算來算去算進來的。」

那年輕人道：「這麼說，這個人一定是沈府的帳房先生了？」

解紅梅道：「差了一點，他是帳房先生的頭頭。在職務上，他是財務管事；在沈府上下的心裡，他卻是財神。」

那年輕人道：「他會不會武功？」

解紅梅道：「沈府男男女女老老少少，沒有一個不會武功，胡大仙的武功怎麼樣是沒有人見過，不過，據說你傲視武林的那套輕功，是他教出來的。」

那年輕人楞了楞，道：「那麼胖的人，怎麼會精於輕功？」

解紅梅道：「誰知道！我不過是怎麼樣聽來就怎麼傳給你，信不信就在你了。」

那年輕人道：「好，下一個！」

解紅梅道：「下一個就跟你有切身關係了。」

那年輕人又是一楞，道：「怎麼會跟我扯上關係？」

解紅梅道：「她是你房裡三花婢之首的水仙姑娘，怎麼能跟你沒有關係？」

那年輕人無奈道：「好，好，說下去！」

解紅梅道：「據說她本來是顏寶鳳的貼身丫鬟，自幼聰穎過人，讀書過目不忘，習武舉一反三，連沈大公子都對她另眼相看，經常親自教她讀書習武。顏寶鳳初時尚不在意，但到後來水仙漸漸長大，出落得真像水仙花般的清雅可人，這才緊張起來，毅然以疼愛幼弟為名，把她轉到你的房裡，等於平白讓你撿了個大便宜。」

那年輕人苦笑道：「照妳這麼說，我的運氣好像還挺不錯的。」

解紅梅道：「可不是嘛！等你進了沈府之後，那些認人指路、遮遮掩掩的事，只怕都要靠她了。到時候你就知道她對你是何等重要了。」

那年輕人微微怔了一下，道：「妳的意思是說，叫我任何事都不要瞞她？」

解紅梅道：「問題不是要不要瞞她，而是你根本就瞞不過她。」

那年輕人道：「何以見得？」

解紅梅道：「水仙姑娘年紀雖然不大，但在江湖上卻已是個小有名氣的智多星，據說她心思之細密，較之石寶山有過之而無不及，像你這種對沈府一無所知的人，就算裝得再像，只怕也瞞不了她多久。」

那年輕人道：「那該怎麼辦？」

解紅梅道：「只好一切聽其自然，不過你放心，她是絕對不會出賣你的，就算她明知你是假的，也會當真的一樣把你捧在手上。」

那年輕人道：「為什麼？」

解紅梅道：「因為她比誰都清楚沈府不能沒有你，而且……她也不能沒有你。」

那年輕人怔怔道：「為什麼她也不能沒有我？」

解紅梅「吃吃」笑道：「理由很簡單，如果沒有你，她豈不變成了沒有主的丫頭？」

那年輕人急忙道：「不要再提她，還是談談另外兩個吧。」

解紅梅道：「另外兩個也是你房裡的丫頭，一個叫紫丁香，一個叫秋海棠。」

那年輕人道：「怎麼起這麼難聽的名字？聽起來好像堂子裡的姑娘。」

解紅梅一怔，道：「什麼堂子裡的姑娘？」

那年輕人咳了咳，道：「沒什麼，繼續說妳的！」

解紅梅道：「那兩個就比水仙好對付多了，不過你可不能跟她們動手，據說那兩人的聯手刀法精妙絕倫，就連你也未必穩操勝券。」

那年輕人道：「我沒有學過武功，當然勝不了她們。」

解紅梅立刻道：「誰說你沒學過武功！不要忘了，你現在的身分是沈玉門沈二公子。」

那年輕人深深嘆了口氣，道：「對，我差點忘記，我已經是絕對不能死的沈二公子了。」

話一說完，手掌已攤到了解紅梅面前。

解紅梅不解道：「你想要什麼？」

那年輕人道：「妳爹爹留下來的那顆藥。」

解紅梅迷惑的把蠟丸剝開，遲遲疑疑將裡邊的丹藥放在他的手心裡，那年輕人卻毫不遲疑的將藥丸塞進嘴裡，和著最後的一點酒整顆吞了下去，然後將竹筒依依不捨的還給了解紅梅，道：「我還能清醒多久？」

解紅梅道：「我也不大清楚，我想大概不會太久。」

那年輕人突然哈哈一笑，道：「其實我並不想這麼快就把藥吃下去，我只是急著想喝口酒慶祝一下罷了。能夠忽然間變成一個大人物，總是一件值得慶賀的事，妳說是不是？」

解紅梅也陪著他苦笑幾聲，道：「我還以為你聽說房裡有三個如花似玉的丫頭，才迫不及待的要趕過去呢！」

那年輕人沒有答腔，沉默了許久，突然輕嘆一聲，道：「我生長在揚州，平生遇到的漂亮女人實在不少，但唯一使我動心的就是妳……只可惜我們相處的時候已經不多，也許以後再也沒有見面的機會了。」

解紅梅聽得整個人都楞住了，甚至連心跳都突然停止下來。

那年輕人已搖搖晃晃的站起來，直向解進挖好的那個土坑走去，邊走邊道：「這也許是我能替妳做的最後一件事了，我只希望妳今後能夠快快樂樂的活下去，至少妳已經完成了一件別人絕對不可能做到的事，我想妳對妳爹和那幾位已經死去的朋友也應該交代得過去了。」

解紅梅任由那年輕人自身旁走過，動也沒動。

直到那年輕人進坑裡，她才猛然感到一陣從未有過的悲傷，眼淚頓時如泉水般的湧了出來。

那人直挺挺的躺在坑裡，道：「妳趕快過來把我埋起來吧！天就快亮了。」

解紅梅依然沒有動，也沒有吭聲，但手中那隻裝酒的空竹筒卻陡然發出一聲脆響，顯然是已被她握碎。

那年輕人又在催促道：「妳再不動手，天一亮妳就走不出去了，萬一妳被青衣樓的人攔住，妳爹的一番心血白費不說，妳那幾個已經死掉的朋友也要抱憾九泉了。」

解紅梅這才擦乾眼淚，匆匆爬到坑邊，道：「你還有沒有什麼話要問我？」

那年輕人道：「有是有，可是我現在的腦子已經昏昏沉沉，妳就算告訴我，我也記不住了。」

解紅梅急急道：「記不住留下點印象也好，你快問吧！」

那年輕人沉吟了一下，道：「沈玉門究竟是個什麼樣的人？妳能不能多少告訴我一點？」

解紅梅忙道：「沈玉門就是你自己，這一點你可千萬不能忘記。」

那年輕人嘆道：「好，好，我記住了。」

解紅梅道：「我對你的事所知不多，據說你是很四海的人，朋友多，仇人也多，你最要命的仇人，當然就是青衣樓。」

那年輕人道：「還有呢？」

解紅梅道：「其他的我也不太清楚，我想以後水仙姑娘一定會告訴你。」

那年輕人又是一嘆，道：「好吧！那麼我的朋友都是些什麼人？」

解紅梅想了想，道：「據說你跟魯東『金刀會』的總瓢把子程景泰有過命的交情，如果他知道這件事情的實情，非將大批人馬開過來，跟青衣樓拚一場不可。」

那年輕人一驚，道：「那可不是鬧著玩的。」

解紅梅道：「可不是嘛！那麼一來，江湖上又要血流成河了。」

那年輕人道：「還有呢？」

解紅梅道：「還有……你跟京裡『四海通鏢局』的總鏢頭閻四爺好像也很

不錯。」

那年輕人道：「奇怪，我的朋友怎麼都在北邊？」

解紅梅道：「我想那是因為你經常在北邊走動的緣故。」

那年輕人道：「難道這附近就沒有一個跟我有交情的人？」

解紅梅又想了想，道：「這一帶恐怕沒有，在揚州附近倒有一個。」

那年輕人語氣一振，道：「揚州？」

解紅梅嘆了口氣，道：「不錯，五湖龍王的兒子孫大少孫尚香，你有沒有聽說過？」

那年輕人洩氣道：「有，那傢伙跋扈得很，我對他的印象不好。」

解紅梅苦笑道：「那些名門子弟都是一樣，你以後就習慣了。」

那年輕人哼了一聲，道：「而且他明明是個大男人，卻取了個女人的名字，真是莫名其妙。」

解紅梅道：「這話幸虧是出自你沈二公子之口，若是換了別人，死在湖裡都休想撈到全屍。」

那年輕人道：「他有那麼厲害？」

解紅梅道：「那當然，在江湖上提起太湖的孫大少，沒有一個不頭痛的。」

那年輕人問道：「青衣樓怕不怕他？」

解紅梅道：「青衣樓的勢力極大，當然不會在乎一個小小的孫大少，但在太湖一帶，我想他們還不敢公然跟五湖龍王過不去。」

那年輕人道：「那好，妳不妨先到太湖避一避。他既是沈二公子的朋友，一定會照顧妳的。」

解紅梅搶著道：「你沒有聽我爹說過，不准我再跟武林人物來往嗎？」

那年輕人急忙道：「可是妳可不要搞錯。我不是武林人物，我也不是金陵沈家的人。」

解紅梅沉默了半晌，才道：「你還有沒有什麼話要問我？」

那年輕人道：「沒有了。」

解紅梅停了停，又道：「有沒有什麼事要我幫你做的？」

那年輕人道：「有。」

解紅梅忙道：「什麼事？你說。」

那年輕人道：「把我埋起來，愈快愈好。」

解紅梅拿起擺在牆邊的木板，以板代鍬，一點一點的將堆在旁邊的土填下坑去。

那年輕人動也不動，卻不斷的在嘆氣。

解紅梅愈填愈慢，最後終於停下來，道：「如果我們都能活下去，或許還有見面的日子。」

那年輕人道：「妳的意思是說，妳以後還肯跟我來往？」

解紅梅悠悠道：「但願到時候你還記得我。」

那年輕人忙道：「我一定記得妳，我發誓，今生今世我絕對不會把妳忘記。」

解紅梅又開始填土，心裡也又開始難過。

那年輕人忽然道：「妳有沒有帶著火摺子？」

解紅梅道：「帶是帶了，你要幹什麼？」

那年輕人道：「我只是想再看妳一眼。今日一別，也不知哪年哪月才能相見？」

解紅梅回首看了看，道：「可是在這裡點火太危險了。」

那年輕人嘆道：「那就算了。」

解紅梅猶豫了一會，突然放下木板，取出火摺子，輕輕晃動了幾下，立刻亮起了一點火光。

火光照亮了她的臉，也照亮了那年輕人一雙眼睛，眼光中充滿了情意。

解紅梅一陣心酸，眼淚又忍不住的順腮而下，她急忙把火熄掉，伏在坑邊痛哭起來。

那年輕人緊緊抓住了她的手，道：「不要難過，只要我活著，我發誓我一定會想辦法去找妳，無論妳在哪裡。」

解紅梅哭得更傷心，淚珠成串的灑在那年輕人的手背上。

那年輕人似乎也很難過，半晌沒吭聲，過了很久，才突然道：「我只是睡幾個時辰，又不會死，妳哭什麼！還是留點精神通知他們早點來救我吧！」

解紅梅果然止住悲聲，輕撫著那年輕人的手掌，哽咽著道：「你說你會用刀？」

那年輕人道：「當然會，那是我吃飯的傢伙，不會用怎麼行？」

解紅梅很快的將一條紅絲繩繫在那年輕人手腕上，然後又把連在紅絲繩尾端的那柄短刀小心翼翼的擺在那人胸前，細聲叮嚀道：「這是留給你防身的，不是切菜的，你千萬不能把它丟掉。」

那年輕人在刀鞘上輕輕拍了拍，道：「妳放心，刀在人在，刀失人亡，怎麼樣？」

解紅梅勉強笑了笑，道：「嗯，有點像沈二公子的口氣了。」

那年輕人打了個呵欠，道：「我的瞌睡好像來了，妳可以動手了。」

解紅梅終於拿起了木板，飛快的將土填進坑裡。

就在她剛想把木板遮在那年輕人頭上時，忽然又停住手，低聲問道：「你真的不會把我忘記？」

那年輕人含含糊糊道：「不會，死都不會，我發誓。」

解紅梅急忙道：「你能不能再為我發個誓？」

那年輕人道：「妳讓我發什麼誓？妳說！」

解紅梅道：「從今以後，你再也不是什麼揚州小孟，你就是沈玉門，沈玉門就是你。」

那年輕人道：「好，我發誓，我就是沈玉門，我就是沈玉門，我就是沈玉門……」

解紅梅終於含著眼淚將木板蓋了起來，直到她把土坑填平，上面又撒上了一層稻草，她仍可聽到那年輕人在裡面不停說著：「我就是沈玉門，我就是沈玉門……」

第二回　熱血一孤刀

沈玉門終於醒了，他第一個感覺就是冷。隨後他聽到了幾聲急切的呼喚，他吃力的睜開眼睛，眼前出現了一張中年人的臉。

已是黎明時刻，朝陽從穀倉開啟著的窗戶直射在那中年人的臉上。那臉上雖已沾滿了灰塵，卻也充滿了驚喜的表情。

沈玉門望著那張十分精明的臉孔，猶豫著叫了聲：「石寶山！」

那中年人立刻應道：「屬下在。」

沈玉門似乎鬆了口氣，重又把眼睛合起來，神態顯得疲憊已極。

石寶山俯首坑邊道：「二公子覺得傷勢如何？還痛不痛？」

沈玉門連眼睛都沒睜，只搖搖頭。

石寶山道：「屬下接應來遲，幸好二公子只負了點傷，屬下已派人通知盛春德大夫在孝豐秦府候駕。盛大夫是傷科高手，這點傷勢想必難不倒他，請二公子放心。」

沈玉門點點頭，有氣無力道：「孝豐秦府是哪個的家？」

石寶山一怔，道：「就是大公子生前好友，人稱『一劍穿心』秦岡秦大俠的府第，難道二公子連他也不記得了？」

沈玉門沉默片刻，道：「我只記得孝豐有家『豐澤樓』，東西好像還不錯……尤其是林師父那道『白玉瑤柱湯』燒得道地極了。」說完，還猛的嚥了口唾沫。

石寶山又怔了怔，道：「好，一到孝豐，屬下馬上派人去訂一桌。」

說話間，一陣車輪聲響已徐徐停在外面。

石寶山往前湊了湊，道：「如果二公子還能挪動，我們不妨現在就上路，午時之前，便可趕到孝豐。」

沈玉門沒有動，卻睜開眼睛，道：「有沒有人帶著酒？」

石寶山立即回首喝道：「毛森在哪裡？」

穀倉外馬上有人大喊道：「醉貓，快，石總管在叫你。」

喊聲方落，一個滿身酒氣的大漢已一頭閃進倉內，醉態可掬道：「毛森恭候總管差遣。」

石寶山眉頭微皺道：「把你腰上那只袋子拿給我！」

毛森毫不考慮便解下那只軟軟的皮囊，畢恭畢敬的遞了過去。

石寶山打開囊口的塞子，昂首便先嚐了一口，隨即整口噴出來，叫道：「這是什麼東西？」

毛森醉眼惺忪道：「酒啊！」

石寶山嘆道：「這種酒，怎麼下得了二公子的口？」

沈玉門卻已伸出手，道：「拿來！」

石寶山遲疑了一陣，最後還是交到沈玉門手上。

沈玉門嘴巴一張，一口氣幾乎將袋裡的大半斤酒喝光，才把袋子還給石寶山，同時自己也蜷著身子咳嗽起來，還不斷地發出痛苦的呻吟。

石寶山狠狠地將酒袋摔還給身後的毛森，慌不迭的跳進坑中，小心的把沈玉門扶起，手掌不停地在他背上推揉，舉止充滿了關切。

毛森臉都嚇白了，酒意也頓時一掃而空。其他幾名守在一旁的大漢，也個個手足失措，面露驚惶之色。

過了許久，沈玉門的咳嗽才靜止下來，長長舒了口氣，喃喃自語道：「杭州金麴坊的『曲秀才』原本很入口，可惜裡面滲了太倉老福記的『四兩撥千斤』。」

石寶山不禁又是一怔，道：「『四兩撥千斤』……莫非也是一種酒？」

沈玉門道：「是種一斤足可醉死兩頭牛的酒。」

石寶山臉上忽然現出一抹奇異的神情，匆匆回首看了毛森一眼。

毛森咧嘴乾笑道：「沒法子，酒勁不夠，功力就發揮不出來，像今天這種場面，不用這種東西加把勁怎麼行？」

他一面說著，一面還在偷瞟著沈玉門，目光中也有幾分驚異之色。

石寶山馬上哈哈一笑道：「屬下追隨二公子多年，竟不知二公子尚精於此道，當真是出人意外得很！」

毛森也在一旁讚嘆不迭道：「可不是嗎！就連以辨酒聞名大江南北的揚州杜老刀，也未必有此火候。」

沈玉門似乎被嚇了一跳，急咳兩聲，道：「現在可以走了吧？」

石寶山道：「二公子不要再歇息一會嗎？」

沈玉門忙道：「就算歇著，躺在車裡也比躺在土炕裡舒服得多，你說是不是？」

石寶山二話不說，抱起沈玉門就走。

剛剛走出不遠，忽然覺得有個東西拖在後面，急忙停步回顧，這才發現沈玉門垂在一旁的手腕上繫著一條紅繩，紅繩尾端拖著一把毫不起眼的刀。

一把紅柄黑鞘的短刀。

× × ×

車簾高挑，車行平穩，兩匹雪白的健馬不急不徐的奔馳在平坦的道路上。車伕時而配合著蹄聲輕舞著馬鞭，發出「叭叭」的聲響。

沈玉門躺在寬大的車廂中，只有石寶山坐在他身旁。其他六人七騎都遠遠的跟在車後，遠得幾乎讓他聽不到那些凌亂的馬蹄聲。

躺在柔軟的車墊上，呼吸著清晨新鮮的空氣，本該是種享受，可是沈玉門的神色卻極不安穩。

一旁的石寶山卻顯得舒坦極了，滿臉的倦容，已被喜色沖洗得一乾二淨。

車外又響起了車伕揮鞭的清脆聲響。

沈玉門終於忍不住開口道：「你是怎麼知道我埋在這裡的？」

石寶山道：「回二公子，屬下是在安吉得到的消息，本來還在半信半疑，誰知二公子真的被藏在這裡。」

沈玉門皺眉道：「我是問你消息的來源。」

石寶山道：「是安吉客棧的一個伙計交了一封信給我，據說是一位女客託他轉交的。」

沈玉門急道：「那位女客呢？」

石寶山道：「等屬下想找她問個明白，誰知她早就走了。」

沈玉門似乎鬆了口氣，但仍有點不放心道：「你沒有派人追蹤她吧？」

石寶山道：「沒有，屬下身邊人手不多，不敢再分散人力，一切都以營救二公子為重。」

沈玉門滿意的點點頭，道：「很好。」

石寶山立刻湊上去，輕輕道：「如果二公子想見她，屬下可以通令各路人馬，想辦法把她追回來。」

沈玉門急忙擺手道：「不用了，我不要見她，你們也不必追她。」

石寶山愕然道：「她不是二公子的朋友嗎？」

沈玉門道：「我連她是誰都不知道，怎麼能確定她是不是我的朋友？」

石寶山道：「據說那位女客年紀很輕，而且也長得很漂亮……」

沈玉門截口道：「我不管她年紀輕不輕，人長得漂不漂亮，我說不要見她就不要見她！」

石寶山口中連道：「是，是。」眼中卻閃露出一抹疑惑的神情。

沈玉門支起身子朝車外望了望，道：「你這次一共帶了多少人出來？」

石寶山道：「回二公子的話，這次為了尋找你的下落，府中能調動的人幾乎都出來了，連同孫大少的支援人馬，至少也有六七百人。」

沈玉門大吃一驚，道：「你們出來這許多人幹什麼？」

石寶山道：「這都是夫人的意思，這些日子可把夫人急壞了。」

沈玉門怔怔道：「什麼夫人？」

石寶山詫異了半晌，才道：「當然是大公子夫人。」

沈玉門道：「哦！」

石寶山道：「當時如非水仙姑娘急著要採取行動，只怕調動的人手比現在還要多。」

沈玉門皺起眉頭，吭也沒吭一聲。

石寶山沉默片刻，忽道：「哦，屬下差點忘了向二公子稟報，聽說水仙姑娘就在附近，隨時都可能出現。如果她能趕來，二公子就方便多了。」

沈玉門聽了不但沒有吭聲，連眼睛都合了起來。石寶山也不再開口，只淡淡的笑了笑，笑容裡多少還帶著一些曖昧的成分。

只一會工夫，沈玉門就在極有節奏的蹄聲中沉沉睡去，看上去睡得又甜又安穩，好像再也沒有什麼值得他擔心的事。

× × ×

當他再度醒來的時候，他已躺在一張非常舒適的床鋪上。

他第一個感覺就是溫暖，隨後他猛然發覺自己已完全赤裸，而且正有一隻手用熱毛巾在拭抹自己的身體。

他一驚而起，不小心又扯動了傷口，不由又痛苦的呻吟起來，那隻手立刻停下來，同時耳邊有個嬌美的聲音道：「對不起，一定是水太熱，燙著你了。」

沈玉門睜眼一瞧，連痛苦都忘了，原來站在床邊的，竟是一個明眸皓齒的美艷少女，不禁看得整個人都傻住了。

那少女見他醒來，依然毫無羞態，將手上的毛巾吹了吹，又要繼續替他拭抹。

沈玉門雙手急忙捂住重要的地方，吃吃道：「妳……妳是誰？怎麼可以把我的衣服……脫光？」

那少女笑道：「你看你，受了這麼重的傷，還在跟我開玩笑。趕快躺下，馬上就擦好了。」

沈玉門叫道：「誰跟妳開玩笑！妳快出去！妳再不出去，我可要叫了！」說著，還朝門外指了指，又急忙把手收回去。

這次輪到那少女傻住了，臉上的笑容也整個不見了。

沈玉門哼了一聲，繼續道：「一個年輕的女孩子家，居然隨便替男人擦身子，成何體統？」

那少女怔怔道：「可是……我是水仙啊！」

沈玉門道：「我管妳是水仙還是大蒜，我叫妳出去妳就出去！」說完，才發覺有點不對，急忙乾咳兩聲，道：「妳說妳是哪個？」

水仙竟愕然的望著他，道：「少爺怎麼連我都不認識了？我是你房裡的水仙啊！」

沈玉門眼睛轉了轉，道：「妳胡說，水仙比妳漂亮多了，怎麼會像妳這麼醜！」

水仙摸著自己的臉，道：「我醜？」

沈玉門道：「醜死了！醜得我肚子都餓了。」

水仙「噗哧」一笑，道：「你餓是因為你兩天沒吃東西，跟我的美醜有什麼關係？」

沈玉門道：「誰說沒關係？我有沒有告訴過妳，我餓的時候，再漂亮的女人，在我眼裡都會變成醜八怪！」

水仙搖搖頭。

沈玉門緊接道：「所以妳識相的話，最好是馬上出去，把外面那碗『白玉瑤柱湯』先給我端進來！」

水仙道：「什麼叫『白玉瑤柱湯』？」

沈玉門道：「笨蛋，這還要問，顧名思義，也應該猜出是一道湯的名字。」

水仙斜著眼睛想了想，道：「奇怪，這道湯，我怎麼從來沒有聽李師父提起過？」

沈玉門道：「李師父是誰？」

水仙失笑道：「李師父指的當然是李坤福，我想你一定是餓昏了頭，不然怎麼會把替你做了好多年菜的大師父都忘了！」

沈玉門乜斜著眼睛想了想，道：「哦，我想起來了，妳說的一定是『大富貴』的掌廚陳壽的那個大徒弟。」

水仙道：「不錯，李師父正是金陵名廚陳壽的大弟子……」說到這裡，語聲忽然一頓，道：「這倒怪了，你不記得他本人，怎麼反而把他的出身記得這麼清楚？」

沈玉門道：「大概是因為他的輩分太低，手藝也實在太差勁的緣故吧！」

水仙詫異道：「少爺，你是怎麼了？當初你為了欣賞他的菜，千方百計的把他拉到府裡來，怎麼現在又說他的手藝差勁了？」

沈玉門咳了咳，道：「好吧！就算他手藝不錯，他也一定跟妳一樣，沒有聽過這道湯的名字。」

水仙道：「為什麼？」

沈玉門道：「因為這是外江名廚林棟去年剛剛創出的一道名湯，他怎麼會知道？」

水仙道：「那麼少爺又是怎麼知道的呢？」

沈玉門瞪眼道：「廢話，我不知道，誰知道？」

水仙忙道：「好，好，你先躺下，我替你擦好馬上去拿，這樣會著涼的。」

沈玉門一把搶過她的毛巾，道：「剩下的我自己會擦。我著涼不要緊，萬一那道菜涼了，失了原味，那就太可惜了。」

水仙輕輕嘆了口氣，萬般無奈的走了出去。

沈玉門手上雖然抓著那條濕毛巾，卻動也沒動，只兩眼直直的望著房門，一副迫不及待的樣子。

過了一會，水仙已滿臉堆笑，端著一盤似菜非菜、似湯非湯、半圓半扁、白裡鑲黃的球球走進來，小心翼翼的擺在床頭几上，道：「是不是這盤怪東西？」

沈玉門匆匆抹了下嘴角，點頭不迭道：「不錯，正是它。」話沒說完，已將毛巾甩掉，抓起湯瓢便舀了一個放在嘴裡，大吃大嚼起來。

水仙忙道：「你再忍一忍，我去拿副碗筷來。」

沈玉門搖頭，同時第二個也已塞入口中。

水仙只好撿起毛巾，趁機繼續替他擦抹，邊擦邊道：「你究竟幾天沒吃東西了，怎麼餓成這副模樣？」

沈玉門就像沒聽到她的話一樣，接連吃下幾個，才放下湯瓢，讚不絕口道：「好，好極了！想不到林棟那傢伙竟能創出如此人間美味，真乃超水準之作。」

水仙聽得也不禁直嚥口水，道：「真的有那麼好吃？」

沈玉門立刻舀了一個送到她嘴邊道：「妳嚐嚐看，保證妳這輩子都沒有吃過這麼美味的東西。」

水仙朝門窗掃了一眼，才悄悄咬了一口，誰知剛剛入口便吐出來，叫道：「糟了，這是蘿蔔做的！」

沈玉門道：「不錯，主要的材料正是蘿蔔和干貝。」

水仙急形於色道：「這種東西你不能吃啊！」

沈玉門愕然道：「誰說我不能吃？」

水仙道：「盛大夫說的，方才你還沒醒的時候，他已看過了你的傷口，而且已經開了藥，蘿蔔是解藥的，怎麼可以吃呢？」

沈玉門皺眉道：「我的傷又不重，吃哪門子的藥！只要每天有好酒好菜吃，保證比吃藥還要管用。」

水仙急道：「誰說你的傷不重！據盛大夫說，你按時吃藥，至少也得躺兩三個月，如果不吃藥，一定拖得更久。」

沈玉門頓時叫起來，道：「那怎麼可以！妳叫我躺兩三個月，非把我悶死不可。」

水仙道：「這是什麼話！你以前又不是沒有躺過……」

說著，輕輕在他小腹上的傷痕上摸了摸，繼續道：「你這道創傷，足足讓你在床上躺了大半年，還不是活得滿好的？」

沈玉門垂首朝那傷疤上瞧了一眼，猛然一呆，道：「咦？這是幾時長出來的？」

水仙「噗嗤」的一笑，道：「這是你前年獨戰秦嶺七雄時所留下來的傷痕，怎麼說是長出來的？」

沈玉門又連忙在自己全身查看了一遍，不禁又叫起來，道：「我身上怎麼會有這麼多可怕的東西？」

水仙道：「這都怪你自己，誰叫你每次出去都要帶點傷回來呢？」

沈玉門臉色陡然大變，道：「不對，這不是我的身體，這一定不是我的身體！」

水仙詫異的望著他，道：「不是你的身體，是誰的身體？」

沈玉門道：「當然是沈二公子的。」

水仙莫名其妙道：「你不就是沈二公子嗎？」

沈玉門道：「我是說那位真的沈二公子。」

水仙道：「本來你就不是假的嘛！」

沈玉門指著自己的鼻子，道：「妳再仔細看看，我真的是妳們那位寶貝少爺嗎？」

水仙果然盯著他的鼻子看了一陣，道：「絕對錯不了，你小時候跌破的那條疤，還能看得很清楚。」

沈玉門氣極敗壞道：「笨蛋！我不是叫妳看我的鼻子，我是叫妳比較一下，我跟妳們少爺一定有不一樣的地方……譬如我的口音，妳沒發覺我說起話來，滿口都是揚州腔嗎？」

水仙道：「那是因為你的兩個奶娘都是揚州人，所以從小說話就帶有一股揚州腔調，不過這幾年好像已經好多了。」

沈玉門呆了呆，道：「嘿，這倒巧得很。」

水仙道：「可不是嘛，如果你沒有那種腔調，也就不是沈二公子了。」

沈玉門皺著眉頭想了想，道：「語氣呢？多少總有點不同吧？」

水仙道：「你雖然裝得怪裡怪氣的，但開口傻瓜、閉口笨蛋的習慣卻改不了。其實你也知道我既不笨，也不傻，你要想唬唬那兩個也許可以，想唬我恐怕就沒有那麼容易了。」

說完，得意洋洋的將毛巾往水盆裡一丟，取出一套嶄新的內衣，爬上床鋪就想替他穿上。

沈玉門卻一把抓住她的手，道：「妳再仔細看看，我跟妳們少爺真的完全一樣？」

水仙一副哭笑不得的樣子，道：「你本來就是少爺，怎麼會不一樣？」

沈玉門放開她的手，臉色變得更加難看，道：「看來只有一種可能了。」

水仙怔怔道：「什麼可能？」

沈玉門連聲音都有一些顫抖道：「借屍還魂。一定是借屍還魂。」
水仙嚇了一跳，道：「你說誰借屍還魂？」
沈玉門道：「我。」
水仙驚惶失色道：「你……你不要嚇我好不好？」
沈玉門道：「我沒有嚇妳，我真的不是妳家少爺，而且我也不會武功，難道妳連這一點都看不出來？」
水仙呆望他半晌，才愁眉苦臉：「好少爺，開玩笑也該有個限度，這是在別人家裡，萬一被人聽了去，人家還以為是真的呢！」
沈玉門沉嘆一聲，道：「本來就是真的。」
水仙急忙道：「好吧！這種玩笑回家再開，你先把衣裳穿好，我好去替你端點東西來吃。」
沈玉門道：「也好，妳先替我拿壺酒來。」
水仙為難道：「你的酒剛剛才醒怎麼又要喝？而且你身上有傷，根本就不宜多喝，尤其是『醉貓』喝的那種東西，連沾都不能沾。」
沈玉門道：「這也是盛大夫交代的？」
水仙道：「不錯，盛大夫是傷科高手，聽他的保證沒錯。」
沈玉門道：「那妳就想辦法給我弄壺軟酒來，總之，妳想不叫我說話，就得用酒來堵我的嘴。」
水仙眼睛一眨一眨的瞅著他，道：「你不是為了想喝酒，才故意拿那種話來嚇唬我吧？」
沈玉門道：「哪種話？」
水仙道：「就是你方才說過的……那句話。」
沈玉門：「借屍還魂？」
水仙點頭，目光中仍有驚悸之色。
沈玉門道：「這個問題就得等我喝足了以後再答覆妳了。」
水仙即刻跳下床，道：「好，我這就去問問盛大夫，看你能不能喝！」
沈玉門皺眉道：「盛大夫還在這裡？」
水仙道：「當然在。他正陪秦大俠和石總管在前廳用飯。只要他點頭，你要喝多少都行。」
沈玉門嗅了嗅，道：「菜全在這裡，他們在那邊吃什麼？」
水仙道：「這裡的菜是專為你準備的，其實秦夫人燒菜的手藝好得很，比外面的館子只高不低。從外面叫菜，簡直是多餘的事。」
沈玉門輕哼一聲，道：「一個女人家能夠做出什麼好菜，怎麼可以跟鼎鼎大名的林師父相比！」

水仙一怔，道：「可是……這些話也都是你告訴我的。」

沈玉門道：「我沒說過這種話，這一定又是妳們那個寶貝少爺跟妳胡說八道。」

水仙又驚愕的瞧了半晌，道：「少爺，你的頭部是不是受了傷？」

沈玉門苦笑道：「妳不是說盛大夫是傷科高手麼？妳為什麼不去問問他？」

水仙什麼話都沒說，匆匆走出房門，神態卻已顯得十分惶恐，但過了不久，她又已滿面含笑的走進來，方才那股惶恐的神情，早已一掃而光。

只見她手上端著一個托盤，托盤裡不但有一副精緻的酒罈和酒杯，而且還有兩碟色澤鮮美的小菜。小菜還在冒著熱氣，顯然是剛剛才炒出來的。

沈玉門衣扣尚未扣好，便停下來道：「這就是秦夫人的菜？」

水仙笑迷迷地道：「不錯，酒也是秦夫人親手溫出來的，聽說是珍藏多年的『花雕』，你嚐嚐看。」

沈玉門將托盤接過去，擺在大腿上，先端起小菜又嗅了嗅，然後才倒了一杯酒。酒到唇邊卻忽然停下來，道：「妳說這是什麼酒？」

水仙道：「『陳年花雕』，有什麼不對嗎？」

沈玉門笑道：「憑良心說，這女人的兩道小菜做得好像還可以，不過她若連酒裡也要加點佐料調味，那她的見識就未免太有限了。」

水仙似乎想都沒想，「噹」的一聲，已將一支銀簪投進酒杯裡。銀簪變了顏色，水仙的臉色也為之大變。

沈玉門怔怔道：「這是怎麼回事？」

水仙低聲道：「這酒有毛病！」

沈玉門急道：「我知道這酒裡摻了東西，問題是還能不能將就著喝？」

水仙一把奪過托盤，道：「你喝下去，我們金陵沈家就完了。」

沈玉門駭然道：「酒裡摻的莫非是毒藥？」

水仙點點頭，隨手將托盤往腳下一擺，同時也從床下取出了一柄長約三尺的鋼刀。

沈玉門一驚，道：「妳這是幹什麼？」

水仙嘆了口氣，道：「看樣子，我們跟秦家的交情是到此為止了。」

沈玉門道：「妳想跟他們翻臉？」

水仙道：「他們想毒死你，不翻臉行嗎？」

沈玉門不禁嘆了口氣，道：「這麼一來，我這一餐又要泡湯了。」

水仙苦笑著道：「不要緊，只要能活著出去，你想吃什麼東西都有。」

沈玉門無奈道：「好吧！那我們就快點走吧！」

水仙把鋼刀放在他身旁，道：「等一下你可千萬不能手下留情，那秦岡人稱『一劍穿心』，劍法毒辣得很。」

沈玉門急忙推還給她，道：「我又不會使刀，妳拿給我有什麼用？」
水仙楞住了。過了許久，才道：「你身上有傷，當然不能用這種東西，不過那把『六月飛霜』，你應該還可以勉強使用吧？」
沈玉門一怔，道：「什麼『六月飛霜』？」
水仙伸手從枕下拿出了那柄短刀，道：「就是這柄東西，你難道連它的名字都不知道？」
沈玉門搖頭道：「怎麼連刀也有名字？」
水仙道：「這是武林中極有名氣的一把短刀，我還沒問你是從哪裡弄來的呢！」
沈玉門道：「是一個朋友送給我的。」
水仙驚訝道：「什麼人會把如此名貴的東西送給你？」
沈玉門垂首黯然不語。
水仙也不再追問，只替他將紅絲繩扣在手腕上，道：「記住，我們跟秦家的交情已經結束，你一心軟，我們要出去就難了。」
沈玉門只有勉強的點了點頭。
水仙道：「我現在可以喊他們進來嗎？」
沈玉門道：「喊誰進來？」
水仙道：「想殺你的人，當然也順便通知石總管一聲，如果他還沒被害死，也一定會趕過來。」

沈玉門遲遲疑疑的抓了床被子蓋在身上，擔心的看了她半晌，才道：「好，妳喊吧！」

水仙立刻驚叫一聲，道：「少爺，你怎麼了？」

沈玉門嚇了一跳，道：「我沒怎麼樣啊！」

水仙急忙道：「這是演戲的，你不要出聲，只等著出刀就行了。」

沈玉門點點頭，緊緊張張的握著那柄短刀，一副隨時準備出刀的樣子。

水仙繼續喊道：「少爺，你醒醒，你醒醒……你不能死啊……」

喊聲愈來愈急，愈來愈尖銳，喊到後來，已漸漸變成了哭聲。

沈玉門聽得整個傻住了，直到外面有了動靜，他才閉上眼睛，身子也挺得筆直，看上去真像個死人一般。

首先趕來的兩個女人，其中一人在門外已大聲道：「莫非是沈二公子的傷勢有了變化？」

另外一個女人也直著嗓子道：「我們趕快進去看看！」

說著，只見兩名佩劍女子直闖進來，一進房門就不約而同的收住腳步。

原來水仙正手持鋼刀，面門而立，鋼刀已然出鞘，臉上一絲悲傷的表情都沒有，只冷冷的凝視著那兩個人。

那兩名女子相互望一眼，「鏘」的一聲，同時亮出了長劍。
水仙冷笑道：「狐狸尾巴終於露出來了，妳們這是進來看看的嗎？」
左首那女子哼了一聲，道：「也順便來領教一下你們沈家的刀法。」
右首那個冷冷接道：「沈家刀法名滿天下，但願不是浪得虛名才好……」
話沒說完，水仙已揮刀而上，道：「是不是浪得虛名，一刀便知分曉！」
這一刀分明是劈向右首那女子，但只一轉眼間，人刀已到了左首那女子面前。
左首那女子慌忙挺劍招架，可是水仙的持刀手臂卻陡然一個大轉彎，眼看著自右上方砍下的刀鋒竟從左下角倒抹上來。
那女子尚未弄清楚是怎麼回事，刀尖已自她的頸間抹過，鮮血如箭般的從咽喉射了出來，吭都沒有吭一聲便已栽倒在地上。
另外那名女子卻停也沒停，劍鋒快如閃電，直向水仙腦後刺來。水仙手臂一彎，與先前如出一轍，刀鋒又從下面逆迎了上去。
那女子猛的一閃，直向床邊踉蹌退去。
水仙急聲喊道：「少爺，快出刀！」
那女子原本認為沈玉門已死，只當水仙故意嚇她，但床上的沈玉門卻在這時發出了一聲痛苦的呻吟。
那女子大驚之下，頭也來不及回，便已一劍平平刺出，使的正是秦岡賴以成名的

「一劍穿心」。

沈玉門忙將雙腿往上一縮，翻起被子，便把那柄短刀抽了出來；而那女子慌忙刺出的劍鋒，正好被翻起來的被子裹在裡邊，身體也失去重心，整個撲在床上。

沈玉門想也沒想，舉起短刀就剁，竟將那婦子持劍的手臂整個剁斷。

只聽那女子慘叫一聲，抱著斷臂朝外便跑，剛剛跑到門口，正跟隨後趕來的一個中年男子撞了個滿懷。

那中年男子一瞧房裡的情況，整個嚇呆了。

幾乎在同一時間，石寶山也衝進門來，大聲道：「出了什麼事？」

水仙冷冷的盯著那中年男子，道：「這恐怕就得問問秦大俠了。」

原來那中年男子正是此間的主人秦岡。

他這時才緊抓著懷中的斷臂女子，喝問道：「這是怎麼回事？」

那斷臂女子沒有回答，只不斷地呻吟著。

水仙將裹在被中那隻依然緊握著長劍的斷臂取出，扔在秦岡腳下，道：「就是這麼回事，事到如今，秦大俠何必裝糊塗？」

秦岡臉色整個變了，猛搖著那斷臂女子，厲聲道：「說，誰叫妳幹的？」

那斷臂的女人連呻吟都停下來，只恐懼的呆望著秦岡，吭也不敢吭一聲。

門外卻有人接道：「我叫她幹的。」

說話間，只見一名美婦人滿面寒霜的走了進來，誰也想不到竟是素有賢名的秦夫人。

秦岡不禁楞了楞，才一把將那斷臂女子推開，氣急敗壞道：「妳為什麼要這麼做？」

秦夫人酥胸一挺，毫無愧色道：「當然是為了我們秦家。」

秦岡道：「妳難道忘了我是沈玉虎的朋友嗎？」

秦夫人道：「我當然沒有忘記，可是沈玉虎早就死了，而這個人卻是青衣樓誓必除去的死對頭。」

秦岡道：「我不管他是誰的死對頭，我只知道他是沈玉虎的弟弟。」

秦夫人道：「沈玉虎是你的朋友，他弟弟不是，我們總不能為了一個不相干的人，拿我們秦家幾十口人命開玩笑。」

秦岡又楞住了，所有的人都楞住了，連縮在床上的沈玉門都認為她的話很有道理，臉上都出現了一股同情的神色。

秦夫人冷笑一聲，繼續道：「更何況，這個人是不是沈玉虎的弟弟，還是未定之數，我們為他把青衣樓給得罪了，未免太不明智了。」

秦岡暴喝道：「住口！妳……妳怎麼可以為了畏懼青衣樓而陷我於不義？」

秦夫人尖吼道：「你只知道胡亂講義氣，連死掉的朋友都念念不忘。你可曾為自己的父母妻兒想過？你可曾為我娘家那一大家子人想過？萬一得罪了青衣樓，你叫我們這兩家人還怎麼過下去？」

秦岡聽得臉色都氣白了，緊握著的雙拳也在不停地「咯咯」作響。

就在這時，那斷臂女子忽然又發出了幾聲痛苦的哀嚎，秦岡陡然挑起那柄連著手臂的長劍，將斷臂一甩，一劍刺進了那哀嚎女子的胸膛。

所有的人都被他突如其來的舉動嚇了一跳，床上的沈玉門更是驚叫出聲。

那斷臂女子緩緩地癱軟在秦夫人的腳下，兩隻眼睛卻一直仰望著她的臉，至死都沒有移開過。

秦夫人的臉色已變得鐵青，目光冷冷的逼視著秦岡，道：「好，好，姓秦的，你真狠，你為了討好沈家，竟連服侍你多年的丫頭都殺了，你索性連我也一起殺掉算了……」

說著，猛將衣襟撕開來，指著自己雪白的胸脯，大喊道：「你不是叫『一劍穿心』麼？我的心就在這裡，你來穿吧！」

秦岡揚起了劍，劍上還在滴著血，他的眼淚也忍不住滴了下來。

就在這時，忽聽沈玉門瘋狂般叫道：「不要殺她，不要殺她……」

同時轟然一聲，擠在門外的秦家子弟一起跪倒在地，似乎每個人都在為秦夫人請命。

秦岡的劍已開始顫抖，緊接著全身都抖了起來，最後竟然劍鋒一轉，猛向自己的頸子抹去。

一直默默站在他身後的石寶山，突然出手緊抓住他手臂，喝道：「秦大俠，你這是幹什麼？」

秦岡掙扎道：「閃開，讓我死！我現在還有臉見沈玉虎，再遲就來不及了。」

石寶山急道：「不論怎麼樣，你秦岡已經對得起我們沈家了，沈玉虎能交到你這個朋友，也應當可以含笑九泉了。」

「噹啷」一聲，長劍墜落在地上，秦岡也已掩面痛哭失聲。

秦夫人依然冷冷道：「其實你大可不必急著求死，反正我們也活不久了。」

秦岡滿面淚痕的回望著她，道：「為什麼？」

秦夫人道：「你想青衣樓會放過收容沈二公子的人嗎？」

石寶山忙道：「這一點秦夫人倒大可放心。我們現在馬上就走，絕不敢再拖累你們秦府。」

秦夫人搖頭道：「已經來不及了。雖然僅僅是半天時間，但是我們已經收容過你們了。」

石寶山道：「那麼以夫人之見，還有沒有什麼補救之策？」

秦夫人道：「有，只有一個方法。」

石寶山道：「什麼方法，夫人請說？」

秦夫人道：「除非我們把沈二公子留下來，以他一命來換取我們全家幾十口的性命……」

秦岡截口道：「住口！我寧願死在青衣樓手上，也不能做個不仁不義之徒。」

秦夫人道：「我的想法卻跟你不同，你我死不足惜，可是年邁的父母何辜？幼小的子女何辜？他們為什麼要平白無故為沈家而死？」

秦岡沉默，所有的人也都聽得啞口無言。房裡頓時變得死一般的沉寂。

沈玉門卻在這時忽然道：「好，就把我留下來吧！我一條命能換幾十條命，倒也划算得很！」

水仙立刻尖叫道：「不行！你這條命跟別人不同，就算幾百條命，也絕對不能跟人換。」

石寶山也哈哈一笑道：「這個方法未免太離譜，別的事都好商量，唯有這件事，實在難以從命。」

秦夫人道：「為什麼？連沈玉門自己都願意留下來，你們做下人的，還有什麼理由從中作梗？」

石寶山道：「理由很簡單，因為沈二公子的命，已不屬於他本人了。」

秦夫人道：「哦！這倒怪了，他的命不屬於他本人，又屬於誰呢？」

石寶山道：「屬於整個中原武林，因為武林中已經不能沒有他。」

秦夫人道：「笑話！我們秦家也是武林中人，如果沒有他，我們的日子只會過得更好。」

石寶山笑了笑道：「那當然，至少你不必偷偷的派兩個丫鬟去行刺一個身負重傷的朋友。」

水仙接口道：「而且還在酒裡下了毒，幸虧我們少爺的鼻子還管用，否則早就一命歸天了。」

此言一出，非但石寶山聞之色變，一旁的秦岡更是跳了起來，指著秦夫人叫道：「妳怎麼可以使用這種卑鄙的手段？妳不是一向最厭惡使毒嗎？」

秦夫人挺胸道：「不錯，我是厭惡使毒，也厭惡殺人，可是為了保護家小，再厭惡的事我都肯做。」

秦岡搖著頭，道：「妳變了，妳完全變了。」

秦夫人道：「再不變，我們秦家就完了，你難道還不明白嗎？」

秦岡繼續搖著頭道：「我們秦家已經完了，方才那一劍我沒刺下去，就已經注定今後武林中再也沒有我『一劍穿心』秦岡這號人物了。」

秦夫人道：「那也未必，沈家並不能代表整個武林，只要不得罪青衣樓，我們秦家照樣可以混下去。」

秦岡仍在不停地搖頭，挺拔的身形忽然蜷了下去，臉上也失去了過去那種英姿煥發的神采，彷彿陡然之間老了下來，看上去至少蒼老了十年。

秦夫人終於有些傷感道：「其實我這麼做也是為你，我總不能眼看著你把辛苦多年創下的基業毀於一旦，希望你不要怪我才好。」

秦岡嘆了口氣，道：「我不怪妳，怪只怪沈玉虎死得太早，如果他不死，青衣樓的聲勢絕對不可能擴張得如此之快，妳也就不至於做出今天這種不顧道義的事了，妳說是不是？」

秦夫人黯然道：「不錯。」

秦岡揮手道：「妳走吧！帶著妳的人回妳的娘家去吧！我卻要留下來。我秦岡雖然懦弱無能，但我卻不怕死，我倒要看看青衣樓能把我怎麼樣！」

秦夫人也深嘆一聲道：「走不掉的！如果能夠一走了之，我也不會下手暗算一個身負重傷的人了。如今我們只剩下一條路，想活下去，就得把沈玉門留下來，否則就算逃到天涯海角，青衣樓也絕不會放過我們的。」

秦岡冷笑著道：「妳以為憑妳就能把人家留下來嗎？」

秦夫人道：「還有你，只要我們同心協力，總還有幾成勝算。」

秦岡道：「很抱歉，這種事，我不能幹……」

說到這裡，陡然將地上的一柄長劍踢到她腳下，道：「這是劍，妳有本事，妳就把他留下來吧！」

秦夫人楞住了，一旁的石寶山也怔怔地站在那裡，動也沒動。

秦岡含著眼淚，遙遙朝著沈玉門拱了拱手，道：「沈二弟，我對不起你，你多保重吧！」

說完，轉身出房而去，似乎所有人的生死，都已與他無關。

就在他剛剛離去的那一瞬間，緊閉著的窗戶忽然被人推開，只見兩名沈府手下人越窗而入，匆匆把床上的沈玉門抬起來就走。

水仙也跟著跨上了窗臺，想了想又退回來，不慌不忙的將床上那床嶄新的被子捲起，腋下一夾，又向秦夫人揮了揮手，才擰身躍出窗外。

秦夫人這才慌裡慌張的拾起了長劍，對準石寶山微微鼓起的肚子就刺。

跪在門外的那些秦府子弟，也同時站了起來，個個兵刃出鞘，顯然都決心要與秦夫人共進退。

石寶山忽然閃身揚手，大聲喝道：「夫人且慢動手，在下有話說。」

秦夫人停劍道：「你還有什麼遺言？」

石寶山笑哈哈道：「夫人言重了，秦沈兩家一向友好，何必傷了和氣？」

秦夫人抖劍惡叱道：「有話快說，少跟我拖時間！」

石寶山臉色一寒，道：「這就是我要跟妳說的話，妳如果不想有太多傷亡，最好是追得慢一點，做給青衣樓那批眼線看看也就夠了。」

他一面說著，一面已退到窗口，話一說完，人已失去了蹤影。

秦夫人楞了好一會，才長劍一揮，喝了聲：「追！」

× × ×

車馬一陣疾馳之後，終於漸慢了下來。

秦府那些驚心動魄的追殺之聲已不復聞，能夠聽到的，只有遠遠跟在車後的幾匹馬蹄聲響。

沈玉門撩起了車簾，朝後望去，車後只剩下了四匹馬，包括跑在最後的石寶山在內。

沈玉門道：「還有三個人呢？到哪裡去了？」

坐在旁邊的水仙笑盈盈道：「你不要擔心，他們很快就會趕上來的。」

沈玉門道：「真的？」

水仙道：「當然是真的。」

沈玉門道：「好，停車，我們等。」

水仙臉上的笑容馬上不見了，急急喊了聲：「少爺……」

沈玉門不容她說下去，便已大聲喊道：「停車！停車！」

馬車頓時停了下來，石寶山也自後面疾趕而至，問道：「出了什麼事？」

水仙探頭簾外，愁眉苦臉道：「少爺一定要等那三個人，你看怎麼辦？」

石寶山淡淡道：「不必等了，到現在還不回來，我看是差不多了。」

沈玉門逼視著水仙，道：「他說差不多的意思，是不是已經死了？」

水仙只默默地點了點頭。

石寶山卻已顯得很滿意道：「像今天這種情況，只死了三個人，已經是不幸中的大幸了，幸虧秦岡還顧念過去的交情，否則的話，只怕死傷的人數還要多。」

水仙道：「可不是嗎？誰也沒想到俠門出身的秦夫人，竟會做出這種事來！」說完，還悠悠地嘆了一口氣。

沈玉門也跟著嘆了口氣，而且臉色顯得十分難看。

滿身酒氣的毛森，這時忽然湊到車旁，笑嘻嘻道：「二公子要不要再來兩口？」

水仙嚇了一跳，急忙朝毛森連使眼色，毛森卻看也沒看她一眼，雙手捧著酒囊，畢恭畢敬的送了上來。

沈玉門居然沒有伸手，只冷冷的望著他，道：「你的同伴死了三個，你好像一點也不難過？」

毛森道：「只要二公子平安無事，就算所有的同伴都死光，我也不會難過。」

石寶山立刻接道：「這就是屬下等人的心意，所以務必請二公子多加保重。」

沈玉門搖頭，嘆氣，不聲不響的躺了下去，雖然傷口部位疼痛得要命，卻連吭也沒吭一聲。

馬車已緩緩地往前奔馳，水仙也輕手輕腳替他蓋好被子。

車身晃動，道路兩旁的樹木接連不斷地消失在車窗外，沈玉門終於閉上眼睛，在不知不覺間已沉沉睡去。

也不知過了多久，馬車忽然又停下來，兩匹健馬也同時發出了一陣驚嘶。沈玉門一驚而醒，猛然坐起，不禁又捂著胸部，發出了幾聲痛苦的呻吟。

水仙急忙扶著他，道：「你快躺下，外面的事自有石總管他們應付。」

沈玉門撥開她的手，只朝車外看了一眼，便急急撲向窗口，「嘔」的一聲，將肚子裡僅有的一點東西全都吐了出來。

原來車外已躺滿了屍體，每具屍體的死狀都很慘，而且清一色的身著黑色勁裝，只有紮住褲腳的裹腿是白色的，但這時也幾乎都已被鮮血染紅。總之，一看就知道是青衣樓的人馬。

只聽石寶山興高采烈道：「水仙姑娘，妳叫二公子安心的睡吧！他的好幫手來了！」

話剛說完，遠處已有個人高喊道：「石總管，你們二公子怎麼樣？」

石寶山哈哈一笑，道：「好得很！」

那人也笑哈哈的走上來，邊走邊道：「我早就說他死不了，你們偏不相信，現在相信我的話了吧？」

石寶山道：「孫大少高見，石某算服了你。」

那人得意洋洋道：「好人不長壽，禍害一千年，如果連他都死掉，像我這麼好的人，豈不早就見了閻王！」

沈玉門聽得狠狠地「呸」了一聲，道：「這傢伙真不要臉！」

水仙「噗哧」一笑，道：「孫大少就是這種人。」

那人愈走愈近，轉眼已到車外，道：「你說誰不要臉！」

沈玉門急忙推了水仙一把，道：「妳去擋在前面，別讓他上來，我不要見他！」

水仙一怔，道：「可是……他是你的好朋友啊！」

沈玉門道：「我不喜歡他這個人，也不喜歡他的名字，我也不是他的好朋友。」

水仙怔怔道：「孫尚香這名字有什麼不好?叫起來順口得很嘛!」

那人已一頭鑽進來，道：「是啊!不但叫起來順口，而且聽起來也順耳，可比沈玉門什麼的高明多了。」

沈玉門一見他那張白白的臉，立刻認出正是平日令人見而生畏的孫尚香，不由朝後縮了縮道：「你……你跑來幹什麼？」

孫尚香笑嘻嘻，道：「來接你的。」

沈玉門寒著臉道：「接我到哪裡去？」

孫尚香道：「當然是揚州！」

沈玉門的神色一緩，道：「揚州？」

孫尚香道：「是啊！」說著又往前湊了湊，神秘兮兮道：「而且我準備把惜春接到船上，叫她好好的陪你兩個月，你看如何？」

沈玉門呆了呆，道：「你說的可是『翠花齋』的那個惜春姑娘？」

孫尚香道：「不錯，那丫頭雖然架子十足，不過你沈二公子叫她，她一定來得比飛還快。」

沈玉門急忙道：「我沒有錢，我叫不起她，你要叫她你自己去吧！」

孫尚香「吃吃」笑道：「我就知道你非敲我竹槓不可，好，這次我請，總行了吧！」

沈玉門冷冷道：「我不去，我又不認識你，憑什麼叫你請客？」

孫尚香臉色一沉，道：「你說不喜歡我的名字可以，你說不認識我可不行，我孫尚香跟你沈玉門一向是合穿一條褲子的，大江南北哪個不知道？」

水仙也在一旁接道：「是啊！金陵的沈二公子和太湖孫大少的交情，江湖上幾乎沒有不知道的。」

沈玉門嘆了一口氣，道：「好吧！就算我們的交情不錯，我不想跟你到揚州去，行不行？」

孫尚香怔了怔，道：「你不想到揚州，想到哪裡去？」

沈玉門沉吟著道：「我想到嘉興去。」

水仙已先驚叫道：「你身上帶著傷，跑到嘉興去幹什麼？」

沈玉門道：「去看看。」

孫尚香莫名其妙道：「嘉興有什麼好看的？」

沈玉門輕撫著那柄短刀，道：「好看的東西多得很。你沒興趣只管請便，沒有人要拉你去。」

孫尚香道：「你不拉我，我也要去，反正在你傷癒之前，我是跟定你了，不過，我可要先告訴你一聲，往嘉興那條路可難走得很，路上非出毛病不可！」

沈玉門一驚道：「會出什麼毛病？」

孫尚香道：「聽說青衣第三樓的主力，都在那條路上。」

水仙忙道：「『斷魂槍』蕭錦堂有沒有來？」

孫尚香道：「當然來了，像如此重大事件，他不來怎麼可以？」

沈玉門道：「什麼重大事件？」

孫尚香道：「殺你。」

水仙立刻冷笑道：「我們少爺豈是那麼好殺的，那姓蕭的也未免太不自量力了！」

孫尚香也冷笑一聲，道：「莫說他一個小小的青衣第三樓，就算他們上下十三樓通通到齊，只要有我『玉面郎君』孫尚香在，誰也休想動他沈玉門一根汗毛！」

說著，還在腰間一柄鑲滿寶石的寶劍上狠狠地拍了一下。

水仙聽得急忙扭過頭去。沈玉門也面帶不屑的將目光轉到窗外，可是當他一瞧車外的景象，不禁又是一驚，原來這時車外的屍體早已不見，但見幾十名手持兵刃的大漢已將馬車包圍得有如鐵桶一般。

孫尚香面含得意之色道：「你方才不是聽石寶山說過了嗎？你只管安心睡覺，只要有我孫大少在，你的安全絕對沒有差池。」

沈玉門道：「這都是你的手下？」

孫尚香道：「不錯，這只不過是其中一小部分而已，最多不會超過十分之一。」

沈玉門道：「其他的人呢？」

孫尚香道：「都在附近，只要我一聲令下，不消兩個時辰，他們就可以趕過來。」

沈玉門道：「兩個時辰？」

孫尚香道：「也許更快。」

沈玉門喝道：「如果真要碰上厲害的，恐怕他們趕來收屍都嫌太慢！」

孫尚香眼睛一翻，道：「這是什麼話！誰能在兩個時辰之內把我們這批人收拾掉？更何況你雖然負了點傷，動總還可以動，你我刀劍聯手，就算陳士元那老匹夫親自趕來，也未必能把我們怎麼樣……」

說到這裡，忽然發現繫在沈玉門腕上的那柄「六月飛霜」，頓時驚叫起來，道：「咦？這是什麼東西？」

沈玉門道：「刀。」

水仙即刻加了一句：「短刀。」

孫尚香哈哈大笑道：「鼎鼎大名的金陵沈二公子，怎麼突然換了兵刃，使起這種娘兒們用的玩意兒來了？」

沈玉門一怔，道：「這種短刀，莫非只有女人才可以使用？」

水仙忙道：「誰說的？辰州的『一刀兩斷』辛力，三岔河的『十步追魂』董百里，使的都是短刀，但他們也都是頂天立地的男子漢。」

孫尚香道：「可是使用短刀最負盛名的，卻是容城的賀大娘。」

水仙道：「不錯，容城賀大娘的確是使用短刀的第一高手，但你莫忘了，使劍的第一高手靜庵師太也是女人，難道說你這種劍，也只有女人才能夠使用嗎？」

沈玉門聽得連連點頭，似乎對水仙的說詞極為讚賞。

孫尚香乾咳兩聲，道：「我並不是說只有女人才能使用短刀，我只是認為你們沈家的刀法，不太適合使用這種短傢伙罷了。」
水仙道：「那也不見得。」
孫尚香歪嘴笑笑道：「別的事我不敢跟妳水仙姑娘抬槓，唯有這件事，我有把握絕對不會輸給妳。你們沈家刀法的路數我清楚得很，使用這種短傢伙，只怕連三成的威力也未必發揮得出來……不，最多兩成，妳信不信？」
水仙淡淡道：「我們少爺最近創出了一套新刀法，很適合使用短刀。」
孫尚香半信半疑道：「真的？」
水仙道：「當然是真的，否則我們少爺怎麼能夠把號稱『武林第一快刀』的陳杰都輕輕鬆鬆給宰了呢？」
孫尚香想了想，突然凝視著沈玉門，道：「這麼重要的事，你怎麼從來沒有告訴過我？」
水仙急忙道：「他不敢告訴你。」
孫尚香道：「為什麼？」
水仙水靈靈的眼睛轉了一轉，道：「他怕你瞧得眼紅，非磕頭拜他做師父不可，到時候他的麻煩豈不大了？」說完，自己已忍不住笑出聲來。
沈玉門又在連連點頭，看起來就像真有其事一般。
孫尚香猛然回頭喊道：「石總管！」

石寶山湊近窗口道：「屬下在。」
孫尚香道：「咱們現在可以走了，不過你們二公子想到嘉興轉轉，你認為如何？」
石寶山答應一聲，轉身就走。
孫尚香忙道：「等一等！」
石寶山又轉回來，道：「大少還有什麼吩咐？」
孫尚香道：「知道到嘉興那條路很難走嗎？」
石寶山道：「我知道。」
孫尚香道：「你知道到嘉興，非路經桐鄉附近不可嗎？」
石寶山道：「我知道。」
孫尚香道：「你知道『斷魂槍』蕭錦堂極可能在桐鄉附近等著我們嗎？」
石寶山道：「我知道。」
孫尚香道：「你既然都知道，為什麼不表示一點意見？」
石寶山道：「只要是二公子的意思，石某絕對沒有意見，不論水裡火裡，石某都追隨到底。」
孫尚香揮手、嘆氣，直到車身已經移動，他才瞪著車外那批手下道：「你看看人家沈府的人，你們慚愧不慚愧？」

其中一人道：「其實我們對大少也一向忠心耿耿，就算大少要闖閻羅殿，我們也照樣追隨不誤！」

孫尚香隔著車窗吐了那人一臉口水，叱道：「放你媽的狗臭屁！閒著沒事，我闖哪門子閻羅殿？你這不是存心在咒我嗎？」

那人嘴裡連忙道：「不敢，不敢。」

腳步卻慢了下來，轉眼便已從他視線中消失。

孫尚香嘆了口氣，道：「奇怪，我平日待他們也不薄，他們就是沒有你手下對你的那股味道，我真不明白你這批人是怎麼訓練出來的？」

沈玉門也不明白，目光自然而然的落在水仙臉上。

水仙一句話也沒說，臉上卻堆滿了笑意。

× × ×

黃昏。

官道上逐漸冷清下來，除了緩緩行駛的馬車以及遠遠跟隨在後的數十騎之外，再也沒有其他行人。

沈玉門睡得很安穩，氣色也顯得好了許多，孫尚香也在一旁閉目養神。只有水仙手持團扇，不停地在搧動，好像惟恐沈玉門被悶著。車伕也似乎在打盹，連鞭子都已懶得揮動。

就在這時，忽然一陣急驟的馬蹄聲自後方遙遙傳來，轉眼便已越過石寶山等人，奔到了馬車旁。

孫尚香眼睛還沒睜，便將寶劍拔出了一截。

水仙卻像沒事一般，依然輕揮著團扇，只朝車外瞄了一眼。

只見三人三騎停也不停，直向前面奔去，顯然是身負緊急任務，一點時間也不願意浪費。

孫尚香瞧著那三騎的背影，道：「怪了，石寶山怎麼會把這三個放過來？」

水仙道：「咱們是趕路的，不是惹事的，石總管當然不會無緣無故把人家留下。」

孫尚香道：「可是這三個人一看就知道是青衣樓的人，萬一是過來行刺的怎麼辦？」

水仙道：「有你孫大少在車上，區區三個小嘍囉，有什麼好怕的？」

孫尚香「鏘」的一聲，還劍入鞘，道：「嗯！也有道理。」

沈玉門卻忽然睜開眼睛，道：「什麼事有道理？」

水仙忙道：「沒事，你繼續睡吧！等到了桐鄉我再叫你。」

沈玉門道：「這裡離桐鄉還有多遠？」

水仙道：「差不多五十里，再有一個時辰就到了。」

沈玉門道：「聽說桐鄉『天香居』的東西做得好像還不錯……如果王長順還在的話。」

水仙道：「王長順是誰？」

沈玉門道：「『天香居』的掌廚，他的烤乳鴿是有名的。」

說著，還嚥了口唾沫。

孫尚香道：「你要吃好菜，何不直接到揚州？天下一流的名廚，幾乎都在那裡。」

沈玉門道：「揚州雖然名廚雲集，若論處理鴿子，卻沒有一個比得上素有『鴿子王』之稱的王長順。」

孫尚香道：「杜老刀也不行？」

沈玉門道：「杜老刀一向不擅長處理飛禽，你應該知道才對。」

孫尚香道：「他的徒弟小孟呢？那傢伙是個天才，聽說這幾年杜老刀新創出的那幾道名菜，都是那傢伙琢磨出來的……」

沈玉門截口道：「小孟更不行，他打從出生到現在，連鴿子都沒有碰過，無論是活的還是死的。」

孫尚香哈哈大笑道：「你愈吹愈玄了，你又不是小孟，怎麼知道他從來都沒有碰過鴿子？」

沈玉門瞪眼道：「我為什麼不知道？我……我是他的好朋友，他的每一件事，我都清楚得很。」

孫尚香詫異道：「小孟是你的好朋友？我怎麼沒聽你提起過？」

沈玉門道：「我的好朋友多了，是不是每個都要向你孫大少報告一下？」

孫尚香咳咳道：「那倒不必，不過像小孟這種朋友，如果你早告訴我，對他只有好處，沒有壞處，至少我可以多照顧他一點生意。」

沈玉門忙道：「你最好少去惹他，他對你的印象壞透了！」

孫尚香一怔，道：「為什麼？」

沈玉門道：「因為他一向看不慣你那副張牙舞爪的樣子。」

孫尚香怔怔道：「我……我張牙舞爪？」

他一面說著，一面還把手掌臨空抓了抓，水仙瞧得忍不住「噗哧」一笑。

孫尚香也昂首哈哈大笑道：「這傢伙倒有意思，這次我回揚州，非去找他不可！」

水仙急忙道：「你去找他可以，但你千萬不要忘了，他是我們少爺的好朋友。」

孫尚香道：「妳放心，他既是沈玉門的好朋友，也就是我的好朋友，他嫌我……

態度不好，我可以儘量收斂。」
水仙又道：「還有，就算他的菜做得不好，你也要看在我們少爺份上，多加擔待，可千萬不能胡亂挑剔。」
孫尚香眼睛一翻，道：「這是什麼話！小孟在那一行絕對是個天才，即使他用腳丫子隨便做做，也比一般廚師高明得多，怎麼會不好？」
水仙怔住了。
沈玉門卻如獲知己般的揚起手掌，在他肩上拍了拍，神態間充滿了讚賞之色。
孫尚香得意的笑了笑，可笑容僅在臉上閃了一下就不見了。
原來遠處已響起了馬蹄聲，聽起來比先前的那三匹來勢更快、更急。
孫尚香傾耳細聽一陣，道：「好像又是三匹。」
水仙點頭。
孫尚香道：「後邊一定出了事。」
水仙道：「而且一定是大事。」
轉眼間，那三匹馬又已越過了石寶山等人，直向馬車奔來。
孫尚香忽然喝了聲：「老張！」
外面那車伕立刻道：「大少有何吩咐？」
孫尚香道：「想辦法留一個下來。」

話剛出口，那三匹健馬已自車邊奔過。只聽得大叫一聲，一名黑衣大漢已結結實實的栽落在路旁。

其他那兩匹馬上的人，竟連頭都沒回一下，縱馬絕塵而去。

馬車緩緩地停了下來。

車身尚未停穩，孫尚香已到了那黑衣大漢身旁，小心翼翼的將那大漢扶起，道：「有沒有摔傷？」

那大漢活動了一下手腳，搖搖頭。

孫尚香和顏悅色道：「你的騎術既然不太高明，何必騎得這麼快？萬一被摔死了，可不是鬧著玩的。」

那大漢沒有吭聲，只狠狠地瞪了車伕老張一眼。

老張卻像沒事人似的，正坐在車轅上悠閒的抽著煙，好像那大漢的墜馬，跟他扯不上一點關係。

孫尚香又和和氣氣道：「你不要命的趕路，我想一定是你家裡出了事，是死了人，還是你老婆生孩子？」

那大漢一聽不像話，這才猛將目光轉到孫尚香含笑的臉孔上。

誰知不看還好，一看之下，頓時嚇得倒退幾步，駭然道：「閣下……尊駕……莫非是太湖的孫大少？」

孫尚香笑容不改道：「原來你認得我。」

那大漢點點頭，又搖搖頭，神色一陣慌亂。

孫尚香打量著他，道：「其實我也認得你。」

那大漢難以置信道：「不……不會吧？」

孫尚香道：「誰說不會？你姓魏，對不對？你叫魏三寶，對不對？」

那大漢忙道：「不對，不對，尊駕認錯人了。小的不姓魏，也不叫三寶，小的姓吳……」

只聽「劈劈啪啪」的一陣清脆聲響，原來孫尚香不待他說完，便已接連摑了他十幾記耳光。

那大漢被打得七葷八素，捂著臉，一屁股坐在地上，目光中充滿了驚駭之色。

孫尚香臉上的笑容早已不見，原本那股客氣的味道也已一掃而空，只狠狠地瞪著他，道：「老子叫你姓魏，你就得姓魏。老子說你是魏三寶，你就不能叫魏二寶，也不能叫魏四寶。」

那大漢只好乖乖的點頭。

車裡的沈玉門卻不禁莫名其妙道：「奇怪，他為什麼非逼人家叫魏三寶不可？」

水仙說道：「因為魏三寶是金陵夫子廟前專門表演吞劍的，我看孫大少一定想把寶劍從那人嘴裡插進去。」

沈玉門聽得霍然變色。

水仙說道：「不過少爺只管放心，在他把那人的話通通擠出來之前，他是絕對不會出手的。」

沈玉門匆忙爬到窗口，似乎又想吐，可是肚子裡卻再也沒有可吐的東西。

孫尚香果然將劍鞘往地上一插，緩緩地抽出了寶劍，雪亮的劍鋒在夕陽下發出閃閃的金色光芒。

那大漢驚叫道：「孫大少饒命！」

孫尚香道：「我又沒說要你的命，你緊張什麼？趕快把嘴巴張開來！」

那大漢一呆，道：「張嘴幹什麼？」

孫尚香道：「你是魏三寶，對不對？」

那大漢點頭，拚命的點頭。

孫尚香道：「魏三寶是吞劍名家，可以同時吞下三柄寶劍，我這柄劍雖然鋒利了一點，我想一定難不倒你，你趕快吞給我看一看。」

這時候後面的人馬已然趕到，每個都不聲不響的在一旁觀看，就像真的在夫子廟前觀看表演一樣。

那大漢急忙道：「小的不會吞劍，請孫大少高抬貴手，饒了我吧！」

孫尚香皺起眉頭，一副百思不解的樣子道：「魏三寶怎麼可能不會吞劍？你一定是在騙我。」
那大漢叫道：「小的沒有騙你，小的真的不會吞劍，小的根本就不是……」
孫尚香冷笑一聲，打斷了他的話，道：「你根本就不是不會吞劍，你只是不肯賞我面子，存心讓我在這些朋友面前丟臉而已，對不對？」
那大漢急得冷汗直淌道：「不對，不對，小的縱有天大的膽子，也不敢害你孫大少丟臉。」
孫尚香揚劍道：「你既然不想害我丟臉，就趕快把嘴巴張開，否則你讓我怎麼跟這些朋友交代？」
那大漢捂著嘴巴遲疑了一陣，忽然道：「小的雖然不會吞劍，肚子卻有很多消息，如果孫大少肯放小的一馬，小的就毫不保留的告訴你。」
孫尚香道：「那就得看是什麼消息了。」
那大漢道：「我們蕭樓主現在正在桐鄉，而且三十六分舵的舵主，至少有一半已經趕了來。」
孫尚香道：「這個消息我一早就知道了，還要你來告訴我！」
那大漢道：「但你一定不知道他們是來幹什麼的。」
孫尚香道：「總不會是來找我的吧？」
那大漢道：「當然不是，他們是來追趕一個姓解的女人。」

孫尚香道：「只為了追趕一個女人而興師動眾，你們蕭樓主也未免太小題大作了！」

那大漢道：「那是因為蕭樓主原以為那女人跟金陵的沈二公子在一起，可是現在情況好像有了變化，我們突然發現沈二公子已出現在孝豐。」

孫尚香道：「你們急急趕路，莫非就是想把這個消息轉遞給你們蕭樓主？」

那大漢道：「不錯，我們蕭樓主等一會一定會經過這裡，你們最好是想辦法繞小路，以免被他碰上。」

孫尚香冷笑道：「為什麼？你們蕭樓主會吃人？」

那大漢道：「他不會吃人，只會殺人。」

孫尚香道：「那太好了，我也很會殺人，而且我看不成吞劍，又聽了一堆沒用的消息，心情剛好壞得不得了，正想殺幾個人消消氣。」說著，又提起了劍。

那大漢大喊道：「且慢動手，小的還有個消息，對你們一定很有用處。」

孫尚香道：「說！」

那大漢道：「這幾天襄陽和蒙城都有大批高手趕來支援，如今的青衣第三樓，實力可比過去強多了。」

孫尚香道：「聽說岳州的『鐵劍無敵』郭大勇和銅山的『子母金環』古峰也趕了來，有沒有這回事？」

那大漢道：「有，不過只是聽說，直到現在還沒有發現那兩個人的蹤影。」

孫尚香冷笑道：「如果我連這些消息都要等著你來告訴我，我孫尚香在江湖上豈不是白混了？」

那大漢臉都嚇白了，聲音也有些顫抖道：「還有……還有……」

孫尚香劍尖緊對著他的嘴巴，道：「不必了，我對你這些陳年消息已倒盡了胃口，我還是看你表演吞劍來得過癮。」

那大漢一面閃躲，一面大叫道：「這次絕對是最新消息，剛剛才發生的事，保證你們還沒有聽說過。」

孫尚香道：「剛剛發生的事？」

那大漢道：「對，最多只有兩個時辰……不對，最多只有一個半時辰。」

孫尚香道：「好吧！這是你最後的機會，如果你再敢騙我，無論你張不張嘴，我都有辦法讓你把這柄劍吞下去。」

那大漢戰戰兢兢道：「方才我們碰上了『金刀會』的人馬，真的！」

孫尚香一驚，道：「魯東『金刀會』？」

那大漢道：「不錯，十八個人，十八匹馬，十八口金刀，兇狠極了。我們錢舵主刀法之快是有名的，誰知還沒有來得及拔刀，腦袋就先搬了家！」

孫尚香道：「原來你們遇到了『絕命老么』的『絕命十八騎』？」

那大漢點頭不迭道：「對，一點都不錯，帶頭的那人正是金刀會的『絕命老么』盧九。」
孫尚香垂下頭，也垂下了劍，皺眉道：「金刀會的人跑來搗什麼亂？」
那大漢鬆了一口氣，道：「當然是來支援金陵沈二公子的。」
孫尚香冷哼一聲，道：「有我孫大少在，哪還用得著他們來多事！」
那大漢忙道：「是是是！」
孫尚香忽然又揚起了劍，道：「你還有沒有什麼消息要告訴我？」
那大漢楞住了，楞楞的望著他，道：「你……你……」
孫尚香道：「我和我的朋友都等得不耐煩了。如果沒有更重要的消息，你就趕快張開嘴！」
那大漢剛剛鬆緩的神色又變了，冷汗珠子也一顆顆的淌了下來。
車裡的水仙這時忽然探出頭了，笑吟吟道：「孫大少，差不多了，放他走吧！」
孫尚香愕然道：「這個人……能放嗎？」
石寶山立刻接道：「當然能放，而且剛好可以讓他帶個信給蕭錦堂。」
孫尚香道：「帶什麼信？」
石寶山道：「告訴蕭錦堂，你太湖孫大少要用這條路，叫他迴避一下。」
水仙也急忙接口道：「對，在這一帶要威風也該由你孫大少來耍，哪輪得到他姓蕭的！」

孫尚香猛一點頭，道：「有道理。」緊接著「鏘」的一聲，還劍入鞘，用劍鞘頂著那大漢胸口，道：「姓吳的，你今天遇到了貴人，居然能從我孫大少劍下逃過一劫，你的狗運實在不錯！」

那大漢一面拭汗，一面點頭。

孫尚香劍鞘一拐，已將那大漢挑出幾步，喝道：「你走吧！不過你可別忘了把我的話傳給你們樓主！」

那大漢一步一點頭的往前走去，走出很遠，才慌不迭的撲上停在路邊的坐騎，狂奔而去。

孫尚香面含得意之色轉回身，剛剛想跨上車轅，陡聞石寶山大喝一聲：「來人哪！」登時應聲雷動，不但沈府的人回應得毫不遲疑，連他帶來的手下也答應得痛痛快快。

孫尚香又驚嚇了一跳，不知出了什麼事，急忙朝石寶山望過去。

石寶山卻看也沒看他一眼，只大聲吩咐道：「趕快準備擔架！」

孫尚香一怔，道：「你準備擔架幹什麼？」

石寶山道：「我怕二公子在車裡躺久了不舒服，想請他出來透透氣。」

孫尚香叫道：「你胡扯什麼?在擔架上哪有在車裡舒服？」

石寶山笑道：「既然大少喜歡坐車，剛好把車讓給你坐算了。」

孫尚香道：「你們呢？」

石寶山道：「我們抄小路走，說不定會比你先到桐鄉。」

孫尚香了怔了怔，道：「莫非你也怕碰到青衣樓的人馬？」

石寶山笑笑道：「的確有點怕。」

孫尚香道：「你既然怕碰到他們，方才又何必放那個人走？又何必叫他傳信給蕭錦堂？」

石寶山道：「我怕，你不怕。蕭錦堂再厲害，也不敢得罪你太湖的孫大少，除非你逼得他無路可走。」

孫尚香道：「你是說除非我跟你們走在一起，否則他絕對不敢動我？」

石寶山道：「不錯。」

孫尚香道：「所以你才故意把蕭錦堂引來，讓我應付他，你好帶著你們二公子開溜！」

石寶山笑笑道：「不錯。」

孫尚香臉色一寒，道：「石寶山，你愈來愈高明了，想不到連我都被你利用上了！」

石寶山忙道：「在下也是情非得已，還請大少多多包涵。」

孫尚香猛一跺腳，道：「好，為了沈玉門的安全，我認了，誰叫我是他的好朋友呢！」

石寶山一揖到地，道：「多謝大少成全！」

孫尚香抬掌道：「你且莫高興得太早，我跟你的事還沒有完。」

石寶山道：「什麼事？」

孫尚香道：「我孫大少可不是隨便受人支使的，你想要讓我乖乖聽你擺佈可以，至少你也應該禮尚往來，替我辦兩件事才行！」

石寶山道：「大少有何差遣，儘管吩咐，只要在下力所能及，一定照辦。」

孫尚香道：「第一，你得想辦法替我把『金刀會』那批人趕回去。在太湖附近，我絕不容許那批傢伙來搗亂，尤其是『絕命老么』盧九那種人，我一見他就手癢，萬一我一時把持不住把他宰了，反而使你們二公子為難，所以你愈早把他趕走愈好。」

車裡的水仙聽得又是「噗嗤」一笑。

石寶山急忙揉揉鼻子，道：「好，這事好辦。」

孫尚香道：「第二，你得告訴我那個姓解的女人是何方神聖。她既是青衣樓追逐的目標，就一定是我們的朋友，至少你也應該把她的底細告訴我，不能讓我蒙在鼓裡。」

石寶山皺眉道：「不瞞大少說，在下也不清楚那女人究竟是何許人也。如果大少一定要知道，何不直接去問問我們二公子？」

孫尚香二話不說，身形微微一晃，已竄進車中。

沈玉門不待他開口，便已搖頭擺手道：「你不要問我，我也不知道。」

孫尚香翻著眼睛道：「你不知道誰知道？」

沈玉門有氣無力道：「她既是青衣樓追趕的人，那個姓蕭的一定會知道，你何不去問問他？」

孫尚香道：「好，只要有人知道就好辦。我今天非把她的來龍去脈逼出來不可！」

沈玉門道：「怎麼逼？是不是也想讓那姓蕭的表演吞劍給你看？」

孫尚香哈哈一笑，道：「對付『斷魂槍』蕭錦堂當然不能用那套，不過你放心，叫人開口的招數我多得不得了，隨便用哪一招，都有辦法把他的話給擠出來！」

第三回　血灑江湖路

血紅的夕陽染紅了筆直的官道，也染紅了孫尚香白淨的臉。

車行顛簸，馬快如飛。

孫尚香四平八穩的坐在車廂中，其他人馬也縱韁疾馳在馬車兩旁，幾乎將寬敞的官道整個擠滿。

車伕老張揮舞著長鞭，不時發出興奮的呼喝。在他說來，縱馬飛馳顯然要比緩速慢行過癮得多。

突然間，孫尚香抓起了劍。老張也將長鞭一捲，大喝道：「來了！」

只見官道盡頭陡然揚起了漫天煙塵，一片黑壓壓的騎影，潮水般的捲了過來。隨行在車旁的幾十名手下卻個個視若無睹，仍在拚命的鞭馬。

老張的長鞭也揮舞得更加起勁，好像想要硬從對方大批人馬中衝過去一般。

雙方的距離愈來愈近，轉眼工夫相隔已不及百丈。那片騎影突然停了下來，動也不動的擋在官道中間。

孫尚香緊閉著嘴巴，一任車馬狂奔，直等到就要衝到對方身上，才喝了聲：

「停！」

但見人呼馬嘶，車馬同時勒韁在那片黑壓壓的人馬前面。對方雖然人精馬壯，但仍不免面露驚慌，紛紛閃避。

只有居中一名手持銀槍的老者原封不動的坐在馬上，冷冷的凝視著馬車裡的孫尚香，孫尚香也正在歪著頭打量他，還不時瞄著他那桿雪亮的銀槍。

那老者忽然冷笑一聲，道：「我當什麼人如此狂妄，原來是『五湖龍王』的大少爺。」

孫尚香聽得似乎很不開心，道：「這個人是誰？」

車伕老張應聲道：「回大少的話，這位便是青衣第三樓的蕭樓主。」

孫尚香猛吃一驚，道：「『斷魂槍』蕭錦堂……蕭老爺子？」

老張點頭。那老者卻傲然一笑，手中的銀槍在夕陽下閃爍著耀眼的光芒。

孫尚香頓時跳起來，站在車轅上揮手喝道：「讓路！」

隨行的人馬立刻一字排開，退到路旁。馬車也連連後退，將去路完全空了出來。

蕭錦堂反倒楞住了，呆望了孫尚香許久，才道了聲：「多謝。」
帶領著大批人馬，浩浩蕩蕩的走了過去，邊走邊回頭，愈看愈不對，陡然大喝一聲，所有的人馬又同時轉過頭來。
孫尚香和他那批手下居然原樣未動，彷佛早就料到他非回來不可。
蕭錦堂果然緩緩地轉回來，緩緩地停在那輛雙套馬車的前面。
孫尚香哈著腰道：「蕭老爺子還有什麼吩咐？」
蕭錦堂強笑著道：「不敢，不敢，我看你行色匆匆，只想問你是不是出了事？我與令尊是故交，大事幫不上手，小事或可助你一臂之力。」
孫尚香忙道：「多謝蕭老爺子關懷，我只想早一點趕到桐鄉，其他啥事都沒有。」
蕭錦堂道：「趕到桐鄉去幹什麼？」
孫尚香道：「找人。」
蕭錦堂道：「找什麼人？」
孫尚香道：「王長順，這個人，蕭老爺子有沒有聽說過？」
蕭錦堂想了想，搖頭。
孫尚香「吃吃」笑道：「你老人家經常在桐鄉走動，怎麼連王長順都不知道？他是有名的『鴿子王』，他的烤乳鴿絕對是天下第一流的。」
蕭錦堂沉下了臉，冷冷道：「你說你趕來桐鄉，只是為了吃烤乳鴿？」

孫尚香道：「是啊……還有個理由，只怕我說出來，你老人家也不會相信。」

蕭錦堂道：「什麼理由，你說！」

孫尚香道：「我想遠離是非之地，不想惹上一身麻煩。」

蕭錦堂道：「你指的是不是敝幫和金陵沈家的事？」

孫尚香道：「不錯。」

蕭錦堂笑笑道：「這個理由倒也說得過去，不過我曾經聽說過你跟沈玉門的交情不壞，如今他正處在生死邊緣，而你卻跑到二百里之外來吃烤乳鴿，這件事未免太離譜了吧？」

孫尚香也頓時拉下臉道：「第一，沈玉門活得很好，我料定他不會有什麼凶險。第二，太湖孫家不是我孫尚香自己的，我上有父母，下有弟妹，而且剛剛討了個嬌滴滴的老婆，我得罪不起你們青衣樓。第三，我不喜歡金刀會的人，更不喜歡『絕命老么』盧九。第四，我這幾天胃口不開，非吃點對口味的東西不可。有這四點理由，你說夠不夠？」

蕭錦堂一面點頭，一面也皺起了眉頭。

孫尚香：「我現在可以走了吧？」

蕭錦堂招手道：「且慢，老夫還有件事想向你請教。」

孫尚香道：「請教不敢，有話請說。」

蕭錦堂道：「你真的見到了沈玉門？」
孫尚香道：「你最好不要提他的事，我雖然得罪不起青衣樓，卻也不是出賣朋友的人。」
蕭錦堂道：「我並沒有叫你出賣朋友，我只是覺得奇怪，如果你真的見過他，怎麼會說他活得很好？怎麼會說他沒有凶險？」
孫尚香笑而不答。
蕭錦堂繼續道：「不瞞你說，直到現在我還不太相信他還活著，就算那姓梅的醫道蓋世，也不可能真的有起死回生之術，硬把一個死人給救得活過來！」
孫尚香道：「原來是梅大先生救了他，那就難怪了。」
蕭錦堂道：「這麼說，他真的還活著？」
孫尚香道：「梅大先生既已沾手，還會死人嗎？」
蕭錦堂道：「就算他還有口氣在，傷勢也必定十分嚴重，怎麼可能活得很好？」
孫尚香道：「這種問題你又何必再來套我？你的手下想必有人已見過他，否則也不會放掉那個姓解的女人往回趕了。」
蕭錦堂一怔，道：「你怎麼知道我在追趕那個姓解的女人？」
孫尚香道：「魏三寶告訴我的。」
蕭錦堂又是一怔，道：「魏三寶是誰？」

孫尚香沒有開口，他那批手下卻同聲大笑起來，有的竟笑得前仰後翻，險些栽下馬來。

蕭錦堂陡然回首暴斥道：「放肆！」

笑聲頓時靜止下來。

蕭錦堂冷冷道：「我和孫大少談話，你們最好少吭聲，否則休怪我對你們不客氣。」

那批人立刻垂下頭，似乎每個人對蕭錦堂都很畏懼。

孫尚香頓覺臉上無光，不禁冷冷一聲：「你老人家還是暫時把威風收起來，等碰到金刀會的人再用吧！」

蕭錦堂也冷冷一聲，道：「你說你料定沈玉門不會有凶險，就是因為他身邊有那幾個金刀會的人嗎？」

孫尚香道：「不是幾個，是一十八個。」

蕭錦堂道：「就是所謂的什麼『絕命十八騎』，對不對？」

孫尚香道：「沒錯。」

蕭錦堂道：「你說你不喜歡金刀會的人，對不對？」

孫尚香道：「沒錯。」

蕭錦堂道：「你說你更不喜歡『絕命老么』盧九，對不對？」

孫尚香道：「沒錯。」

蕭錦堂銀槍一抖，道：「你放心，這件事交給我了，我包你今後武林中再也沒有什麼『絕命十八騎』這個字眼了。」

孫尚香笑了笑道：「蕭老爺子，我看你還是省省吧，『絕命十八騎』不是豆腐做的，『絕命老么』盧九也不是省油燈。你要想一舉把他們消滅，說句不怕你生氣的話，那簡直是在做夢。」

蕭錦堂也笑了笑，笑容裡充滿了輕視的味道，道：「你認為『絕命老么』的身手，比『追風劍』郭平如何？」

孫尚香道：「你指的可是『青城四劍』中的郭四俠？」

蕭錦堂道：「不錯。」

孫尚香道：「以身手而論，應該是半斤八兩，不過郭四俠可比盧九那傢伙有人味兒得多了。」

蕭錦堂道：「現在他也沒有人味兒，如果有，也只有鬼的味道了。」

孫尚香大驚道：「郭四俠死了？」

蕭錦堂道：「不錯。」

孫尚香道：「是你們殺的？」

蕭錦堂道：「不錯，而且我們殺的不止他一個，其他三劍也沒有一個活口，從此

『青城四劍』在武林中已經變成歷史名詞了。」
孫尚香搖頭，道：「你們也未免太狠了，你們難道就不怕青城派報復？」
蕭錦堂道：「我們青衣樓從來就不怕報復，凡是與我們為敵的人，我們就殺，所以這次無論什麼人想救沈玉門，我們絕對不會放過，其中包括號稱『神醫』的梅汝靈和『千手如來』解進父女在內。」
孫尚香眉梢陡然聳動了一下，道：「『千手如來』解進？」
蕭錦堂傲然道：「不錯，暗器第一名家，武林絕頂高手。最後仍不免斷魂在我這桿槍下。」
說著，銀槍在手中打了個轉，看上去威風極了。孫尚香雖然沒說什麼，但那副肅然起敬的樣子，卻已完全顯露在臉上。
蕭錦堂繼續道：「至於那姓梅的，我還沒有出手，他就已嚇死了。」
孫尚香難以置信道：「嚇死了？」
蕭錦堂咳了咳，道：「當然，也許他原本就心臟不好，也許他……事先已服了毒。」
孫尚香道：「這麼說，梅大先生並不是你們殺的？」
蕭錦堂道：「算在我們頭上也無所謂，總之，這次幫助沈玉門逃生的，就只剩下了那個女人，不過她也跑不掉的，她的行蹤早已在我們掌握之中。」

孫尚香忽然乾笑兩聲，道：「青衣樓居然會為一個女人大傷腦筋，我想她的武功一定十分了得。」

蕭錦堂冷笑道：「她武功再強，也強不過她老子，只不過她生性狡猾，讓人難以下手罷了。」

孫尚香嘆了口氣，道：「只可惜我從來沒見過那女人，否則……你老人家也許可以省點力氣。」

蕭錦堂神情一振，道：「如果你老弟肯幫忙的話，那就太好了，我正擔心那女人會逃到太湖去。」

孫尚香忙道：「等一等！我們孫家究竟要往哪邊倒，可不是我能作得了主的，我得回去商量過再說。不過你老人家最好是先把那女人的名字、長相以及容易辨認的特徵告訴我，也好讓我留意一點，以免她跑到太湖，被我那老子糊裡糊塗的收了房，那可就麻煩了。」

蕭錦堂稍稍遲疑了一下，才道：「我也沒見過那個女人，很難說出她的特徵，我只知道她叫解紅梅，年紀總在二十上下，長相嘛，好像還過得去，其他的我就不知道了。」

孫尚香皺起眉頭，道：「解紅梅，這個名字，我怎麼從來沒有聽人說起過？」

蕭錦堂道：「她自小就跟著她爹東飄西蕩，從來沒有單獨在江湖上走動過，所以很少有人知道她的名字。」
孫尚香道：「武功路數呢？」
蕭錦堂道：「『千手如來』解進的女兒，當然是使用暗器了，而且聽說她的暗器手法非常高明。你萬一遇上她，可得小心一點。」
孫尚香道：「我好像聽人說過解進的刀法也不錯，不知他女兒如何？」
蕭錦堂道：「她的刀法如何我是不大清楚，不過她手中卻有一把極有名氣的短刀，據說鋒利得不得了。」
孫尚香神色一動，道：「什麼短刀？」
蕭錦堂道：「『六月飛霜』！這把刀，你有沒有聽說過？」
孫尚香點頭，又搖頭，過了一會，又點了點頭。神情十分怪異。
蕭錦堂不禁疑心大起，目光霍霍的凝視著他的臉。
這時，身後忽然傳來「嗤」的一聲，又是孫尚香的一名手下忍不住笑了出來。
蕭錦堂頭也不回，只大喝一聲：「替我掌嘴！」
喝聲未了，一名黑衣人已自鞍上躍起，對準孫尚香那名手下就是一記耳光，出手之快，疾如閃電，簡直令人防不勝防。
孫尚香一怒而起，身在空中，寶劍已然出鞘，直向那出手的黑衣人刺去，動作比那人更快。

蕭錦堂方想出槍攔阻，卻發覺一隻腳已被鞭子纏住，剛剛挑開鞭梢，身後已有人發出一聲尖叫；同時孫尚香也已翻了回來，依然挺立在車轅上，手上的一柄寒光閃閃的長劍，正在直指著他，劍尖上還挑著一塊血淋淋的東西，他仔細一瞧，上面竟是一隻人耳朵。

四周立刻響起一陣騷動，似乎雙方都在等候他的反應。

蕭錦堂臉上一片鐵青，久久沒有發出一點聲音。

孫尚香倒先開口道：「有一件事我希望你老人家能夠搞清楚，我孫尚香並不是繡花枕頭，我敢在江湖上闖蕩，絕不只是靠我老子的名頭做靠山，而是靠我自己這把劍，任何人想當面侮辱我，都得付出點代價。」

說完，劍鋒一挑，那隻血淋淋的耳朵已落在蕭錦堂的馬前。蕭錦堂手上的銀槍已在顫抖，眼中也冒出憤怒的火焰。

孫尚香忽然語氣一緩，道：「但今天我忍了，只點到為止，因為我不願壞了你蕭老爺子的大事……無論怎麼說，這些年來，你老人家跟我們太湖孫家相處得總算不錯，實在不忍心讓你老人家毀在孫尚香手上。」

蕭錦堂昂首哈哈大笑，道：「就憑你這點人，就想把我毀掉？」

孫尚香道：「我這點人當然不夠分量，不過，你若想把我這三十幾個人吃掉，你自己至少也要死傷過半，到那個時候，你還拿什麼去對抗『絕命十八騎』？你還拿什麼去對抗石寶山？那姓石的可不像我這麼好對付，你就算不損一兵一卒，也未必是他的對手。」

蕭錦堂道：「你是說石寶山也跟金刀會那些人走在一起？」

孫尚香道：「我沒說，你老人家可不要亂猜，免得到時候怪罪到我頭上。」

蕭錦堂冷笑道：「就算他們走在一起又當如何？你不要搞錯，這是在我青衣第三樓的地盤上，不是在魯東，也不是在金陵。」

孫尚香道：「所以你老人家還有機會……如果沒有任何意外損傷的話。」

蕭錦堂又是一陣大笑，道：「當真是英雄出少年！你孫大少可比我想像的高明多了。好，今天的事我們就此丟開不提，不過，我不得不奉勸你一句，你最好能夠清醒一點，就算他們沈家聯上金刀會，實力也還差得遠。青衣上下十三樓，至少可以抵得上十三個金刀會，如果你們父子糊裡糊塗的倒到那邊去，那等於是自尋絕路。我言盡於此，你回去好好想一想吧！」

說完，大喝一聲，率領著大批人馬匆匆而去，只留下漫天塵埃。

孫尚香靜靜地在等，直等到塵埃落定，才向那剛剛被打了一記耳光的手下一指，道：「你，過來！」

那人急忙翻身下馬，慌裡慌張的跑過來，道：「大少有何吩咐？」

孫尚香用劍尖指一指那人的鼻子，狠狠道：「你給我記住，下次你再敢替我惹禍，我就宰了你！」
那人驚慌失色的望著鼻子前面的劍尖，連頭都沒敢點一下。
孫尚香道：「把胳臂抬起來！」
那人遲疑了半晌，才把手臂抬起了一點點。
孫尚香立刻把劍伸進那人的胳肢窩，喝道：「夾緊！」
那人眼睛一閉，牙齒一咬，果真將劍鋒緊緊地夾了起來。
孫尚香猛的把劍抽出，似乎還不太滿意，又在那人肩膀上擦了擦，才還入鞘中，同時也換了副臉色，道：「你有沒有吃過『天香居』的鴿子？」
那人這才鬆了口氣，一面擦汗，一面點頭。
孫尚香道：「味道如何？」
那人道：「好，好極了，好得不得了。」說著，還抬起袖子抹了抹嘴角。
孫尚香也不禁嚥了口唾沫，道：「你有沒有見過那個叫解紅梅的女人？」
那人搖頭道：「沒有。」
旁邊即刻有個人答道：「我見過她。」
答話的是個中年人，也正是曾說要陪孫尚香去闖閻羅王殿的那個人。
孫尚香瞇起眼睛，說：「那女人長得怎麼樣？」
那中年人抓著頸子，道：「我發誓她是我有生以來所見過的最漂亮的女人。」

孫尚香也忍不住用劍柄在頸子上搔了搔，道：「依你看，我們是應該先吃鴿子呢，還是應該先去救那個女人？」

那中年人毫不猶豫道：「當然應該先去救那個女人。鴿子隨時都可以吃到，那個女人萬一落在青衣樓手上，就完啦！」

孫尚香猛的把頭一點，道：「有道理！想不到你這張烏鴉嘴居然也吐出了象牙。好，你帶著他們往北走，一路上嘴巴嚴緊一點，千萬別把這件事洩漏出去。」

那中年人皺眉道：「往北走幹什麼？」

孫尚香道：「你沒聽蕭錦堂說那女人可能去投奔太湖嗎？」

那中年人道：「那麼大少你呢？」

孫尚香道：「我當然得先到桐鄉去一趟。」

那中年人呆了呆，道：「喲，我們趕著去救人，大少自己竟要趕著去吃鴿子？」

孫尚香攤手道：「沒法子，你沒聽我跟沈玉門約好在『天香居』見面嗎？吃鴿子事小，我怎麼能夠對一個受了傷的朋友失信？」

× × ×

華燈初上，正是「天香居」開始上座的時刻。

往常到了這個時候，至少也上了六七成座，可是今天只有臨街那張桌子坐了四個客人，門前便已豎起客滿的牌子，顯然是所有的座位都已被人包了去。

燈火輝煌的樓上更是冷清得可憐，偌大的廳堂中，竟只有兩個客人，一個是躺在軟椅上的沈玉門，另一個便是在一旁服侍他的水仙。樓下那四個人，正是石寶山和他那三名手下。

菜一道一道的端了上來。

樓下那四個人吃得津津有味，而樓上的沈玉門卻只每樣淺嚐一兩口，便將水仙的手推開，似乎每道菜都不合他的口味。水仙只當他在等著吃烤乳鴿，也不勉強他多吃。

誰知當那盤香噴噴的烤乳鴿端上來，他只嗅了嗅，便叫起來，道：「這鴿子不對！」

水仙嚇了一跳，道：「我試過了，沒有毒啊！」

沈玉門道：「笨蛋，我並沒說這鴿子有毒，我是說它的火候不對，絕對不是王長順做的。」

水仙道：「不會吧?方才掌櫃的不是明明告訴我們是王師父掌廚嗎？」

沈玉門道：「廢話少說，替我把掌櫃的叫來！」

水仙只好輕輕拍了拍手掌。

掌櫃的立刻從裡面趕過來，笑呵呵道：「客倌有何吩咐？」
沈玉門將他招到面前，低聲道：「王長順呢？」
掌櫃的神色很不自然，道：「在廚房裡……是不是菜有什麼毛病？」
沈玉門道：「這鴿子，真的是王長順親手做出來的嗎？」
掌櫃的道：「沒錯。」
沈玉門道：「麻煩你把他請上來，我想見見他。」
掌櫃的道：「行，我馬上喊他上來。」說完，還朝那盤乳鴿看了一眼，才匆匆忙忙走下樓去。
過了不久，那掌櫃的果然帶著一個年約五旬、身材矮小的老人走上來，那老人手裡抓著一條圍裙，邊走邊擦手，一副老廚師的模樣。
沈玉門卻忽然皺起眉頭，道：「這人不是王長順……」
水仙一怔，道：「你見過王師父？」
沈玉門道：「沒有，不過像王長順這種名廚，他一定懂得這一行的規矩，會見客人的時候，手上不可能抓著圍裙。」
水仙眼神微微一閃，道：「少爺，你的傷口還疼不疼？」說著，伸手就要去揭他的衣襟。
沈玉門急忙閃避，不小心又扯動了傷處，不禁痛得大叫起來。

水仙即刻回首尖叫吼道：「快，快請大夫，我們少爺的情況不對。」

那掌櫃的頓時縮住了腳，臉色也為之大變，但那抓圍裙的矮小老人卻猛將圍裙一甩，手裡已亮出一對閃亮的金環，同時身形一躍而起，一只金環匹練般的直向躺在軟椅上的沈玉門打來。

水仙不慌不忙，只抬腿用足將桌沿一勾，那張飯桌適時覆蓋在沈玉門的軟椅上，「砰」的一聲，桌上盤碎筷飛，那只金環也嵌進了桌面。

那矮小老人也在這時落在桌沿上。只見他雙足猛然一蹬，身形又已騰起，同時飯桌也被他蹬得滑了出去。

沈玉門和水仙兩人剛好就在他的腳下，他手臂一伸，正想將另一只金環抖出，卻霍然發覺腳下寒光一閃，只覺得小腿一陣刺痛，慌不迭的翻了出去。當他單足著地，忍痛俯身一瞧，不禁大吃一驚。

原來沈玉門正手持一把短刀瞪著他，短刀上還殘留一絲血跡。

那矮小老人匆匆看了腿上的傷處一眼，冷冷道：「想不到你居然還能動？」

沈玉門沒有吭聲，水仙卻已「吃吃」笑道：「而且還能殺人。就算他的傷勢再重一點，殺你『子母金環』這種人，還是綽綽有餘。」

原來那矮小老人，正是名震武林的「子母金環」古峰，也是青衣樓極有名氣的殺手。

他似乎連看也懶得看水仙一眼，只凝視著沈玉門，道：「你也不要得意，你這條命我們是要定了，你絕對沒有機會活著回到金陵的。」

說完，矮小的身形又已撲出，目標卻不是沈玉門和水仙，而是嵌在桌面上的那只金環。

沈玉門動也沒動，依然緊緊地握著那把短刀，水仙卻早已鋼刀出鞘，擋在他面前。

誰知古峰金環入手，竟頭也不回，直向後門衝去，顯然是想開溜。

就在這時，毛森已一頭躥上樓來，陡見他軟軟的身體微微一晃，便已早一步將後門關起，然後轉身歪歪斜斜的靠在門板上，一面醉態可掬的看著古峰，一面還在抽空喝酒。

古峰駭然道：「『醉鬼』毛森？」

毛森舌頭都好像短了一截，說起話來含含糊糊：「你也不要得意，你這條命我是要定了，你絕對沒有機會活著離開這裡的。」

他口齒雖已不清，記性好像還沒有錯亂，居然把古峰方才的話全都記了下來，而且連說話的語氣也被他模仿得維妙維肖。

水仙又已忍不住「吃吃」的笑了起來。

古峰居然也哈哈一笑，道：「就憑你那幾招醉拳，只怕還留不住我。」

毛森笑嘻嘻道：「我也認為不行，可是我們石總管卻硬說可以，沒法子，我只有硬著頭皮來試試，你賜招吧！」

古峰雙環一錯，匆匆回首朝樓梯口看了一眼。

毛森打了個酒嗝，道：「你不要指望有人來幫你。你那批幫手，早就被我們石總管擺平了……」

話沒說完，水仙已叫起來，道：「小心，他要向那位掌櫃的下手！」

毛森冷笑一聲，道：「那他不過是枉費力氣，他可以用廚房裡那十幾條人命來威脅掌櫃的，卻威脅不了我們，他就算把天香居的人統統殺光，跟我們也扯不上關係。」

古峰本已衝到那掌櫃的面前，聞言陡將身形一折，又轉朝毛森撲了過去。他小腿雖已負傷，行動起來仍然其快如飛。

毛森可慢多了，只見他手忙腳亂的把酒囊往腰間一掛，步履踉蹌的匆匆迎了上去，還沒走幾步，陡然一跤摔倒，看似醉漢失足，但他的手掌卻忽然變成了利爪，直向古峰受傷的小腿抓去。

古峰冷哼一聲，縮足出環，雙環分擊毛森的頭部和手臂，招式兇狠絕倫。

呆立在樓梯口上的掌櫃驚得頓時叫了起來，擋在沈玉門前面的水仙卻連眉頭都沒皺一下，似乎早知毛森必有化解之策。

毛森果然只將身子一蜷，便已輕輕鬆鬆的避過雙環，同時身形忽然倒立而起，單手撐地，足蹬古峰胸頸，另一隻手又向他那隻傷腿抓去。

古峰只得倒退閃讓，但只退了兩步，便又舞動雙環，飛快的反撲上來。

毛森這時也趁機搖搖晃晃的站起，搖晃間已閃過一只只金環，好像一時站腳不穩，又朝古峰倒了過去，一隻手掌也已習慣性的伸出，目標依然是那條傷腿。

古峰這次早有防備，金環隨手一撈，已將毛森的手腕套住，緊跟著矮小的身體已自他肩頭翻過，結結實實的把他那條手臂制住。

毛森好像已急不擇招，另一隻手竟然反擊而出，穿過另一只金環，牢牢的把古峰持環的手臂扣住，同時足根一記倒勾，剛好勾在古峰的傷處。

古峰痛得猛一縮腳，矮小的身體不由整個掛在毛森高出他一頭的背脊上；而毛森就在這時霍然騰身，縱上一張空桌，又從桌上一躍而起，兩個身子竟接近屋頂的高處，猛的同朝樓板上落去。

只聽得「砰」的一聲巨響，兩人背部同時重重地摔在地上，不同的是毛森的一隻臂肘已整個搗入了古峰的胸腔裡。

古峰的慘叫之聲已被摔下時的巨響所掩蓋，但一口鮮血卻已如利箭般的噴出，直噴得站在丈外那掌櫃的滿身滿臉都是。

掌櫃的大叫一聲，當場暈倒在地。

一向沉著的水仙，瞧得也不禁霍然動容。

沈玉門「哇」的一聲，竟將剛剛吃下去的一點東西全都嘔了出來，臉色也變得一片蒼白。

水仙急忙喊道：「快，酒！」

毛森一翻而起，醉態盡失，慌忙將酒囊取下，遞到沈玉門的手上。

沈玉門猛喝了幾口，才驚魂乍定道：「你殺人的手法，也未免太殘酷了。」

毛森笑了笑，道：「對付什麼樣的人，就得使什麼樣的手法，對付古峰這種人，不使用特殊的手法，想殺死他還真是一件不容易的事。」

他說得理直氣壯，沈玉門神色卻很難看。

水仙急忙道：「其實醉貓的心地一向仁慈得很，除非迫不得已，他是絕對不會使用這種手法的。」

她一面說著，還一面向毛森直打眼光。

毛森咳了咳，道：「對，對，方才實在被那傢伙逼得無路可走，不然我也不願賠上一條膀子，使出這種險招了。」

沈玉門這才發現毛森的一條手臂已軟軟地垂在一邊，而且指尖還在淌著血，不由沉嘆一聲，隨手將酒囊塞還在他手裡。

毛森脖子一昂，一口將剩下的酒全都喝光，然後抓起一塊乳鴿，在盤沿的椒鹽上沾了沾，狠狠地咬了一口，邊嚼邊道：「一條膀子又算得了什麼？只要二公子平安無事，就算把我這條命賠上，我也絕對不會皺一皺眉頭……」

說到這裡，語聲突然中斷，所有的動作也同時靜止下來，過了不久，竟有一道血蛇自嘴角淌出，整個身體也直挺挺的朝後倒去。

水仙臉色陡然一變。

沈玉門也頓時大叫起來，道：「醉貓，醉貓！」

毛森再也不回答他，顯然已經氣絕，果然至死都沒有皺一下眉頭。

沈玉門一時尚未弄清原因，一臉莫名其妙的神色朝著水仙道：「他怎麼了？」

水仙黯然道：「死了。」

沈玉門駭然道：「他方才還好好的，怎麼會突然死了呢？」

水仙指了指那盤乳鴿，道：「他中了毒。」

沈玉門道：「妳不是說那盤乳鴿裡沒有毒嗎？」

水仙囁嚅道：「我沒想到他們會把毒藥下在椒鹽裡。」

沈玉門大叫道：「妳怎麼可以沒想到？妳不是很聰明麼？怎麼可以把這麼重要的事情給忽略掉？」

水仙垂下了頭，吭也沒吭一聲。

樓下的石寶山好像已被他的叫聲驚動，匆匆趕了上來，一上樓便先大聲問道：

「二公子怎麼樣？」

水仙道：「他很好……」

沈玉門截口喝道：「我一點都不好，人又死了一個，我怎麼還好得起來！」

石寶山四下看了一眼，道：「只要二公子無恙，死再多的人也沒有關係。」

沈玉門大吼道：「你沒有關係，我有關係。你們都走吧，不要再管我，我不能眼看著你們一個一個為我送命。」

石寶山楞住了，目光自然而然的投到水仙臉上，水仙也正呆呆地望著他，一副六神無主的模樣。

就在這時，孫尚香的嚷嚷之聲已在樓下響起，隨後便是一陣登梯的腳步聲。

水仙頓時鬆了一口氣，好像盼來了救星一般。

石寶山也急急忙忙的迎到樓梯口，道：「大少來得正是時候，我們二公子正在等你。」

孫尚香笑嘻嘻地走上來，一瞧上面的情況，不禁嚇了一跳，怔了好一會才道：「看來你們這頓烤鴿子吃得也並不安穩！」

石寶山苦笑道：「可不是嗎！『子母金環』古峰這老小子居然帶著人摸進了廚房，而且還冒充王長順來行刺我們二公子，你說危不危險？」

水仙緊接道：「幸虧我們少爺發現得早，先賞了他一刀，否則也不會這麼容易就死在醉貓手上了。」

孫尚香瞧著直挺挺躺在地上的毛森，道：「怎麼醉貓也躺下了？是不是喝醉了？」

沈玉門冷哼一聲，道：「什麼喝醉了，是被那盤乳鴿給毒死了。」說著，還狠狠地瞪了水仙一眼。

水仙苦著臉道：「我們少爺正在為這件事難過，大少快來勸勸我們少爺吧！」

孫尚香哈哈一笑，道：「死個人有什麼好難過的。趕快通知廚房把菜重新換過，我要陪你好好喝幾杯。」

沈玉門立刻喊道：「我不要跟你喝酒，也不要你來陪我！你趕緊走開，順便把石寶山和這丫頭統統給我帶走，我再也不想見到你們。」

孫尚香呆了呆，道：「我們都走了，你怎麼辦？」

沈玉門道：「那是我的事，用不著你來操心。」

孫尚香道：「這是什麼話？我是你的朋友，怎麼能丟下你不管？你現在傷勢未癒，就算你的刀法再厲害，也無法應付『斷魂槍』蕭錦堂那批人，我可不能讓你毀在他們手上。」

沈玉門道：「那是我自己願意的，如果我死了，能夠換得大家的平安，我死而無憾。」

孫尚香笑笑道：「你以為你死了，我們就能平平安安的活下去嗎？」
沈玉門道：「那當然，他們要的是我的命，不是你們的命。」
孫尚香哈哈大笑道：「玉門兄，我雖不懂醫道，但我敢斷言，你這次腦袋一定受了傷，否則絕對不可能會有如此幼稚的想法。」
水仙在一旁聽得連連點頭。
石寶山雖然動也沒動，但神態卻也浮現出一股頗有同感的味道。
孫尚香繼續道：「這兩年他們千方百計的想把你殺掉，就是想先除去他們心目中的阻力。如果你一旦死了，今後的武林就慘了。」
沈玉門道：「再慘也慘不到你太湖孫大少頭上。」
孫尚香道：「那你就錯了，有你金陵沈家虎視在旁，他們不敢亂動；一旦你金陵沈家一垮，不出兩三年，我們太湖也要跟著完蛋。」
水仙一旁道：「也許更快。」
孫尚香嘆了口氣，道：「不錯，也許更快……除非我們父子現在就倒過去。」
水仙也輕嘆一聲，道：「倒不過去的。」
孫尚香道：「為什麼？」
水仙道：「太湖孫家和金陵沈家一向是站在一條線上的，再加上你和我們少爺的交情，你想青衣樓會放心大膽的接納你們嗎？」

石寶山淡淡道：「就算他們有這個膽子，你們以後的日子也好過不了。」

水仙緊接道：「而且我敢打包票，你們日後的下場一定很慘。」

孫尚香道：「這麼說，我們孫家除了跟沈家共同進退之外，已經沒路可走了？」

石寶山搖頭道：「沒有。」

水仙連連搖首道：「絕對沒有。」

孫尚香笑迷迷地朝著沈玉門雙手一攤，道：「你聽聽，這話可不是我說的。我為了護家保命，非跟著你走不可。」

沈玉門道：「你跟著我也沒有用，就算把我的命保住，我也救不了你。」

孫尚香道：「我並沒有叫你救我，我只要你活著！只要有你在，金陵沈家就垮不了，只要有金陵沈家在，我們太湖孫家就不會有問題，你懂了吧？」

沈玉門沉嘆一聲，眼睛嘴巴同時閉了起來，連一直緊握著的短刀都隨手甩在一邊。

水仙一面將刀上的血痕拭抹乾淨，替他收進鞘中，一面在旁邊輕聲輕語道：「所以少爺一定要多加保重。為了這些朋友，你也非得好好活下去不可。」

孫尚香立刻道：「而且為了那些為你而死的朋友，你更死不得，否則你怎麼對得起他們捨命救你的一番苦心？」

石寶山神色一動，道：「大少所說的那些朋友，指的莫非是這兩天接連被殺的

『青城四劍』？」

孫尚香道：「不錯，如今『青城四劍』、梅大先生和『千手如來』解進，都已死在他們手裡，看來這次凡是協助你們二公子脫險的人，個個在劫難逃，非被他們一個個殺光不可。」

石寶山愕然道：「你說『千手如來』解老爺子也死了？」

孫尚香道：「對，我這也是剛剛才聽蕭錦堂說的，據說就是死在他那桿斷魂槍下。」

石寶山難以置信道：「怎麼可能？蕭錦堂那套爛槍法，怎麼可能是解老爺子的對手？」

孫尚香呆了呆，道：「是啊，起初我也不太相信，可是看他那副得意忘形的樣子，卻又不像假的！」

水仙道：「依我看是假不了，槍可以永不離手，而暗器卻有打光的時候。解老爺子再厲害，在敵眾我寡的情況下，也難免會失手，何況『斷魂槍』蕭錦堂那桿槍也並不容易應付，否則青衣第三樓的樓主寶座，怎麼會輪得到他來坐？」

孫尚香猛一點頭，道：「有道理。」

石寶山沉默片刻，才道：「大少有沒有聽說這次協助我們二公子脫險的還有些什麼人？」

他問的是孫尚香，眼睛卻瞟著沈玉門。
沈玉門不聲不響的靠在那裡，動也不動，連眼睛都沒睜一下。
孫尚香也瞄著他，道：「好像就只剩下最後一個了。」
水仙也悄悄掃了沈玉門一眼，道：「是不是那個姓解的女人？」
孫尚香道：「不錯，那女人也就是『千手如來』解進的女兒解紅梅。」
水仙鎖起眉尖，道：「解紅梅？」
孫尚香擺手道：「妳不必傷腦筋，妳過去一定沒有聽過這號人物，不過我可以告訴妳，那位解姑娘的武功高得不得了，人也長得漂亮極了……比妳還漂亮。」
水仙橫眼道：「你見過她？」
孫尚香道：「還沒有，不過快了。」
沈玉門陡然睜開眼，吃驚地望著他。
孫尚香笑道：「你是不是想問我那位解姑娘在什麼地方？」
沈玉門沒有吭氣，水仙已替他道：「你說！」
孫尚香道：「現在還不能說。」
水仙道：「為什麼？」
孫尚香咳了一聲道：「因為我現在也不知她在哪裡，不過她的行蹤卻已在我的掌握之中，我有把握比青衣樓早一步找到她，你們只管放心好了。」

沈玉門終於開口道：「你找她幹什麼？」

孫尚香道：「當然是救她，她是你的女人，我怎麼能讓她落在青衣樓手裡？」

水仙聽得猛然一震，石寶山也為之目瞪口呆，似乎都被這突如其來的消息給嚇住了。

沈玉門居然沒有否認，只默默地瞪著他。

孫尚香一副得理不饒人的樣子，道：「難怪你這次要單飛，原來是去偷會女人，如非出了事，我還被你蒙在鼓裡呢。你連這種事都要瞞著我，也未免太不夠朋友了，我今天非要好好的罰你幾杯不可。」

說到這裡，朝石寶山一擺頭，道：「石總管，你還等什麼？還不趕快叫他們把酒菜換過！」

石寶山不慌不忙的走到仍然昏睡在地上的掌櫃的前面，道：「天亮了，你老人家可以起床了。」

掌櫃的畏縮的爬起來，道：「英雄饒命，毒是他們下的，不關我的事。」

石寶山道：「我知道不關你的事，不過這次酒菜裡若是再出了毛病，你可不要怪我對你不客氣。」

掌櫃的連忙答應，匆匆跑下樓去。

石寶山向樓下掃了一眼，道：「大少帶來的人呢？怎麼還沒有進來？」

孫尚香道：「我已經派他們趕著辦事去了。」
石寶山道：「為什麼不叫他們吃過飯再走？」
孫尚香道：「那怎麼行？救人如救火。如果為了吃一頓飯而比青衣樓晚到一步，那豈不造成你們二公子的終身遺憾！」
石寶山吃驚道：「這麼說，大少已經發現那位解姑娘的去處了？」
孫尚香笑迷迷道：「是啊，我不是說過她的行蹤早已在我的掌握之中嗎？」
他一面說著，一面兩眼還不停地在沈玉門臉上瞟來瞟去，那副神情，簡直已經得意到極點。
水仙忍不住道：「這個消息，莫非也是從蕭錦堂那裡得來的？」
孫尚香輕聲細語道：「不錯，妳現在是不是有點佩服我了？」
水仙道：「我對你孫大少一向佩服得很……不過我只是有點奇怪，像如此重要的消息，蕭錦堂那老狐狸怎麼可能會洩露給你？」
孫尚香道：「他當然不是有意洩露的，那是因為本大少用了點小手段，逼得他非要把這些消息吐出來不可。」
水仙滿臉狐疑道：「那就更怪了，他既然知道那位解姑娘在哪裡，何不自己去抓？還等著你孫大少派人去營救？」
孫尚香又咳了咳，道：「那是因為他至今還沒摸準地方，只知道她極可能去投奔我們太湖而已。」
水仙恍然大悟道：「原來如此。」
沈玉門原本還在擔心，這時不禁鬆了口氣，忽然喝了聲：「石寶山！」
石寶山忙道：「屬下在。」
沈玉門道：「你把人都安置在什麼地方？」
石寶山道：「回二公子的話，屬下已通令各路人馬，明日午前在此地會合，路程比較遠的，後天也會直接趕到嘉興。」
沈玉門道：「很好，不過你最好是撥一批人出去，趕到北邊去救人。」
石寶山答應一聲，轉身就要下樓。
孫尚香一把將他抓住，道：「不必，有我那三十幾個人，已經足夠了。」
沈玉門搖著頭，道：「你不要搞錯，我叫他去救的不是解姑娘，而是你那群人。」
孫尚香楞住了，緊抓著石寶山的手也頓時鬆開。
石寶山往前走了幾步，忽然縮住腳。水仙也正滿臉驚愕的呆望著他，似乎對他的措施都充滿了疑問。
沈玉門再也不開口，臉上也沒有一絲表情。
孫尚香陡然哈哈大笑道：「我猜得果然不錯，你的腦袋鐵定受了傷，而且傷得還不輕。」

沈玉門依然沒吭聲，只翻著眼睛瞪著他。

孫尚香一副傲氣凌人的樣子，道：「我那三十幾個人，拚命的本事雖然比不上『絕命十八騎』，逃命的功夫卻是一流的，你難道連這件事都忘了？」

水仙急忙道：「不錯，他那批人逃起命來，的確別具一功，很少有人可以追得上。」

石寶山也接口道：「而且此地距離太湖不遠，只要他們撒開腿，只怕神仙也拿他們無可奈何。」

沈玉門看也不看他一眼，只冷冷的瞟著水仙，道：「瞧妳長得一臉聰明相，怎麼竟笨得像豬一樣。妳有沒有搞清楚那三十幾個人是去幹什麼的？」

水仙囁嚅著道：「是去救人。」

沈玉門道：「不錯，是去救人，而不是逃命，他們的腳程再快，又有什麼用？」

水仙道：「可是一旦救到人，就有用了。」

沈玉門道：「如果救不到呢？那些人為了向他們大少有個交代，是不是非去找青衣樓要人不可？」

水仙點頭。

沈玉門道：「如此一來，是不是又要跟青衣樓的人馬發生衝突？」

水仙又點了點頭。

沈玉門道：「既然發生衝突，就一定會有死傷，我不希望再有任何人為我而死，不論是孫家的人，還是沈家的人。」

水仙為難道：「可是在目前這種情況之下，怎麼能夠不死人呢？就算我們派出去再多的人去支援，也難免會有死傷的。」

沈玉門道：「妳錯了，想救解姑娘困難，要救孫大少那批人卻易如反掌，只要找到他們，很容易的便可把他們送回太湖，怎麼會有死傷？」

水仙道：「可是……把他們送回太湖，解姑娘怎麼辦？」

沈玉門道：「解姑娘自有她自己的辦法，據我所知，她不是那麼容易就被人發現的，如果連那三十幾個人也能輕易找到她，那她早就落在青衣樓手上了，哪裡還能活到現在？」

水仙道：「這麼說，解姑娘根本就無須我們派人去營救？」

沈玉門道：「根本就沒有這個必要，那些人跑去不但幫不上她的忙，反而在幫青衣樓逼她現身，如果她真在北邊，那就糟了。」說完，還朝著孫尚香嘆了口氣。

孫尚香即刻道：「既然如此，又何必再派人趕去支援？我隨便叫人通知他們一聲，叫他們罷手就行了。」

沈玉門搖頭嘆息道：「笨哪！你們這些人也只能在江湖上打打殺殺。如果把你們放在廚房裡，只怕連什麼時候該放鹽巴、什麼時候該放胡椒都搞不清楚。」
孫尚香呆了呆，道：「這話怎麼說？」
沈玉門道：「你那三十幾個人的行蹤，是否已經落在青衣樓的眼裡？」
孫尚香：「那當然。」
沈玉門道：「青衣樓發現之後，會怎麼想？」
孫尚香想了想，道：「他們一定以為我派人趕著給我老子送信去了。」
沈玉門道：「如果連沈家人馬也同時朝那邊趕呢？」
孫尚香乾笑兩聲，道：「那就好玩了，他們一定以為你在那邊出現了。」
沈玉門道：「如果你是蕭錦堂，你會怎麼辦？」
孫尚香：「這還用說，當然是調動人馬圍剿。」
沈玉門道：「如此一來，咱們這邊是不是可以輕鬆不少？」
孫尚香恍然道：「明修棧道，暗渡陳倉，原來你想趁機會把他們的注意力引過去？」
沈玉門道：「這也叫做廢物利用，你懂了吧？」
孫尚香一怔，道：「什麼廢物利用？」
沈玉門道：「你想想看，你派出去的那三十幾個人，我不叫他們廢物，還能叫他們什麼？」

水仙聽得又想笑，卻沒敢笑出來。

石寶山吭也沒吭一聲，便已溜下樓去。

孫尚香卻絲毫不以為憾的哈哈一笑，道：「好，好，你居然還能繞著圈子損我，足證明你的腦筋還管用，這一來我就放心了。」

沈玉門道：「可是我卻有點不放心。」

孫尚香胸膛一挺，道：「你有什麼不放心？有我們這些人在，誰能把你怎麼樣？」

沈玉門嘆了口氣，道：「就是因為有你們這些人在，我才不放心。長此下去，我就算不被青衣樓殺死，也要被你們活活氣死了。」

說著，又狠狠地瞟了水仙一眼。

水仙居然也跟著嘆了口氣，滿臉不開心的瞪著孫尚香，道：「也難怪我們少爺會生氣，這麼重要的事情，你怎麼可以草率決定？至少在採取行動之前，也該先跟我們少爺商量一下才對。」

孫尚香怔了一怔指著自己的鼻子，道：「妳是在說我？」

水仙道：「除了你還有誰？這次幸虧我們少爺當機立斷，即時做了補救措施，否則一旦你那些人有了閃失，這筆人情債又要記在我們少爺頭上，我們少爺已經被接二連三的人情債壓得透不過氣來，如果再加上你這一筆，你教他如何承受得起？」

孫尚香又怔住了，過了很久，才哈哈大笑道：「水仙姑娘，妳真有一套，我算服了妳了。」

水仙道：「我只不過是實話實說，還請大少不要見怪才好。」

孫尚香道：「我不會怪妳，可惜也幫不上妳什麼忙，因為妳們二公子氣的是妳，而不是我，妳想用移花接木的手法栽給我也沒有用。」

水仙一臉茫然之色，道：「不可能吧？我又沒有賴他偷會女人，又沒有怪他不夠朋友，也沒有糊裡糊塗的派人幫青衣樓逼解姑娘現身，他怎麼會無緣無故的生我的氣？」

孫尚香苦笑了半晌，才道：「要不要我告訴妳一個很簡單的理由？」

水仙道：「大少請說，小婢正在洗耳恭聽。」

孫尚香道：「那是因為妳失寵了，妳難道還不明白嗎？」

水仙怔怔道：「我不過是個伺候他的婢女，又不是他的女人，怎麼談得上失寵？」

孫尚香也怔了怔，道：「妳說直到現在，妳還只不過是個伺候他的婢女？」

水仙道：「是啊，我的身分早已注定，不但現在是，將來也是，除非他把我趕出沈府。」

孫尚香咳了咳，道：「我想那還不至於。」

水仙道：「我想也不會，我也許長得沒有那位解姑娘標緻，但我卻是個很忠心，很能幹的人，我不僅替他掌理財務，可以讓他永遠過著富豪般的生活，而且我對他的交往人物也知之甚詳，隨時都可以提醒他應對之策……」

孫尚香截口道：「他與朋友間的交往，何須妳來提醒？」

水仙偷瞄了沈玉門一眼，道：「大少有所不知，我們少爺最近糊塗得很，有時候連朋友的名字都會記錯。」

孫尚香道：「有這種事？」說著，也不禁難以置信的看了看沈玉門。

沈玉門竟然呆坐在那裡，吭也不吭一聲。

孫尚香只笑了笑，道：「還有呢？」

水仙道：「還有，我對各派武功的路數也略有所知，既可陪他練功餵招，又可以幫助他推陳創新，像我這種人，你想他如何捨得趕我走？」

孫尚香神色一動，道：「這麼說他新創出來的那套刀法，莫非也是妳的傑作？」

水仙一怔，道：「什麼新創出來的刀法？」

孫尚香道：「就是適合使用短刀的那套。」

水仙急忙點頭道：「那當然，還有海棠和丁香那套聯手刀法，也是我跟少爺絞盡腦汁才創出來的。」

孫尚香大喜道：「那太好了，等到了太湖之後，妳練給我看看，也好讓我知道妳有多聰明。」

水仙連連搖頭道：「那可不行。」

孫尚香道：「為什麼？」

水仙道：「我這個人還有一個長處，就是對我們少爺絕對唯命是從。無論任何事情，都要經他許可，否則一切免談。」

孫尚香道：「可是妳也應該知道，我是妳們二公子最好的朋友啊！」

水仙道：「再好的朋友也沒有用，我只認他一個人。」

孫尚香冷笑道：「那就怪了，妳既然有這麼許多長處，他為什麼還要氣妳呢？」

水仙道：「所以我說他氣的應該是你，而不是我……不過這一點還請大少不必放在心上，因為我們少爺不但身上帶著傷，而且已經幾天沒有好好吃過一餐，再加上旁邊躺著兩個死人，情緒不好也是理所當然的事，大少既是我們少爺的好朋友，一切就請你多多包涵吧。」

她一口氣道來，就像已確定沈玉門氣的是孫尚香一樣，讓人連一點辯駁的機會都沒有。

孫尚香聽得不禁連連搖頭，連一直未曾出聲的沈玉門都忍不住嘆了口氣。

水仙卻像沒事人兒般的走到樓梯口，嬌聲喚道：「石總管，你忙完了沒有？」

石寶山立刻衝上來，道：「二公子怎麼樣？」

水仙道：「他已經餓極了，正在發脾氣呢。」

石寶山忙道：「請二公子再稍忍片刻，我已經交代好了。這次絕對是王長順親自掌廚，保證合乎二公子的口味。」

水仙道：「小心點，別讓人再動了手腳。」

石寶山道：「妳放心，我已經派人守在旁邊，絕對錯不了。」

水仙道：「還有，你叫幾個人上來清理一下，把屍首也搬走。毛森麼……想辦法張羅塊地把他埋掉，至於這姓古的，交給他同伴帶走就行了。」

石寶山為難道：「可是……他的同伴也全都死了。」

水仙跺腳道：「哎唷！你怎麼又胡亂殺人？你不知道咱們少爺討厭這一套嗎？」

石寶山怔住了，身旁那兩人也一聲沒吭，全都怔怔地望著她。

水仙一副無可奈何的樣子道：「那麼派人去通知青衣樓的人一聲，叫他們自己搬走，千萬不能把屍首擺在這裡，免得給天香居惹麻煩。」

石寶山只好點頭。

水仙又道：「還有，派人去找間舒適一點的客棧，今晚請少爺好好休息一夜，明天一早再起程。」

沈玉門忽然道：「等一等。」

水仙回首道：「少爺莫非想連夜趕路？」

沈玉門道：「不錯，我在車上休息也是一樣，越早趕到嘉興越好。」
孫尚香詫異的望著他，道：「你急著趕到嘉興去幹什麼？」
沈玉門冷冷道：「也許解紅梅正在嘉興等我，你相不相信？」
孫尚香哈哈大笑道：「你少唬我，那女人剛剛才把你推給石寶山，這時忙著逃命還唯恐不及，哪裡還有閒情逸致來跟你幽會？」
沈玉門道：「那可難說得很，也許她認為跟我見面比逃命來得更加重要。」
孫尚香道：「就算她想死你，非急著見你不可，至少也該約在揚州或是金陵，怎麼可能讓你帶著傷，冒著風險，連夜趕到幾百里之外的嘉興？」
說到這裡，還回首望著石寶山，問道：「石總管，你說是不是？」
石寶山笑而不答，水仙也急忙別過頭去，似乎都不想表示意見。
孫尚香嘆了口氣，道：「奇怪，你們兩個怎麼連一點好奇心都沒有？難道你們就不想知道他為什麼非帶我們繞這一趟的理由？」
石寶山笑笑道：「我們二公子不是已經把理由告訴你了嗎？」
孫尚香道：「連你也相信他到嘉興是為了會見那個女人？」
石寶山道：「二公子說的話，我當然相信。」
孫尚香道：「我卻不信，你要不要跟我打個賭？我認為他這次趕到嘉興，絕對不是為了這件事。」

石寶山忙道：「石某的膽子小，一向不敢胡亂跟人打賭，大少想賭，還是找別人吧！」

孫尚香目光頓時轉到水仙的俏臉上，道：「妳怎麼樣，要不要跟我賭一賭？」

水仙笑迷迷道：「何必為這種事打賭，大少的好奇心既然這麼重，為什麼不自己猜一猜？」

石寶山立刻接道：「不錯，大少經常與我們二公子同進同出，對他的心意，多少總可以摸到幾分才對。」

孫尚香翻著眼睛想了想，忽然一笑道：「我想起來了，你對城東八仙酒坊的『神仙一壺倒』一向很感興趣，你是不是想去大醉一場？」

沈玉門不屑道：「『神仙一壺倒』各處都可以買得到，我又何必為了那種三等酒兼程趕到嘉興？」

孫尚香又想了想，道：「有一種東西別處買不到。」

沈玉門道：「什麼東西？」

孫尚香色迷迷道：「『怡紅軒』的紫霞姑娘！我看你八成是想躺在她懷裡休息幾天。」

沈玉門冷冷道：「你孫大少除了酒色之外，腦筋裡還有沒有別的東西？」

孫尚香皺起眉頭道：「除了酒色之外，嘉興還會有什麼東西……我知道了，老馬家的脆皮牛肉餅，這次不會錯吧？」
沈玉門急忙道：「你千萬別提那種東西，我一想起來就想吐。」
孫尚香又想了半晌，才遲遲疑疑道：「你莫非想去吃『正興樓』的荷葉蒸魚？」
不待沈玉門開口，水仙已先皺眉道：「大少肚子裡裝的怎麼都是吃喝嫖賭？難道你就不能想出點更重要的理由？」
石寶山也接道：「水仙姑娘說很對，依我看，我們二公子也不可能為了這一條魚而趕幾百里的路，我相信嘉興一定有更重要的事情等待他處理。」
沈玉門卻揚手阻住他們的話，凝視著孫尚香，道：「你說的『正興樓』，可是南大街騾馬市口的那家『老正興』？」
孫尚香道：「不錯，你曾經說過那家的荷葉蒸魚很有點火候，絕不在金陵的『一枝春』之下。」
沈玉門道：「那當然，『一枝春』的侯瞎子怎麼比得上醉老六？」
孫尚香愕然道：「醉老六是誰？」
沈玉門道：「醉老六就是杜老刀的第六個徒弟，也是我的……」說到這裡，忽然把話頓住。
水仙立刻接道：「也是你的好朋友，對不對？」
沈玉門嘆道：「不錯，他跟我的交情非比尋常，過去曾經幫過我不少忙。」

孫尚香一怔，道：「咦！你怎麼又冒出一個好朋友？過去怎麼沒有跟我說起過……」

沈玉門沒等他說完，便喚了聲：「石寶山！」

石寶山忙道：「在。」

沈玉門道：「你對那一帶的環境熟不熟？」

石寶山道：「熟得很。」

沈玉門道：「那附近是不是有一家『正興老店』？」

石寶山想也沒想，便道：「不錯，就在『正興樓』的斜對面。」

沈玉門道：「好，今天晚上，我們就住在那裡。」

孫尚香急忙道：「慢點，慢點！」

沈玉門皺眉道：「閣下又有什麼高見？」

孫尚香道：「高見是沒有，我只想提醒你一聲，那裡千萬住不得。」

沈玉門道：「為什麼住不得？」

孫尚香道：「因為那間店是曹四傑開的。」

沈玉門道：「是曹四傑開的又怎麼樣？」

孫尚香道：「曹四傑是青衣樓嘉興分舵舵主洪濤的把兄弟，我們糊裡糊塗的住進去，豈不是等於羊入虎口？」

沈玉門上下打量他一眼，道：「我怎麼看你也不像一隻羊嘛！」
水仙「吃吃」笑道：「我看倒活像一頭老虎。」
孫尚香咳咳道：「你們不要搞錯，我是一點都不怕，我只是擔心你們這位寶貝少爺睡不安穩而已。」
水仙道：「我倒一點也不擔心。」
孫尚香眼睛一翻一翻的瞟著她，道：「為什麼？」
水仙笑嘻嘻道：「有你孫大少這好朋友走在一起，還有什麼好擔心的？何況，『飛天鴿子』洪濤那七把飛刀雖然很唬人，還能唬得住你孫大少嗎？」
孫尚香忽然垂下頭，沉吟著道：「說得也是……」
水仙細聲道：「你是不是很怕他身邊的那六個弟兄？」
孫尚香冷笑道：「笑話！我連『飛天鴿子』都不怕，怎麼會在乎那群小鴿子？」
說著，就想去抓盤裡的乳鴿，但一看毛森的死相，又急忙把手縮回來。
水仙道：「那你遲疑什麼？」
孫尚香道：「我只是在想要不要調動我老子的人？」
水仙道：「你想趁機會跟他們大幹一場？」
孫尚香道：「不錯，反正遲早我們總是要跟青衣樓翻臉的。」
水仙反倒遲遲疑疑道：「可是這一來，恐怕又要死傷不少人。」

孫尚香道：「那當然。洪濤雖然不足為懼，但他與那六個弟兄配合，七七四十九把飛刀同時出手，也不是那麼容易對付的，想不死人，只怕比登天還難。」

水仙不講話了，只眼睛一眨一眨的瞟著沈玉門。

沈玉門嘆了口氣，道：「難道你們就沒有辦法讓我太太平平的在嘉興住兩天嗎？」

石寶山即刻道：「有。」

孫尚香吃驚的望著他，道：「你有什麼辦法？」

石寶山道：「洪濤雖然是條鐵錚錚的漢子，但他卻有一個致命的弱點。」

孫尚香呆了呆，道：「你指的莫非是水道橋的曲二娘？」

石寶山道：「不錯。只要我們把曲二娘制住，那四十九把飛刀，保證會同時失了準頭。」

第四回　心寄俠女情

月色淒迷，小院中一片沉寂。

已近子夜時分，位居鬧市的「正興老店」終於寧靜下來，每間客房的燈光都已熄滅，門窗也已緊閉，只有正廂房的一扇窗戶仍然開著，在月光下顯得特別耀眼。

沈玉門的床就在透窗而入的月光下。

四周雖然寧靜得出奇，但他躺在床上已經大半個時辰，卻連一絲睡意都沒有。

水仙正默默地坐在床邊，身子雖然緊靠著床沿，眼睛卻一直瞄著窗外。

孫尚香和石寶山也一聲不響的倚在窗口，似乎正在等待著什麼人的來臨。

遠處已響起了斷斷續續的梆鼓聲。

突然，孫尚香神情一振，道：「有消息了。」

石寶山笑笑道：「他非來不可，否則他怎麼跟蕭錦堂交代？」

水仙急忙湊上來，探頭朝外一瞧，不禁嚇了一跳。

也不知什麼時候，空蕩蕩的院落中忽然多了七個人，一前六後，氣勢凜然，七個人的衣襟統統敞開，四十九柄飛刀在月光照射下閃閃發光。

水仙忍不住道：「站在前面的那個，就是『飛天鷂子』洪濤嗎？」

石寶山道：「不錯。」

水仙道：「好像還年輕得很嘛！」

石寶山道：「功夫卻老練得很，以後見到他，千萬要多加小心。」

孫尚香愕然道：「你還想放他走？」

石寶山道：「不殺就得放。」

孫尚香急道：「此人心胸狹窄，有仇必報，你不趁機把他除掉，以後的麻煩就大了。」

石寶山道：「沒關係，只要他不向二公子下手，我就放他一條生路，以後的事，以後再說。」

水仙插嘴道：「看他來勢洶洶，我真擔心你那一招會失靈。」

石寶山道：「這種事不能只看表面，在他的飛刀出手之前，很難斷定那女人在他心目中的分量。」

說話間，洪濤已在外面高喊道：「各位客人聽著，在下『飛天鷂子』洪濤，奉命追捕兇犯。各位只管繼續歇著，千萬不可出來，免得刀槍無眼，受到誤傷。」

四下沒有一點回聲，就像都是空房一樣。

孫尚香道：「他倒聰明得很，居然冒充官差，硬指我們是凶犯。」

石寶山道：「他指的是我，不是大少。」

洪濤果然指名叫道：「石寶山，你這個卑鄙下流的東西，你給我滾出來！」

水仙訝然道：「喲！這傢伙好像在吃醋。」

孫尚香道：「當心他醋火攻心，飛刀出手，趕快把你們少爺看好吧！」

水仙急忙坐回原處，同時也拿起了刀。

洪濤又在外邊喊道：「姓石的，你少他媽的跟我裝縮頭烏龜，如果你不想驚擾別的客人，就乖乖的滾出來，免得你老子多費手腳。」

石寶山苦笑道：「看樣子我不出去也不行了，二公子這邊，就拜託大少了。」說完，手掌在窗沿上輕輕一搭，人已竄出窗外。

站在洪濤身後那六人，不待吩咐，便已月牙形的散開來，將石寶山半圓形的圍在中間。

石寶山毫無懼色的走到距離洪濤丈餘的地方，才停下腳步，笑迷迷道：「洪舵主，久違了。」

洪濤冷冷喝道：「說！人呢？」

石寶山道：「藏在一個安全的地方，你放心，只要你有分寸，她就不會有危險。」

洪濤冷笑一聲，道：「你以為把她抓起來，我就不敢動你？」

石寶山笑笑道：「你當然敢！不過，就算你殺了我也沒關係，反正我在黃泉道上已不寂寞，至少還有個人陪著我。」

洪濤道：「你想死可沒那麼簡單，在你死前，我自有辦法教你把人交出來。」

說完，陡然抽出了兩把飛刀，飛刀入手即開始在掌中旋轉起來，同時大喝一聲，道：「弟兄們，抓活的！」

身後六人齊聲一諾，也各亮出兩柄飛刀，也同樣在掌中轉起，十四把飛刀頓時轉動得猶如十四面銀盤，看上去極為壯觀。

石寶山緩緩地拔出鋼刀，道：「這就是你們的起手式嗎？」

洪濤冷笑而不答，手中的飛刀卻愈轉愈快。

石寶山抱刀而立，不動如山。

突然間，十四柄轉動的飛刀同時停住，七個人恰似漁翁收網一樣，同向石寶山撲去。

石寶山動作更快，兩旁那六人尚未撲到，他已衝到洪濤面前，那柄長約四尺的鋼刀也已虎虎生風的劈出。

洪濤一時收腳不住，不退反進，兩把不滿六寸的刀鋒猛的一帶，竟將石寶山鋼刀的力道完全卸掉，同時身形一閃，已轉到他背後。

石寶山頭也不回，鋼刀陡然撩起，與水仙在秦府用的那一招如出一轍，只是他的刀刃較長，看上去更為迅速，更有威力；但此刻其他六人早已撲到，只見六把飛刀合力將石寶山上撩的刀鋒擋住，另外六把分刺他的手腳，目標雖非要害，卻也逼得他非收刀不可。

而洪濤卻在這時一躍而起，猛將七把飛刀連環打出，但見寒光連閃，目標不是石寶山，竟是那扇仍然敞著的窗戶。

石寶山大吃一驚，抖手便將鋼刀甩了出去，只聽得「叮」的一響，最前面那把飛刀已被擊落，那柄鋼刀也釘在了窗框上。

奇怪的是，後面那六把飛刀竟也相繼跌落地上，而且一點聲音都沒有。所有的人都全楞住了，連圍攻石寶山那六個人也不約而同的停住了手。

月光淡照下，只見那六把飛刀遠遠的躺在一丈開外，每把飛刀的刀尖上都頂著半個雪白的乾饅頭。

三個饅頭竟在瞬息間擊落了六把聲勢驚人的飛刀！什麼人能有如此駭人聽聞的功力？

洪濤目光冷冷的緊盯著黑暗的牆角，喝道：「是哪條線上的朋友？請現身吧！」牆角上一絲動靜都沒有。

孫尚香卻在這時美妙的自窗內翻出，沉著臉道：「『飛天鷂子』，你也太不夠朋友了，你怎麼可以一見面就拿飛刀對付我？」

洪濤駭然倒退一步，道：「孫大少？」

孫尚香道：「不錯，方才幸虧你的飛刀太餓了，急著去搶饅頭吃，否則我這條命豈不完蛋了？」

洪濤冷笑道：「想不到你們孫家這麼快就倒過去了！」

孫尚香也冷笑兩聲，道：「你又搶我的女人，又想要我的命，我除了倒過去，還有別的路可走嗎？」

洪濤一怔，道：「我幾時搶過你的女人？」

孫尚香道：「你少跟我裝糊塗，道上的朋友，哪個不知道曲二娘原來是我孫尚香的女人？」

洪濤登時大叫起來，道：「你胡說！」

孫尚香居然嘆了口氣，道：「我本來也不想再提起這件事，但事到如今，我非把話說出來不可。我當初為了不敢得罪青衣樓，不得不忍氣吞聲，拱手把那女人讓給你，想不到我已經做到了這種地步，你卻仍然不肯放過我。姓洪的，今天當著大家的面，你不妨把話說清楚，你究竟想叫我怎麼樣？」

房裡的沈玉門聽得同情之心油然而生，忍不住恨恨道：「那姓洪的未免欺人太甚了。」

他悲憤道來，就像真有其事一般。

水仙忙道：「少爺千萬不要當真，方才那番話，都是孫大少信口胡謅的。」

沈玉門楞了一下，道：「這麼說，那個曲二娘並不是他的女人？」

水仙道：「當然不是。」

沈玉門道：「那他為什麼要開這種玩笑？」

水仙道：「我想他是故意在惹洪濤生氣。」

沈玉門道：「我們擄了他的女人，他已經夠氣了，孫大少何必再在這個時候火上加油？」

水仙道：「那是因為孫大少已摸清洪濤的脾氣，深知像他那種厲害角色，也只有在氣迷心竅的情況下，才會作出錯誤的決定。」

這時洪濤果然氣急敗壞道：「孫尚香，你給我記住，我發誓遲早有一天會親手宰了你。」

孫尚香道：「我早就料到你不會容我活下去的，不過你殺了我又有什麼用？據我所知，曾經跟曲二娘睡過的男人多如過江之鯽，你能把那些人都殺光嗎？」

洪濤氣得連聲音都有些顫抖，道：「你的兵刃呢？」

孫尚香似乎大感意外道：「你現在就想殺我？」

港濤道：「不錯，別人怕你們太湖孫家，我『飛天鷂子』卻沒把你們看在眼裡。」

孫尚香道：「你這麼做會後悔的。」

洪濤冷哼一聲，道：「我只後悔過去沒有宰了你。」

孫尚香急忙將插在窗框上的那把鋼刀拔下來，在手上掄了掄，道：「這傢伙太長，我使不慣。」

說著，隨手扔了出去，剛好扔在石寶山手上。

石寶山竟然「鏘」的一聲，將刀還入鞘中，道：「孫大少，你可要三思而行啊！你一旦跟洪舵主翻了臉，就等於得罪了青衣樓，你以後的日子可就不好過了。」

孫尚香呆了呆道：「對啊！」

洪濤即刻道：「你不必害怕，只要你有本事逃過我們弟兄這四十九把刀，今後我絕不再找你麻煩。」

孫尚香道：「如果我僥倖殺了你呢？」

洪濤冷笑道：「我也保證青衣樓不會報復。」

孫尚香道：「你人都已經死了，還拿什麼向我保證？」

洪濤道：「你放心，這店裡的人都是青衣樓的耳目，太陽出來之前，他們就可以把我的諾言傳回總舵。」

孫尚香道了聲：「好！」毫不遲疑的把手伸進窗戶裡。

水仙咬著嘴唇想了想，突然把自己的刀遞了過去。

沈玉門愕然道：「他明明使劍，你遞一把刀給他幹什麼？」

水仙急忙以指封唇，示意他噤聲。

孫尚香很快的便把那口刀扔進來，道：「你們這個丫頭是怎麼搞的！我要的是劍，不是刀。」

水仙這才走到窗口，親手把那把劍交給他，道：「孫大少，要不要我們出去幫忙？」

孫尚香道：「這是我跟洪濤兩個人的事，要你們幫什麼忙？」

水仙探首窗外，掃視著那七個人，道：「他們七個對你一個，太不公平了，五對七還差不多。」

孫尚香遲疑半刻，道：「也對，不過還是看看情況再說吧。」

水仙做了個無奈的表情，又死盯了洪濤一眼，才把那張滿面寒霜的粉臉縮回去。

洪濤不禁皺起了眉頭，神情也顯得有點不太安穩。

房裡的水仙忍不住「吃吃」笑道：「少爺你看，我那一招奏效了。」

沈玉門道：「妳的花樣倒是不少。」

水仙道：「江湖上本來就是爾虞我詐，弱肉強食，心地太過善良，是要吃大虧的。」

沈玉門沒有搭腔，只翹首望著窗外。

水仙急忙道：「少爺，我替你把床鋪換個位置好不好？」

沈玉門愕然道：「換位置幹什麼？」

水仙道：「提防洪濤再放冷箭，其實我們早就該把床鋪搬開，這間店裡的陳設，我想洪濤和他那幾位弟兄一定清楚得很。」

沈玉門想了想，道：「我看我還是暫時到窗戶旁邊坐一坐吧，搬動床鋪，實在太麻煩了。」

他一面說著，一面已經勉強的下了床，水仙急忙趕過去，把他扶到窗前的一張凳子上。

這時孫尚香已拔出了劍，不停地在手中揮動，好像長久未曾與人動手過招，正在趁機活動筋骨。

沈玉門不免有點擔心道：「他行嗎？」

水仙輕笑一聲，道：「少爺只管放心，他那套劍法詭異得很，單打獨鬥，那姓洪的絕對不是他的對手。」

說話間，孫尚香的大動作已經停止下來，那口劍卻依然微微抖動著道：「飛天鴿子，你是準備跟我單挑呢，還是打群架？」

洪濤目光閃動，道：「我倒很想跟你來個一對一，就怕你沒有這個膽子。」

孫尚香冷笑道：「笑話！憑你那七把修腳刀，還嚇不倒我。」

洪濤看了看那扇關著的窗戶，又看了看石寶山，然後又瞄了黑暗的牆角一眼，道：「你孫大少說的話，能算數嗎？」

孫尚香道：「當然算數，只要你那六隻小鴿子不動，就算你把我宰了，我這邊的人也絕不插手。」

石寶山也突然接道：「而且我也給你一個承諾，只要你能贏得孫大少一招半式，我馬上把那個女人還給你，絕不拖泥帶水，你看如何？」

洪濤二話不說，手掌朝後一攤，道：「刀！」

孫尚香卻喝了聲：「不必！」

只見他長劍挑動，落在地上那七把飛刀竟接連向洪濤飛了過去，就在最後那一把刀飛出之際，他的劍鋒也到了洪濤胸前。

洪濤反應奇快，飛刀尚未入手，便已倒翻而起，只用足尖在那把刀柄上輕輕一帶，第七把飛刀已落在他手裡，雙足甫一著地，兩把飛刀又在掌上旋轉起來，但孫尚香卻不容他有一絲喘息的機會，劍鋒又已如雨般的刺到。

洪濤迫於無奈，只得閃身游走，而孫尚香的劍卻如影隨形，招招不離他的要害。

一時但見刀光劍影，滿院翻飛，所有的人都屏氣凝神，縮在牆邊默默觀望。

突然，洪濤大喝一聲，縱身躍起，左手的飛刀竟脫手旋轉飛出，右手上的那把刀也直向相隔僅僅數尺的孫尚香打去。

孫尚香臨危不亂，瀟瀟灑灑的便將打來的飛刀撥出院牆，趁勢又是一劍刺出。

洪濤這次卻不反擊，只飄身退出丈餘，冷冷的望著他，同時另外兩把飛刀又在掌中轉起，嘴角也泛起了一抹獰笑。

孫尚香不禁微微一怔，心裡正在奇怪，陡覺腦後生風，那把先前旋轉而出的飛刀，竟然折返而至，直向他頸間飄來，走勢快速至極。

窗裡的沈玉門瞧得膽顫心驚，站在牆邊的石寶山卻連眉頭都沒皺一下。

只見孫尚香陡然撲倒在地，險險的避過了那把疾轉而過的飛刀，一個「懶驢打滾」，又從地上爬了起來，登時弄得灰頭土臉，再也沒有一點灑脫的味道。

倚在窗口的水仙，大聲喊道：「孫大少，千萬不可輕敵，『飛天鷂子那七把飛刀可不是那麼好對付的！」

孫尚香乾笑兩聲，道：「想不到他的飛刀居然還會轉彎！」

洪濤手上旋轉的飛刀一停，道：「你還我的飛刀，我讓你在地上少滾幾滾，咱們剛好兩不相欠，現在可以玩真的了。」

孫尚香道：「請！」一個「請」字尚未說完，人已欺近洪濤身前，「唰唰唰」接連就是三劍。洪濤飛刀雖短，威力卻也驚人，兩把飛刀竟然有攻有守，讓那柄三尺青鋒佔不到一點便宜。

孫尚香久攻不下，劍法陡然一變，鋒利的劍尖抖起了朵朵劍花，專在洪濤咽喉附近打轉。

洪濤被逼得接連倒退幾步，身形猛的高高躍起，揚臂就想把飛刀打出去，可是孫尚香卻早就料到他會有這一招，竟也跟著自他胯下翻過，但見青光連閃，兩人先後落在地上。

先著地的孫尚香衝出很遠才站穩腳步，而洪濤卻定定的落在原處，雙腿夾得很緊，全身動也不動。整個院落中鴉雀無聲，似乎每個人都在等著觀看兩人的反應。

孫尚香緩緩地轉過了身，朝自己的肩頭一條裂縫瞄了一眼，道：「好刀法！」

洪濤冷哼一聲，依然沒有動彈。

孫尚香道：「不過你要記住，你又欠了我一次。」

洪濤這次連哼都沒有哼一聲。

遠處的石寶山卻哈哈大笑道：「好險，好險！如果方才那一劍再削高幾分，就算我把曲二娘還給你，對你也沒有用了。」

水仙聽了不禁狠狠地啐了一口。

沈玉門莫名其妙道：「這是怎麼回事？」

水仙面紅耳赤的悶了許久，才道：「少爺小心，這姓洪的被孫大少整得下不了臺，八成又要來找我們麻煩。」

話剛說完，洪濤果然大喝一聲：「上！」同時整個身子又如彈丸般的彈了起來，身在空中，四把飛刀已向窗中打出，人也緊握著最後一柄飛刀穿窗入室，直刺床上隆起的棉被。

水仙竟連刀都沒拔，直待他撲到床上，才猛將沈玉門手中的短刀甩出，只聽得洪濤驚吼一聲，已自床上滾落在地上。

那柄短刀也重又還入鞘中，仍然抓在沈玉門手裡，就像從未出鞘一般。

洪濤驚惶失措的呆望著沈玉門，半張臉孔都已染滿了鮮血。

沈玉門也正在怔怔地望著他的破裂的褲襠，直到現在，他才明白剛剛孫尚香那一劍是削在什麼地方。

水仙背著臉，道：「我們少爺看你是條漢子，破例手下留情，只叫你臉上掛了點彩，但願你能記住這次的情分。」

洪濤這時才駭然叫道：「沈二公子，你果然還活著！」

沈玉門苦笑道：「你是不是很失望？」

洪濤道：「你就算逃過我的飛刀，也活不了多久的。我們青衣十三樓已全體出動，絕對不會讓你活著回到金陵。」

沈玉門道：「生死有命，富貴在天，我倒從來沒把自己的生死放在心上，老實說，我現在倒有點替你擔心。」

洪濤詫異道：「你替我擔心什麼？」

沈玉門道：「我怕你只受了這點傷，回去沒法交差……如果你認為傷不夠重，你只管開口，千萬不要客氣，我會儘量的成全你。」

一旁的水仙忍不住「噗哧」一笑，洪濤卻吭也沒吭一聲。

沈玉門又道：「你若認為還可以勉強湊合，我也不強留你，你只管請便，也順便趕緊把你的人帶走，以免增加死傷。」

這時外面已傳來洪濤一名弟兄的慘叫之聲，顯然非死也受了傷。

洪濤頓時跳起來，道：「沈二公子，我可把醜話講在前面，你今天放了我，我也不會領你的情，一有機會，我還是會要你的命。」

沈玉門嘆了口氣，道：「你既然實話實說，我也不妨老實告訴你，我不殺你，並非向你施惠，而是因為我不想再造殺孽。你想要我的命，那是你的事，好在想殺我的人多得不計其數，我又何必在乎你一個？到時候你只管放手施為，千萬不要把今天的事放在心上。」

洪濤楞住了。水仙也一聲不響的凝視著他，神態間充滿了敬佩之色。

過了很久，洪濤才咳了咳，道：「我……在下真的可以走了嗎？」

沈玉門道：「你不但人可以走，而且還可以把你的飛刀也統統拿走，你要殺我，怎麼可以沒有稱手的兵刃？」

洪濤走到床邊，將飛刀一把一把插進腰間的皮囊，然後又朝沈玉門望了一眼，才打開房門，昂首闊步的走了出去。

外面他那六名弟兄，果然已有一人躺在地上，其他五人仍在作困獸之鬥，一看即知絕非石寶山和孫尚香兩人聯手之敵。

洪濤陡然喝一聲：「別打了，我們走！」

那五人如釋重負，立刻退到洪濤身後，連躺在地上那人也抱著血淋淋的大腿單腳跳了過來。

石寶山和孫尚香不僅沒有追擊，而且還不約而同的把兵刃還入鞘中。洪濤看也不看他兩人一眼，揹起那名負傷的弟兄，轉身朝外就走。身後那五名弟兄卻邊走邊回顧，好像惟恐他們兩個會突然出手偷襲。

誰知幾人尚未走出店門，忽然同時縮住腳步。

就在這時，已有一條黑影自幾人身旁一閃而過，直向沈玉門的房門衝去，行動快如電掣風馳，簡直令人防不勝防。

石寶山和孫尚香剛想奮身救援，那個剛從房門衝進去的黑影已自窗口翻騰而出，前後只不過是刹那間的事，甚至從頭到尾連一點聲音都沒有發出來。孫尚香又想拔劍撲出，卻被石寶山阻住。

洪濤和他那六名弟兄竟也站在原地不動，只同時轉過半張臉，一起回望著那個尚未著地的黑影。那黑影凌空接連翻了兩個觔斗，才輕飄飄的落下院中。

淒迷的月光下，只見他身材細高，手臂修長，手上一柄鐵劍也比一般的劍長出許多，而且此刻劍刃上還穿著一個圓滾滾的東西，看上去十分奇特。

水仙又從窗口露出了她那張美艷的臉孔，說起話來依然慢條斯理，毫不緊張道：「閣下想必就是那個號稱『馬桶無敵』的郭大勇吧？」

郭大勇本稱「鐵劍無敵」，水仙卻偏偏叫他「馬桶無敵」，而且那「馬桶」兩字還說得特別清晰有力，顯然是在故意譏諷他。

孫尚香遠遠朝他劍上那圓滾滾的東西仔細看了一眼，忍不住「嗤」的一聲笑了出來，原來穿在他劍刃上的，竟是一隻朱漆馬桶。

郭大勇冷哼一聲，劍身一甩，那隻朱漆馬桶直滾到了孫尚香腳下。

孫尚香霍然拔劍道：「石總管，你看緊他們七個，我去給那姓郭的一點顏色瞧瞧。」

石寶山急忙按住他拔劍的手，道：「你這麼做，會有人不高興的。」

孫尚香道：「誰會不高興？」

只聽到身後的牆頭，有個嬌滴滴的聲音道：「我。」
對面的屋脊上又有個悅耳動聽的聲音道：「還有我。我們兩個已經追了他一天一夜，大少怎麼好意思隨隨便便就把他給搶走？」
孫尚香一聽，立刻「鏘」的一聲，收起了拔出大半的劍，一面整理著衣襟，一面道：「看來這裡再也不需要咱們了。」
石寶山笑笑道：「其實咱們早就可以歇著了，你沒發現已經有人在暗中拚命保護他嗎？」
孫尚香道：「你指的可是用饅頭擊落飛刀的那個人？」
石寶山抬腳將那馬桶踢到牆邊，道：「還有這隻朱漆馬桶。水仙姑娘手上有刀，何必借物禦敵？何況這種手法也非她所長。有二公子在旁，她不可能如此冒險。」
孫尚香一驚，道：「這麼說，那個人已經摸進他房裡？」
石寶山苦笑道：「我只覺得奇怪，像水仙姑娘那麼精明的人，怎麼會一直沒有發覺？」
說話間，只見兩個窈窕的少女已自高處翻落，一左一右，剛好將郭大勇夾在中間。
那兩名少女一色雪白勁裝，一樣亭亭玉立的身段，肩上也同樣露出一截猩紅的刀衣，刀衣在夜風中飄擺，輕撫著兩張風塵僕僕的俏臉，兩張臉上卻充滿了肅殺之氣。

郭大勇環顧那兩人一眼，又看了看窗裡的水仙，道：「妳們三個，莫非就是沈玉門房裡那三個小有名氣的小丫頭？」

水仙道：「是又怎麼樣？」

原來那兩名少女正是以聯手刀法著稱的秋海棠和紫丁香，與足智多謀的水仙合稱「虎門三花婢」，這兩年在江湖上的名頭的確混得不小。

郭大勇不禁又朝左右那兩個窈窕的身段上瞄了瞄，道：「聽說這兩個的刀法已經很有點火候，不知是真是假？」

水仙道：「聽閣下的口氣，好像很想試一試？」

郭大勇笑迷迷道：「我是很想試試，就怕她們兩個受不了，我身子雖然單薄，這個東西卻管用得很。」說著，還緩緩地把劍朝上揚了揚，言詞舉止都透著一股下流的味道。

水仙俏臉一沉，道：「這人心術不正，應該給他一點教訓。」

左首那少女不慌不忙的拔出了刀，刀尖向郭大勇的左耳一指，道：「你小心，我決定要你這隻耳朵。」

郭大勇一面點頭，一面色迷迷的瞟著右邊那少女，道：「妳呢？妳想要我的什麼？」

右首那少女道：「既然海棠姐要你左邊那一隻，我只好要右邊的了。」

郭大勇道：「這麼說，妳就是紫丁香姑娘了？」

那少女道：「不錯！你千萬要記牢，免得將來有人問起右邊那隻耳朵是被哪個高人割掉的，到時候你答不出來。」

郭大勇哈哈大笑，道：「好，好，我記住了。妳打算用嘴巴來咬，還是用刀來割？」

紫丁香道：「當然用刀。」

她一面說著，一面拔出鋼刀，舉著刀便撲了上來，只是動作奇慢，根本就不像跟人動手過招，倒有幾分像在後花園裡追捕蝴蝶。

後面的秋海棠也掄刀砍了過來，邊砍邊道：「妳可不能割錯，左邊那一隻一定要留給我。」

她不但動作慢，連說話的聲音也比平常慢了許多，郭大勇的鐵劍一向以快捷著稱，突然碰到這種慢條斯理的刀法，難免有些不太適應，開始還不時快速搶攻，但到後來，劍勢也不由跟著緩慢下來。

秋海棠和紫丁香兩人刀法雖慢，攻守之間卻配合得天衣無縫，郭大勇的鐵劍再長，一時也奈何她們不得。

雙方你來我往，轉眼便是十幾個回合。

就在郭大勇剛剛習慣了這種慢慢地打法，秋海棠的刀法卻霍然一變，鋼刀竟如驟雨般的連續劈出，不僅出刀奇快，而且威力十足。
紫丁香更快，身子一閃，便已欺到郭大勇的背後，猛的一刀砍了下去，快得就像閃電一般。
一陣刀劍交鳴聲過後，兩個窈窕的身影陡地同時縱開，小院中登時又回復了原有的沉寂。
只見紫丁香忽然跺著腳嚷嚷道：「姓郭的，你太不守信用了！你明明答應送我一隻耳朵，怎麼可以拿兩根手指頭來騙我？」
眾人這才發覺郭大勇已掛了彩，左手的食、中二指已落在他腳下。
郭大勇臉色已變得一片鐵青，冷汗珠子也一顆顆的淌了下來。
紫丁香仍然一副得理不饒人的樣子道：「我不要你的手指頭，我非要你那隻耳朵不可。」
郭大勇牙齒一咬，一劍刺出，道：「有本事妳就來拿吧！」
紫丁香急忙揮刀招架，腳下也不得不連連倒退；而郭大勇連刺幾劍，猛然擰身而起，竟想趁機越牆逃走。秋海棠似是早就洞悉他的心意，已先一步縱上牆頭，硬將他擋了回去。
紫丁香喘了口氣，又已搶刀而上，道：「你不把耳朵留下就想開溜，那怎麼行？」

秋海棠也尾隨在後，邊攻邊道：「男子漢大丈夫，怎麼可以言而無信？」

郭大勇失去兩隻手指，用起劍來極不習慣，一時被兩人逼得手忙腳亂，忍不住大喊道：「洪舵主，你還站在那裡等什麼？」

洪濤冷冷道：「我正在等著替你收屍。」

郭大勇道：「你……你說什麼？」

洪濤道：「我說我正等著替你收屍，你到了嘉興，居然連招呼都不打一聲，就擅自行動，你眼裡還有我這個洪舵主嗎？」

郭大勇登時為之氣結，匆匆搶攻幾劍，又想腳下抹油。可是就在這時，秋海棠和紫丁香陡然嬌喝一聲，分別倒縱出去。一個舉刀挺立，一個橫刀半跪在地下，眼睛眨也不眨的凝視著中間的郭大勇。

郭大勇兩眼卻狠狠地瞪著洪濤，全身動也不動。

洪濤冷笑一聲，回頭就走。他那五名兄弟竟同時趕到郭大勇身旁，靜靜地站在一邊等著。

「噹」的一聲，鐵劍已先脫手落地，緊跟著身子也直挺挺的往前倒去。

沒等他身子著地，那五個人已將他整個身子抬起，緊隨著洪濤之後，匆匆走出了店門。

院中的四人既沒有阻止，也沒有人出聲。

水仙卻在埋怨著道：「哎喲，我只叫妳們給他一點教訓，妳們怎麼把他給殺了？」
兩人同時挽了個刀花，同時將刀還入鞘中。
秋海棠這才雙手一攤，道：「我們原本只想要他一隻耳朵，他硬是不肯乖乖讓我們剁，有什麼辦法？」
紫丁香恨恨道：「這傢伙太不識時務，死了也是活該。」
水仙唉聲嘆氣道：「妳們這樣胡亂殺人，少爺會不高興的。」
秋海棠急忙道：「有沒有少爺的消息？」
紫丁香也迫不及待道：「我們一路追著那姓郭的，就是想尋找少爺的下落。」
水仙道：「不必找了，少爺就在房裡……」
不待她把話說完，兩人已撲到窗前，隔著窗子看到沈玉門那張蒼白的臉，眼淚已忍不住同時淌了下來。
沈玉門看著水仙，道：「我還沒有死，她們哭什麼？」
水仙忙道：「妳們兩個一路上一定很辛苦，現在可以先去安心睡一覺，有什麼話明天再說。」
秋海棠道：「我們還不想睡。」
紫丁香急忙搖頭擺手道：「我們的精神還好得很，一點都不累。」
水仙道：「妳們不累，少爺可累了。他身上帶著傷，已經忙了一整天，不讓他好好休息一下怎麼行？」

秋海棠無奈道：「好吧，那就讓少爺睡吧，我們兩個在外邊替他守著。」

紫丁香也一面拭淚，一面點頭道：「對，青衣樓既已知道少爺投宿在這裡，一定還會派人來行刺，非得有人守在外邊不可。」

水仙遲疑了一下，道：「也好，不過妳們只管負責外面的安全，萬一房裡有什麼動靜，妳們可不能多事。」

說完，不等兩人開口多問，便把窗戶闔了起來。

秋海棠和紫丁香愕然呆立窗外良久，才同時轉身朝石寶山和孫尚香奔去。

孫尚香老遠便已搶著道：「妳們不要問我，我也不知道那丫頭葫蘆裡賣的是什麼藥。」

兩人的目光又不約而同的落在石寶山臉上。

石寶山苦笑道：「老實說，我也搞不清楚是怎麼回事。好在水仙姑娘也馬上要出來了，妳們何不去直接問問她？」

× × ×

水仙小心翼翼的將沈玉門扶上床來，又把前後窗子統統拴好，然後突然取出一隻小包袱，輕手輕腳的擺在他床頭，道：「這包東西，你隨意處理吧！」

沈玉門道：「這是什麼？」

水仙道：「是我的一套替換衣服和幾百兩銀票。」

沈玉門莫名其妙道：「妳給我這些東西幹什麼？我又沒有用。」

水仙道：「你沒有用，也許別人會有用。」

沈玉門怔怔道：「妳說誰會有用？」

水仙含笑不語，只將那柄「六月飛霜」拔出來往後一甩，刀鋒已釘在門板上，隨後把刀柄上的繩頭往床柱上一套，道：「我就守在門外，只要你輕輕把繩子拉一下，我馬上就會進來。」

沈玉門瞟了那條緊繃的繩索一眼，道：「萬一我夜間翻身，不小心碰到繩子呢？」

水仙笑吟吟道：「那也不要緊，我剛好可以進來替少爺蓋被子。」

她一面說著，一面已走出去，回過身來小小心心的將房門帶上。在門扇闔攏之前，她還悄悄的朝床鋪下瞄了一眼。

沈玉門微微怔了一下，急忙撩起了被單，吃力的彎下身去，也朝床下看了看。

這一看之下，不禁嚇了他一跳，原來床下竟躺著一個人。

房裡雖然沒有點燈，但藉著透過窗紙映入的月光，仍可依稀辨出那人正是曾經捨命救過他的解紅梅。

面對著那張美麗、端莊的臉龐，沈玉門整個人都看呆了。解紅梅也正癡癡地看著他，身子既不挪動，目光也不閃避。

不知過了多久，沈玉門才輕咳兩聲，道：「妳是幾時進來的？我怎麼一點也沒有發覺？」

解紅梅道：「你當然不會發覺。那個時候你看那兩個丫頭看得眼睛都直了，怎麼還會注意到其他的事情？」

沈玉門乾笑著伸出手想去拉她，誰知不小心又扯動了傷口，不禁又痛苦的呻吟起來。

解紅梅急忙從床下爬下，輕聲埋怨道：「你何必這個時候來看我，等你傷好了以後，還怕沒有機會嗎？」

沈玉門唉聲嘆氣道：「我也知道這個時候不該來找妳，可是……妳的目標太大了，我實在有點放心不下。」

解紅梅道：「你是怕我落到青衣樓手裡？」

沈玉門道：「不錯，我雖然明知見到妳也幫不上妳什麼忙，但能夠當面提醒妳一聲也是好的。」

解紅梅道：「謝謝你……不過你也不要忘了，你的目標比我更大，你雖然有一群能幹的手下保護，但總是沒有回到金陵安全，所以你最好還是趕緊回去，免得……讓我擔心。」

她輕輕道來，說到最後，聲音小得幾不可聞，同時也粉首低垂，手指不斷地捏弄著衣角。

沈玉門早已將痛苦忘掉，忙把身體往裡挪了挪，道：「妳不要淨站著，坐下來也好說話。」

解紅梅遲疑了一會，才背對著他坐在床沿上，沈玉門揚起手臂，似乎想拉她，但還沒碰到她的身子，就急忙縮了回去。

解紅梅悶聲不響的呆坐了很久，才道：「聽說青城四俠全都遇害了，你知道嗎？」

沈玉門道：「我知道。」

解紅梅忽然嗚咽道：「我爹爹好像也死了。」

沈玉門長嘆一聲，道：「我也聽說了。」

解紅梅哭泣著道：「我現在什麼親人都沒有了，這世上就只有你一個……朋友了。」

沈玉門也淒然道：「我知道。」

解紅梅突然轉回頭，梨花帶雨的望著他，道：「所以你千萬不能死，你死了……

我就什麼都沒有了。」

沈玉門什麼話都沒說，卻再也忍不住將她的手臂緊緊抓住。解紅梅也順勢撲在他懷裡，又悽悽切切的哭了起來，沈玉門的傷處雖然被她壓得疼痛無比，卻咬緊牙齒，吭也不吭一聲。

過了很久，解紅梅才漸漸地止住悲聲，撐起身子，道：「我有沒有壓疼你的傷口？」

沈玉門雖已痛得冷汗直淌，卻依然搖搖頭，道：「沒有，我的傷勢看起來很嚇人，其實也不算很重。」

解紅梅取出手帕，一面替他拭汗，一面道：「我想也不至於太重。梅大先生下刀，一定會有分寸。」

沈玉門愕然回望著她，道：「妳的意思是說，我這次是傷在梅大先生刀下？」

解紅梅道：「不錯，我猜想你那些傷疤和胸前這一刀，都是在梅大先生的精心策畫下做出來的。」

沈玉門呆了呆道：「不是借屍還魂？」

解紅梅道：「當然不是！天下哪有借屍還魂那種怪事？」

沈玉門興奮道：「這麼說，妳已經相信我不是什麼沈二公子了？」

解紅梅楞住了，過了許久，才道：「你不要忘了，你曾經對我發過誓。」

沈玉門神色黯然道：「妳放心，我就算想反悔也來不及了，我只是想讓妳知道我是誰。別人我不管，至少妳應該知道我真實的身分才對。」

解紅梅擦了擦眼睛，仔細打量他一會，道：「你說你姓孟？」

沈玉門道：「不錯。」

解紅梅道：「你說你是揚州人？」

沈玉門道：「不錯，所以所有認識我的人，都叫我揚州的小孟。」

解紅梅道：「好，改天我一定到揚州去打聽一下，我也很想瞭解小孟究竟是個什麼樣的人。」

沈玉門緩緩地搖頭，道：「我想妳瞭解之後，一定會大失所望。」

解紅梅詫異道：「為什麼？」

沈玉門嘆了口氣，道：「揚州小孟再有名氣，也比不上鼎鼎大名的金陵沈二公子，更何況兩人的出身也相差太遠了。」

解紅梅不以為然道：「英雄不怕出身低，如果你真是那個揚州小孟，我倒覺得你比我所知道的沈二公子還要偉大得多。」

沈玉門一怔，道：「我有什麼地方偉大？」

解紅梅道：「就以你方才放走洪濤的那件事來說，便不是一般人可以做得到的。」

沈玉門道：「那又何足為奇？我不過是看他人品不錯，放他一條生路罷了。」

解紅梅道：「也該當那姓洪的走運，如果他遇上的是真的沈二公子，恐怕就沒這麼便宜了。」

沈玉門道：「依妳看，沈二公子碰到這種事，他會如何處置？」

解紅梅想了想，道：「我雖然不太清楚他的為人，但卻可斷言他絕對不會放過出手向他行刺的人。假使換了他，只怕這七個人一個也活不成。」

沈玉門皺起眉頭，道：「我不喜歡他這種做法。我認為在任何情況之下，都該給人留個活路。」

解紅梅感慨道：「所以直到現在，我還有點懷疑。據你所說，揚州小孟只不過是個小廚師，一個小小的廚師，怎麼可能會有如此寬厚的胸襟？」

沈玉門立刻道：「不是小廚師，是大廚師，這一點妳可千萬不能搞錯。」

解紅梅苦笑道：「其實無論他是大廚師，還是小廚師，在我心裡都沒有差別，我都同樣的敬佩他。」

沈玉門呆了呆，道：「妳真的會敬佩他那種人？」

解紅梅目光中充滿情意的凝視著他，道：「難道你還看不出來嗎？」

沈玉門也目不轉睛的望著她，道：「妳真的不會為了他的出身而看不起他？」

解紅梅往前湊了湊，吐氣如蘭道：「你說呢？」

沈玉門不再多言，又伸手將她攬在懷裡。

解紅梅生怕又壓疼了他，小心翼翼的在他身邊躺了下來，沈玉門卻好像已忘了傷痛，手臂愈抱愈緊，幾乎將身體整個貼在解紅梅暖暖的身子上。

月影朦朧，房裡房外再沒有一點聲響，靜得可以聽到彼此的心跳聲。

也不知過了多久，解紅梅忽然輕嘆了一聲，道：「可惜我爹爹死了，如果他還活在世上，他一定很高興救的是你這種人。」

沈玉門道：「哦？」

解紅梅道：「他的心地一向仁慈，從不胡亂殺人，就算碰上十惡不赦之徒，最多也只是廢了那人的武功，絕不輕取他人性命。」

沈玉門道：「哦？」

解紅梅道：「他這次捨命救你，也是為形勢所逼，他痛恨青衣樓，但他也並不欣賞金陵沈家的作風。他為了救你捨掉性命，我想他死得一定很不甘心。」

沈玉門怔了怔，道：「妳說他老人家不欣賞我？」

解紅梅道：「我是說他不欣賞過去的你。」

沈玉門道：「哦！」

解紅梅道：「所以我說，如果他還活著，如果他能對你多瞭解一點，我想他一定會很開心，可惜他還沒有瞭解事情的真相，就先糊裡糊塗的死了，他死得好冤枉啊……」說到這裡，淚水又如決堤般的湧出，轉瞬間便將沈玉門的肩膀浸濕了一片。

沈玉門吃力的伸出另一隻手，輕輕地托起了她娟麗的臉，一面替她擦抹眼淚，一面道：「妳不要難過，妳爹爹的仇，我一定會替妳報！我發誓要把那個姓蕭的碎屍萬段，以慰他老人家在天之靈。」

解紅梅道：「我爹爹的仇人並不止蕭錦堂一個，如果你真想為他報仇，就得想辦法把青衣樓整個消滅掉。」

沈玉門道：「好，我雖然明知道這件事做起來不太容易，但我一定會朝著這個目標去做，不消滅青衣樓，誓不罷手。」

解紅梅道：「你若真想消滅青衣樓，就得趕快回金陵，先把身體養好，再把沈家那套刀法練成，才有希望。」

沈玉門道：「妳既然這麼說，那我明天就隨他們回金陵……妳呢？妳要不要跟我一起回去？」

解紅梅緩緩地搖著頭，道：「我不能去，我還有很多事要辦。」

沈玉門道：「妳還有什麼事要辦？」

解紅梅道：「首先我得找到我爹爹的遺體，親手把他埋葬，然後……我要找個地方隱藏起來。我也要苦練武功，準備將來幫你與青衣樓決一死戰。」

沈玉門嘆了口氣，道：「這麼說，我們又要分手了？」

解紅梅黯然的點了點頭。

沈玉門嘆道：「我也知道留不住妳，但願妳多保重，讓我們將來還能相見。」

解紅梅道：「我知道了，你只管安心的回去吧，當你練成刀法，重現江湖的時候，我一定會來找你。」

沈玉門道：「萬一妳不來呢？」

解紅梅道：「那我就可能已經不在人世了。」

沈玉門一驚，道：「妳不要開玩笑，妳怎麼可以不在人世？如果沒有妳，我一個人活在世上，還有什麼意思？」

解紅梅幽幽一嘆，道：「你跟我不一樣。就算我真的死了，你也不會寂寞，你至少還有很多肯為你捨命的朋友和屬下，而且還有三個如花似玉、善解人意的丫頭，你怎麼可以說活得沒有意思呢？」

沈玉門鬆開了緊抱著她的手，不斷地搖著頭道：「妳錯了，妳所說的這些人，都是沈二公子的，不是我的。我唯一擁有的就是妳，難道妳還不明白嗎？」

解紅梅沒有吭聲，只含情脈脈的看著他。

沈玉門長嘆一聲，又道：「如果連妳也死了，我就什麼都完了，我不但失去了唯一的朋友，同時也失去了自己，等於世上再也沒有我這個人了。到那個時候，我縱然活著，也只是別人的影子，跟死人又有什麼差別？妳說我活得還會有意思嗎？」

解紅梅依然沒有吭聲，卻忽然伸手將他的頸子緊緊地抱住。

沈玉門道：「所以無論如何，妳也一定要活下去。」

解紅梅粉臉緊貼在他耳邊，道：「你放心，我會活下去的。為了你，我也得好好活下去。」

沈玉門急忙朝後閃了閃，道：「等一等，妳最好把話說清楚，妳究竟是為誰活下去？是為了沈二公子，還是揚州小孟？」

解紅梅道：「你不是說你是揚州小孟嗎？」

沈玉門道：「是啊。」

解紅梅道：「那我就是為了揚州小孟，你知道嗎？無論你是誰，對我來說都是一樣，因為我喜歡的是你這個人，並不是你的身分。」

沈玉門道：「真的？」

解紅梅道：「當然是真的！老實告訴你，自從那天在穀倉裡亮起火摺子的那一剎那開始，我就知道我是你的了。」

沈玉門這次也沒有吭聲，也只默默地看著她。

解紅梅低垂著頭，輕聲細語道：「那個時候我就下定了決心，無論你是什麼人，我都跟定了你……除非你不要我。」

沈玉門急忙又把她擁入懷中，道：「妳又胡說了，我怎麼捨得不要妳，妳沒看到我只為了想見妳一面，就多繞了這麼多路嗎？」
解紅梅突然揚起臉，道：「這種事可一不可再，在你刀法練成之前，千萬不要再出來亂跑，更不可為了找我而輕冒風險。」
沈玉門皺起眉頭，道：「等我練成了刀法，那要多久？」
解紅梅道：「也不會太久。以你原有的根基，再下功夫苦練的話，我想有個三年五載已足夠了。」
沈玉門嚇了一跳，道：「什麼？只練一套刀法，就要三年五載？」
解紅梅道：「這已經是最快的了，如非你過去一直使刀，只怕還要更久。」
沈玉門急道：「可是……我過去使的刀，跟這種刀法完全是兩碼事，根本談不到什麼根基。照妳這麼說，我若想練成那套刀法，豈不是要把鬍子都練白了？」
解紅梅輕摸著他的手腕，道：「這你就不懂了，刀法就是刀法，你過去不論練的是什麼刀，再學其他刀的時候，都會比一般初學乍練的要快得多。」
沈玉門搔著頭道：「就算三五年包我練成也太慢了，我等不及。」
解紅梅道：「那你就不要胡思亂想，專心苦練，時間或許可以縮短一點。」
沈玉門道：「妳不教我想別的事可以，不教我想妳，我可辦不到。」
解紅梅又是幽幽一嘆，道：「其實我也會想你，但現在我們絕對不能纏在一起，否則不但影響你的武功進境，也會給沈府上下帶來極大的困擾，而且也對不起那些捨命救你的人，更對不起我爹爹，所以……你一定得忍耐。」
沈玉門道：「那要忍到什麼時候？」
解紅梅道：「只要你的刀法練成，只要你把青衣樓給消滅掉，只要你那時候還要我，我就永遠不會再離開你了。」
沈玉門搖頭嘆氣道：「太遙遠了，簡直遙遠得讓我連一點生趣都沒有。」
解紅梅沉吟了一下，道：「不過我可以答應你，我一定不會離開你太遠，一有機會，我就會偷偷去看你。」
沈玉門神情一振，道：「妳真的會來看我？」
解紅梅道：「我一定會去。你不要忘記，我也會日日夜夜的思念你呀！」
沈玉門道：「既然如此，妳何不把妳藏身的地方告訴我，也好讓我可以隨時去看妳。」
解紅梅立即道：「那可不行。」
沈玉門道：「為什麼？」
解紅梅道：「因為我不可能藏身在固定的地方，我既要躲避青衣樓的追殺，又要提防著沈府那批人，我想當他們發現你不是沈二公子的時候，他們一定會想辦法殺了我滅口。」
沈玉門急忙道：「這妳倒大可放心，我想他們還不敢。」

解紅梅輕哼一聲，道：「也許你房裡那三個丫頭不敢，但你能擔保石寶山和胡大仙那批人不向我下手麼？更何況後面還有個心狠手辣的顏寶鳳。」

沈玉門微微怔了一下，道：「顏寶鳳不過是個女流之輩，又是出身俠門，怎麼可能胡亂殺人？」

解紅梅道：「那你就錯了，她為了維護沈府的安全，什麼事都做得出來。如果她發現了事情的真相，第一個要殺我滅口的，一定是她。」

沈玉門道：「照妳這麼說，我也只好每天提心弔膽的在沈府等著妳了？」

解紅梅道：「提心弔膽倒不必，顏寶鳳再厲害，也不至於向你下手。」

沈玉門道：「妳誤會我的意思，我也知道她們不會把我怎麼樣，我擔心的是妳。」

解紅梅道：「所以我才說，我只能在有機會的時候偷偷去看你，無論如何也不能讓她們發現我落腳的地方。」

沈玉門長嘆一聲，道：「那妳就多加小心吧，可千萬不能糊裡糊塗的死在她們手上。」

解紅梅道：「這你倒不必擔心，她們想殺我，恐怕沒那麼容易。」

沈玉門不再說話了。解紅梅也將眼睛嘴巴同時閉起來，只默默地依偎在他懷裡。

窗上的月色愈來愈淡，房裡也逐漸暗了下來，遠處傳來了雞叫聲，天就快亮了。

沈玉門心裡忽然泛起了一股難以割捨的離愁，忍不住又長長的嘆了口氣。

解紅梅依偎得他更緊，粉臉也漸漸地貼了上去，雖然沒有睜眼看他，但鹹鹹的淚水卻已不斷地淌進了他的嘴巴裡。

沈玉門的嘴唇開始移動，順著她濕潤的臉頰緩緩下移，最後終於落在她的櫻唇上。

解紅梅的呼吸顯然有點急促，身子也在微微的顫抖，但她不僅沒有閃避，反而伸臂緊緊將他抱住。

昏暗的房裡顯得格外的靜，除了急促的呼吸聲息外，再也沒有別的聲音。雄雞報曉之聲又起，不遠的騾馬市口也開始有了人馬的嘈雜聲。

解紅梅突然睜開了眼，吃驚的望著他，同時也緊緊地抓住了他的手。原來不知什麼時候開始，沈玉門的手掌已探進了她的衣裳裡。

解紅梅緊緊張張道：「你，你不要忘了你身上還有傷啊！」

沈玉門忙不迭的把手縮回來，好像做了虧心事，被人當場捉住一般。

解紅梅喘息半晌，才幽幽道：「並不是我不肯……我是怕你的傷勢會加重。」

沈玉門道：「我知道。」

解紅梅停了停，又道：「反正我早晚都是你的，你又何必急於一時？」

沈玉門點頭，不斷地點頭。

解紅梅昂首凝視著他模糊的臉孔，道：「你……是不是很不開心？」

沈玉門搖了搖頭，道：「沒有，我只是覺得很對不起妳。」

解紅梅又將臉孔貼了上去，道：「你千萬不要這麼說，其實……我也很想讓你親近我……」

沈玉門道：「真的？」

解紅梅點著頭，道：「我們這一分開，又不知哪年哪月才能再見了，老實說，我實在怕你把我忘記，可是……你有傷在身，我總不能害你呀！」

沈玉門沉嘆一聲，道：「妳放心，我不會忘了妳的，永遠不會。其實我方才也只不過想抱抱妳，就算我身上沒有傷，我也不會做什麼，我並不是那種輕薄的人，我是真的喜歡妳，這一點我希望妳能明白。」

解紅梅沒說什麼，卻把火熱的櫻唇送了上去。

沈玉門急忙閃了閃，道：「妳趕快走吧，天就快亮了。」

解紅梅怔住了。

沈玉門道：「記得把妳的刀帶走，還有床頭的那個小包袱，那是一套替換衣服和一些銀票，妳隻身在外，身上不能沒有錢，也不能沒有兵刃。」

解紅梅沉默了半晌，才道：「你真的叫我走？」

沈玉門嘆了口氣，道：「天下沒有不散的筵席，反正妳總是要走的。」

解紅梅緩緩地坐起來，開始整理衣裳。
沈玉門又道：「還有，妳可不能忘了方才答應過我的事。」
解紅梅怔怔道：「我答應過你什麼事？」
沈玉門道：「妳一定要到沈府來看我。」
解紅梅道：「哦，我知道，一有機會，我就會偷偷摸進去看你。」
沈玉門不再開口，只依依不捨的望著她。
解紅梅也在回望著他，道：「你還有什麼話要跟我說？」
沈玉門道：「沒有了，妳快走吧！」
解紅梅一點一點的挪下了床，雙腳尚未沾地，忽然又撲進他的懷中，緊摟著他的頸子，悲聲哭泣起來。
沈玉門也拚命的抱住她，深情的吻著她的臉龐。
哭聲很快的便靜止下來，只聽解紅梅猶如夢囈般的聲音道：「你說……你只想抱我？」
沈玉門抽空點了點頭。解紅梅突然抓起了他的手，將那隻手送到了自己的衣襟裡。
窗上的月色已完全消失，黎明之前總是顯得格外黑暗，但房裡的人卻一無所覺，因為他們根本就不再需要任何光亮。

一陣令人窒息的沉靜之後，隨之而來的是一連串的緊迫而急促的喘氣聲，床在吱呀作響，扣在床頭與門板間的那條紅絲繩索也在不停地顫動。

陡聞一聲驚呼，解紅梅忽然神情狼狽的自床間翻落下來，剛好撲在那條緊繃的繩索上。

房門陡然彈開，水仙首先衝入房中，秋海棠和紫丁香也隨後擁了進來，三人躡手躡足的走到床邊一瞧，不禁同時鬆了口氣。

原來沈玉門正安詳的睡在床上，臉上雖然有些汗跡，但呼吸卻很均勻，看上去像已沉睡多時。

那柄短刀依然緊釘在門板上，唯獨擺在床頭的那個小包袱卻已不見。

× × ×

沈玉門再度睜開眼睛的時候，已是近午時分。

他第一個看到的，就是水仙那張令人百看不厭的臉。

秋海棠和紫丁香也捧著漱洗用具走進來，兩人經過一番打扮，顯得十分清麗脫俗，再也沒有那股風塵僕僕的粗獷味道。

沈玉門似乎很不習慣在女人面前起床，將被子往上拉了拉，道：「石寶山呢？」

水仙笑吟吟道：「石總管正在忙著打點外面的事，今天一早，咱們的人就趕來了不少。」
沈玉門道：「還有另外那個傢伙呢？」
秋海棠和紫丁香同時咧開了嘴。
水仙也忍俊不住道：「少爺指的可是孫大少？」
沈玉門道：「除了他還有誰！」
水仙道：「他已經到碼頭去安排船隻了。」
沈玉門道：「安排船隻幹什麼？」
水仙道：「他認為走水路會比坐車安全，而且也比較舒適很多。」
沈玉門道：「好吧，那妳就隨便派個人到對面，把醉老六給我請過來。」
水仙忙道：「我一早就去請過了，聽說醉老六不在，他的徒弟正候在外面，要不要把他請進來？」
沈玉門皺眉道：「他哪個徒弟？」
水仙道：「這我倒沒問，不過看起來倒還滿體面的。」
沈玉門道：「把他叫進來！」
水仙立刻撩起門簾，朝門外招了招手。
只見一個穿著整齊的年輕人低著頭跨進門檻，一進門便朝沈玉門恭恭敬敬的施了一禮。

沈玉門一瞧那人，神情頓時一振，道：「小喜子，你還認不認得我？」

那被稱作小喜子的年輕人抬起頭，楞楞的望了他半晌，忽然叫道：「我想起來了，您是金陵的沈二公子，去年春天我曾經拜見過你一次，當時您好像跟太湖的孫大少走在一起。」

沈玉門呆了呆，道：「你再仔細看看，我究竟是不是沈二公子？」

小喜子仔細看了他一陣，道：「沒錯，您耳根下還有條傷疤，我記得清清楚楚，絕對不會認錯。」

沈玉門失神的摸著自己的耳根，有氣無力道：「你師父呢？」

小喜子道：「到揚州去了。」

沈玉門愕然道：「他放下生意不做，跑到揚州去幹什麼？」

小喜子神色淒然道：「我孟師叔死了，師父心裡很難過，非要趕去親自替他送葬不可。」

沈玉門的心猛的往下一沉，道：「送哪個孟師叔的葬？」

小喜子道：「我就只有一個姓孟的師叔，人家都叫他揚州小孟，名氣大得很，但不知您有沒有聽說過？」

沈玉門失魂落魄道：「揚州小孟……死了？」

小喜子嘆了口氣，道：「是啊，我這位孟師叔是個天才，百年不遇的天才，死得實在可惜。」

沈玉門揮了揮手，道：「你回去吧，這裡沒你的事了。」

小喜子怔了怔，道：「可是您還沒有點菜啊？」

沈玉門道：「你隨便替我配幾個菜好了，不要太費事，愈簡單愈好。」

小喜子連聲答應，恭身退了出去。

沈玉門仍在不停地揮著手，道：「妳們三個也出去吧！」

水仙不安的叫了聲：「少爺！」

沈玉門道：「妳不用擔心，我只想一個人靜一靜。」

水仙不再吭聲，轉身就走。

秋海棠和紫丁香卻仍在呆呆地望著他，直待外邊的水仙再三催促，才一步一回首的走出了房門。

沈玉門立刻翻開被子，吃力的下了床，步履踉蹌地撲向擺在牆角的一隻臉盆，盆裡盛著大半盆清水，水中映出了一張英氣逼人的臉孔。

那張臉看起來雖然並不陌生，但那絕對不是揚州小孟的臉。

沈玉門忽然感到一陣前所未有的悲傷，眼淚已不知不覺的淌下來，平靜的水面也濺起了點點漣漪。

也不知過了多久，水仙又已悄悄地走進來，悄悄地拿了件衣裳披在他的身上。
沈玉門頭也不回道：「我不是叫妳們都出去嗎？」
水仙道：「她們都已經出去了。」
沈玉門道：「那麼妳呢？」
水仙道：「我也出去過了，我是怕你著涼，特別趕回來替你披衣裳的。」
沈玉門似乎也找不到責怪她的話，只有低下頭去洗臉。
他的臉剛剛抬起來，一條柔軟的毛巾已從一側遞到他的手上。
沈玉門睜眼一瞧，遞毛巾給他的竟是秋海棠，而且紫丁香這時也正悄悄的站在一旁，眼睛一眨一眨的在望著他。
秋海棠沒等他開口，便急忙道：「我是進來給少爺送毛巾的。」
沈玉門斜瞟著紫丁香，道：「妳呢？妳又跑來幹什麼？」
紫丁香呆了呆，道：「我……我是想來問問少爺，你的藥是飯前吃呢，還是飯後吃？」
沈玉門哭笑不得道：「妳說呢？」
紫丁香道：「好像是應該飯後吃。」
沈玉門道：「妳既然知道，又何必跑進來煩我？」
紫丁香囁嚅著道：「我……我……」

沈玉門道：「妳下次再想貿然闖進我的房裡，最好先找個適當的理由，如果妳不會，可以求教水仙，她在說謊、騙人、胡亂編造理由方面，絕對是一流高手。」

水仙跺著腳，說道：「少爺怎麼可以把我說成這種人？」

沈玉門道：「難道我說的不對嗎？」

門外突然有人接著道：「你說得對極了，水仙姑娘騙人的本事絕對是一流的，比石寶山還高明。」

說話間，孫尚香已笑哈哈的走進來，臉上充滿了興奮的神色。

水仙嗔目瞪著他，道：「我們少爺正想靜一靜，你又跑來幹什麼？」

孫尚香道：「妳放心，我的理由可比妳們三個充分多了。」

水仙道：「你是不是想告訴我們少爺，船已經準備好了。」

孫尚香道：「船是自己家的，隨用隨有，那有什麼稀奇！」

水仙道：「那你還有什麼理由跑進來？」

孫尚香神秘兮兮道：「我帶來一個大消息，妳們少爺聽了，一定會高興的跳起來。」

水仙一怔，道：「什麼大消息？」

孫尚香大馬金刀的在凳子上一坐，道：「我口渴得很，能不能先給我來碗茶？」

水仙立刻倒了碗茶，往他手裡一塞，道：「快點喝，快點說，我們少爺的耐心可有限得很。」
孫尚香不慌不忙的把那碗茶喝光，才舒了口氣，道：「『絕命老么』那小子，這回可露臉了。」
水仙忙道：「『絕命老么』怎麼樣？」
孫尚香道：「他這次總算做了一件人事，也等於替妳們少爺出了口氣。」
沈玉門聽得神情一振，道：「他是不是把蕭錦堂那傢伙給幹掉了？」
孫尚香眼睛一翻，道：「連我都未必是『斷魂槍』蕭錦堂的對手，他有什麼資格幹掉人家？」
沈玉門道：「那他究竟做了什麼露臉的事？」
孫尚香道：「你昨天不是在孝豐秦府受了一肚子的窩囊氣嗎？」
水仙搶著道：「是啊，而且還差一點被秦夫人給毒死。」
孫尚香道：「這回可好了，從今以後，江湖上再也沒有『一劍穿心』這號人物，江南武林道上也再沒有孝豐秦府這戶人家了。」
沈玉門一驚，道：「為什麼？」
孫尚香道：「『絕命十八騎』為了替你討回公道，已把秦府整個解決了。」
沈玉門似乎仍未聽懂，呆呆地望著他，道：「你說解決了，是什麼意思？」
孫尚香道：「解決的意思就是統統殺光，上下五十幾口一個沒剩，連房子都放了一把火，只怕到現在還沒有燒完呢。」

只聽「噹」的一聲，沈玉門一個失神，將盛水的臉盆整個碰翻，大半盆水全都潑在地上。

水仙急忙把他扶住，道：「少爺小心。」

孫尚香卻已哈哈大笑道：「你就算受了傷，跳不起來，也用不著高興得連臉盆都打翻啊！」

水仙嗔道：「大少，你能不能少說幾句？」

孫尚香怔了怔，道：「為什麼？」

水仙橫眉豎眼道：「你看我們少爺有一點高興的樣子嗎？」

孫尚香呆望著沈玉門那張白裡透青的臉孔，道：「咦！我替你帶來這麼大的一個喜訊，你怎麼好像一點也不開心？」

水仙急道：「你是怎麼了？你今天是不是有毛病？」

孫尚香莫名其妙道：「我有什麼毛病？」

水仙道：「人都死了這麼多，你居然還說是喜訊？你……你還有沒有人性？你這也算是我們少爺的好朋友麼？你難道不知道我們少爺不喜歡殺人嗎？」

孫尚香一副打死他也不相信的樣子，道：「妳說妳們少爺不喜歡殺人？」

水仙道：「是啊，你沒看到我們少爺剛剛才把『飛天鷂子』洪濤給放走嗎？」

孫尚香臉色一沉，道：「『飛天鷂子』洪濤可以放走，『一劍穿心』秦岡卻不能輕饒。」

水仙道：「為什麼？」

孫尚香道：「兩方交戰，各有立場，洪濤是青衣樓的人，拚命想置沈玉門於死地，也是天經地義的事；而秦岡卻不同，他分明是你們沈家的朋友，卻為了討好青衣樓而出賣你們，像這種賣友求榮的東西，怎麼可以輕易放過他？」

水仙道：「誰說秦岡出賣了我們？」

孫尚香道：「這件事早已傳遍了江湖，而且妳方才也說沈玉門差點被秦夫人毒死，這還錯得了嗎？」

水仙登時為之語塞。

孫尚香冷笑一聲，繼續道：「如今沈玉門是負了傷，否則根本就無須什麼『絕命十八騎』趕來多事，他自己早就把那姓秦的給幹掉了。玉門兄，你說是不是？」

沈玉門直到現在才長長嘆了口氣，道：「天哪！這是個什麼世界！」

水仙急忙道：「少爺，你還是到床上去歇歇吧，待會兒我再叫你。」

沈玉門一把將她推開，抬手朝離房門最近的紫丁香一指，道：「妳，去告訴石寶山，叫他準備啟程。」

紫丁香遲遲疑疑道：「現在就走？」

水仙搶著道：「當然要吃過飯之後，人是鐵，飯是鋼，少爺身子虛弱，不吃飯怎麼有體力趕路？」

紫丁香沒等她把話說完，便已奔出門外。

孫尚香忙道：「聽說『絕命十八騎』已經趕了來，你不要等等他們嗎？」

沈玉門搖首道：「我不認識什麼『絕命十八騎』，也不認識『絕命老么』，根本就沒有等他們的必要。」

孫尚香咧嘴笑道：「對，對，我早就跟你說過，『絕命老么』盧九根本就不是個好東西，那種人還是不沾為妙。」

水仙緊緊張張道：「可是少爺可別忘了，盧九爺是程老總的兄弟，而且也是跟你拜過把的。」

沈玉門皺眉道：「程老總是誰？」

水仙道：「程老總就是『金刀會』的總舵把子程景泰程大爺，也是你結拜的大哥，你怎麼連他也忘了？」

沈玉門斷然道：「我沒跟這種人結過拜，也沒聽說過這號人物。」

孫尚香急忙笑道：「我也沒聽說過。」

沈玉門突然叫了聲：「秋海棠。」

秋海棠身形猛的一顫，道：「婢子在。」

沈玉門道：「妳再趕去告訴石寶山一聲，就說我要馬上啟程！」
秋海棠道：「可是……少爺還沒有吃飯啊！」
沈玉門道：「飯可以叫他們送到船上去。」
孫尚香點頭不迭道：「對，如果你高興，可以把醉老六也一起帶走。」
秋海棠急急道：「可是醉老六不在嘉興啊！」
孫尚香道：「醉老六不在，可以帶別人，嘉興有的是名廚。」
秋海棠雙腳仍然動也不動，道：「還有……少爺那副煎好的藥怎麼辦？」
沈玉門氣急道：「妳這個笨蛋，船又不是藥鋪，妳難道就不會帶到船上去嗎？」
孫尚香哈哈大笑道：「船上寬敞得很，如果妳怕妳們少爺的藥不夠吃，就算把整間的藥鋪搬上去，也絕對裝得下。」
秋海棠不講話了，只愁眉苦臉的瞟著水仙。
水仙揮手道：「妳不要擔心，趕快去吧，照少爺的吩咐辦事準沒錯。」
秋海棠這才慢吞吞的走了出去。
沈玉門怔怔地瞧著她的背影，道：「這丫頭是怎麼搞的，是不是腦袋裡邊少了一根筋？」
水仙嘆了口氣，道：「她只是在擔心少爺的安危，她認為跟『絕命十八騎』走在一起，路上一定會安全得多。」

孫尚香冷笑一聲，道：「笑話！『絕命十八騎』算什麼東西？只要走水路，妳們少爺的安全包在我身上，中途出了任何差錯，我孫尚香屁也不放一個，馬上把腦袋割給妳，妳看怎麼樣？」

水仙道：「真的嗎？」

孫尚香道：「我何時騙過妳？」

水仙二話不說，立刻伸出了手掌，孫尚香也不囉嗦，痛痛快快的在她手掌上擊了三下。

第五回　揮刀縱强敵

船艙寬敞，裝飾華麗，張帆司舵的也都是一等一的高手，一路行來，果然舒適無比。河道雖不順暢，但所經之處，其他船隻無不退讓閃避。

只要在水上，太湖孫家似乎永遠擁有無上的威儀，何況常年行駛在水上的人，幾乎都可以認得出這是孫大少的座舫。

服過湯藥的沈玉門，睡得十分沉熟，這是他第一次將一切煩惱拋開，安心的躺在枕頭上。

水仙也已疲憊不堪的在床邊打盹，只有秋海棠和紫丁香兩人精神最好，不時偷瞄著正在艙尾飲酒的孫尚香，目光中充滿了困惑的神色。

因為她們實在搞不懂，此時此刻孫尚香怎麼還有心情坐在那裡喝酒？

孫尚香卻像沒事人兒一般，舉起酒杯朝對座的石寶山一晃，道：「來，乾一杯！」

不待石寶山舉杯，他的酒早已倒進肚子裡。

石寶山忙道：「大少少喝一點吧！我總覺得情形不太對勁，說不定會有情況。」

孫尚香擺手道：「安心啦！在這條路上，絕對沒有問題，你只管放心喝你的酒……」說著，身子往前湊了湊，低聲道：「石總管，你有沒有注意到那兩個丫頭一直在盯著我？」

石寶山點頭。

孫尚香道：「你猜為什麼？」

石寶山搖頭。

孫尚香道：「她們是在瀏覽我最後的遺容，她們一定以為再也看不到我了。」

石寶山一怔，道：「這話怎麼說？」

孫尚香笑道：「我跟水仙打了賭，只要走水路，路上一旦出了差錯，我馬上把腦袋割給她。」

石寶山聽得不禁一楞。

孫尚香忽然臉色一冷，道：「如果她們認為我孫某只會吹大氣，那就錯了，我的腦袋也只有一個，若是沒有十成把握，我敢跟她們賭嗎？」

石寶山道：「那當然。」

孫尚香道：「連我這個提著腦袋的人都不擔心，你擔心什麼？喝，只管喝！」

石寶山只好將杯中的酒一飲而盡。他雖然很瞭解五湖龍王的實力，但仍忍不住朝孫尚香的頸子掃了一眼。

石寶山沒有吭聲。

孫尚香冷笑道：「你一定擔心水路不寬，怕有人從岸邊縱上船來，對不對？」

孫尚香立刻道：「但你莫忘了，兩岸不但有我們兩家的人跟隨，而且還有隨後趕來的『絕命十八騎』，青衣樓的人想衝破這道防衛網，恐怕比登天還難。」

石寶山道：「萬一有人從船上跳過來呢？」

孫尚香道：「那就更不可能了。」

石寶山道：「為什麼？」

孫尚香道：「老實告訴你，打從兩個時辰之前，我的手下就已經開始查船，從嘉興到蘇州這段航程的三百三十七條船，我們都已查遍，凡是可疑的人物，早就被我們趕上岸去，否則我哪還有這種閒情逸致陪你在這裡飲酒作樂？」

說完，還冷笑朝著秋海棠和紫丁香橫了一眼，那副神情已經得意到了極點。秋海棠和紫丁香急忙垂下了頭，連看都不敢再看他一眼。

倚在床邊打盹的水仙突然含含糊糊道：「你們不要被他唬住，那傢伙又在信口胡謅了。」

孫尚香雖然已喝了不少酒，耳朵卻還是靈敏得很，聽得頓時叫了起來，道：「妳說什麼？」

水仙睜開惺忪的睡眼，伸著懶腰道：「我說大少又在跟她們開玩笑了。」

孫尚香道：「我說的明明都是老實話，妳怎麼說我開玩笑？」

水仙道：「真的都是老實話嗎？」

孫尚香道：「當然是真的，像這種事，我根本就沒有騙你們的必要，何況我還跟妳打了賭，我總不會拿我自己的腦袋開玩笑，妳說是不是？」

石寶山在一旁聽得連連點頭，秋海棠和紫丁香也表現出一副深信不疑的樣子。

水仙卻笑笑道：「好吧！那麼我問你，你這次在嘉興一共調動了多少人替你查船？不要忘了，你們孫家在嘉興總共也不過百十來人而已。」

孫尚香伸手一比，道：「六十個，不算少吧？」

水仙道：「嗯，不少，六個人一組，剛好可以分成十組。」

孫尚香立刻道：「對，對，我就是叫他們這麼分的，要想查得仔細，又要防人偷襲，每一組至少也得六個人才夠。」

水仙道：「那麼大少有沒有算過，每一組人一個時辰可以查幾條船？」

孫尚香不假思索道：「我那批人手腳快得很，一個時辰少說也可以查個七、八條船。」

水仙道：「就以他們每個時辰每組人可以清查十條計算好了，兩個時辰就是二十條，十組人加起來也不過才兩百條，距離大少所說的數目還差得遠，如果這條路上真有三百三十七條船的話，其他那一百三十七條船豈不成了漏網之魚，那多危險？」

孫尚香臉上再也沒有一絲得意，咳咳道：「其他那一百多條，大部分都是我們自己的船。」

水仙道：「你說你們孫家有個二三十條在這條路上走動，我還相信，若說一百三十七條都是你們自己的船……你孫大少自己相信嗎？」

孫尚香結結巴巴道：「這……這……」

水仙輕哼一聲，道：「別遮了，再遮腦袋就不保了，還是趕緊想辦法補洞吧！」

孫尚香沒再吭聲，眉目間也浮現一股難得一見的怒色。

石寶山急忙道：「你們也不必太過擔心，我們現在已經進入了孫家地盤，龍王座下人才濟濟，縱然有些漏洞，我想也應該早就有人補起來了。」

孫尚香竟然搖頭道：「不可能，我老子養的那批老太爺，是絕對不能指望的。」

石寶山停了停，忽然道：「按說大少身邊的人才也不少，這兩天怎麼都沒有見到？」

孫尚香猛的一拍桌子，道：「我就是在氣那幾個王八蛋！每次放他們出去辦事，都像斷了線的風箏一樣，連一點消息都沒有。」
話剛說完，岸上陡然響起了一聲尖銳的呼哨。
石寶山神情一振，道：「有消息了。」
水仙笑道：「但不知是哪個王八蛋？」
孫尚香頓時笑口大開，道：「妳的好朋友『銀蛇』崔玉貞回來了。」
水仙臉上的笑容馬上不見，秋海棠和紫丁香也同時皺起了眉頭。
孫尚香卻興高采烈的朝外喝道：「放她上來！」
撐船的一名大漢立刻揚起了竹篙，但見岸邊陡然彈起一條纖纖身影，凌空接連幾個急翻，足尖剛好點在水淋淋的篙頂上，借著竹篙微挑之力，已然落在船板上，不但著地輕盈無聲，而且姿態美妙之極。
石寶山不住擊掌喝采道：「崔姑娘好俐落的身手！」
來的果然是江南武林極有名的「金銀雙蛇」之一的崔玉貞，也是孫大少手下最難纏的人物。
只見她輕擺著水蛇腰，一步一步的走進艙中，一雙瞇瞇眼緊瞅著石寶山，道：「石總管這一向可好？」
石寶山哈哈一笑道：「託妳的福，好得很。」
崔玉貞朝床上的沈玉門瞄了一眼，道：「這麼說，沈二公子的傷勢也不要緊了？」

石寶山道：「當然不要緊，只是一點外傷，休養一段時間就可以康復了。」

崔玉貞嘆了口氣，道：「我正有個重大的消息要告訴他，可惜他睡著了。」

孫尚香這時才開口道：「他睡著了，我沒睡著，難道妳就不能先告訴我？」

崔玉貞平坦的小腹幾乎整個貼在孫尚香的背脊上，雙手按摩著他的肩膀，道：「這個消息對你根本就沒有用，我告訴你幹什麼？」

孫尚香居然慌不迭的閃到一旁，苦笑連連道：「你們聽聽，這像不像我的手下講的話？老實說，我現在實在搞不清她究竟吃的是我孫家的飯，還是你們沈家的飯？」

石寶山笑道：「她吃的當然是你們孫家的飯，否則她怎麼光替你按摩，不替我石寶山按摩？」

孫尚香忙道：「如果你喜歡，我送給你好了，老實說，她這一套我實在消受不了。」

石寶山搖頭擺手道：「那怎麼行！江湖上誰不知道『銀蛇』崔玉貞是你孫大少座下的五虎將之一，石某怎敢掠人之美呢？」

孫尚香垂頭喪氣道：「什麼五虎將？這幾年我可被他們坑慘了。在家裡受氣不說，在外邊還得經常為他們補紕漏。真是當年一念之差，惹下了無窮後患，如今後悔也來不及了。」說完，還在唉聲嘆氣不已。

原來孫尚香手下的「金銀雙蛇」、「禿鷹」、「血影人」以及「烏鴉嘴」五人，當年都是名聲狼藉的黑道人物，後來因犯案避入太湖，為老於世故的五湖龍王所拒，卻被不知天高地厚的孫大少爺給偷偷收留下來。

這五人也居然被他的盛情所感，自此改邪歸正，替他辦了不少的事，卻也為他惹下了一大堆紕漏。

石寶山一旁聽得哈哈大笑，水仙卻只冷冷的哼了一聲。

崔玉貞卻看也不看他們一眼，又把身子緊貼在孫尚香的背上，嗲聲嗲氣道：「大少，你真的後悔了？」

孫尚香邊躲邊道：「後悔得不得了。」

崔玉貞道：「你真的想把我們送出去？」

孫尚香道：「送！誰要誰帶走。」

崔玉貞瞟了水仙一眼，笑迷迷道：「別人我不管，大少若是真想我送掉，最好是送給沈二公子。我跟水仙姑娘情同姐妹，在一起也有個伴。」

水仙急忙叫道：「妳少來！我跟妳毫無交情可言，而且我們小廟也容不了妳這尊大菩薩。妳還是到別處去害別人吧！」

她的話說得雖重，但崔玉貞好像一點也不生氣，仍然笑迷迷道：「喲，妳還在生我的氣呀？」
水仙又哼了一聲，秋海棠和紫丁香也都嘟起了嘴，顯然氣她的還不止一個。
崔玉貞忽然嘆了口氣，道：「其實唐三姑娘那件事也不能怪我。我當時也不過跟她開了個小玩笑，只輕輕抱了妳們少爺一下而已，誰知道那位姑娘的心胸如此狹窄，竟然無端的吃起醋來。」
水仙冷笑道：「這種玩笑也能亂開？妳為什麼不在你們少奶奶面前抱抱你們這位可愛的大少爺？」
崔玉貞道：「這可難說，說不定哪天我高興起來，就抱一抱給妳們看。」
孫尚香嚇了一跳，頓時指著她鼻子叫道：「妳敢！如果你膽敢在我老婆面前失禮，看我不宰了妳才怪。」
石寶山哈哈笑道：「崔姑娘，妳那個玩笑一開不要緊，不但我們沈家對妳感冒之至，連你們大少爺都對你倒了胃口，實在不划算。」
崔玉貞愁眉苦臉道：「就是嘛，最要命的是唐三姑娘也恨我入骨，千方百計的想把我毒死，弄得我是豬八戒兩面照鏡子，三面都不是人，簡直慘透了。」
水仙恨恨道：「活該！」
秋海棠和紫丁香也使勁地點了點頭，好像都認為她罵得很有道理。
石寶山笑笑道：「所以這種玩笑以後可千萬亂開不得，否則妳會更慘。」

崔玉貞嘆道：「我現在忙著跑東跑西，想辦法討好妳們少爺都唯恐不及，哪還有閒情再開玩笑！」

水仙緊張道：「妳想辦法討好我們少爺幹什麼？」

崔玉貞道：「只希望妳們少爺能在唐三姑娘面前替我說幾句好話，免得我每天提心弔膽的過日子。」

水仙哼一聲，道：「妳想都甭想。」

崔玉貞道：「為什麼？」

水仙道：「我們少爺被妳害得自己都不敢再見唐三姑娘，怎麼可能去為妳講好話？」

秋海棠也忽然道：「就算見了面，我想他也不可能在她面前提起妳的事。」

紫丁香緊接道：「是啊！萬一唐三姑娘聽錯了意思，再吃起醋來，妳以後的日子就更難過了。」

崔玉貞聽得猛一跺腳道：「早知如此，我就不必急著趕回來了。」

水仙道：「對，妳應該直接躲進太湖，以後再也不要出來害人了。」

崔玉貞眼睛翻了翻，道：「我躲進太湖去幹什麼？我只要幫唐三姑娘把那個姓解的女人抓住，還怕我們的仇恨解不開嗎？」

眾人一聽，全都嚇了一跳。

孫尚香更是緊張得從椅子上彈起來，叫道：「崔玉貞，我警告妳，如果妳敢動那女人一根汗毛，我跟妳的賓主關係就完了，以後妳再也不要來見我。」

崔玉貞怔怔道：「為……為什麼？」

孫尚香道：「因為那位解姑娘對沈玉門來說，是個非常重要的人物。」

崔玉貞道：「比唐三姑娘還要重要？」

孫尚香道：「重要多了。」

孫尚香道：「早就變了。」

崔玉貞嚥了口唾沫，道：「原來朝代已經變了！」

崔玉貞取出一條手帕，一面擦汗一面道：「幸虧我沒有胡亂插手，否則麻煩可大了。」

孫尚香道：「可不是嗎？所以妳今後在插手辦事之前，最好先問問我，免得又替我找麻煩。」

崔玉貞只有點頭。

石寶山突然咳了咳，道：「妳幾時遇到了那位解姑娘？」

崔玉貞又道：「今天一早，那位姑娘膽子倒也不小，各方面的人都在追她，她居然還敢不慌不忙的在大街上走。我看她遲早非出毛病不可。」

石寶山皺眉道：「妳說各方面的人都在追？」

崔玉貞道：「是啊！」

石寶山道：「除了青衣樓之外，但不知還有什麼人對她有興趣？」

崔玉貞道：「還有我們孫家的人，烏鴉嘴那批人不是也正在各處找她嗎？」

孫尚香忙道：「那批人是我派出去救她的，並不是去抓她的。」

崔玉貞嘴巴一撇，道：「那批笨鳥能辦什麼事，憑他們怎麼救得了人？」

孫尚香似乎很不開心的瞪著她，道：「妳是在哪裡碰到他們的？」

崔玉貞道：「在桐鄉。」

孫尚香一怔，道：「這是什麼時候的事？」

崔玉貞道：「昨天夜裡。」

孫尚香變色道：「他們跑到桐鄉去幹什麼？」

崔玉貞道：「我碰到他們的時候，他們正在砸一間飯館子的門，好像非要吃什麼烤乳鴿不可。」

孫尚香氣得把酒杯都砸在地上，道：「這群王八蛋，我派他們出去救人，他們居然敢偷偷折回來去吃烤乳鴿，他們的膽子也未免太大了。」

崔玉貞一副幸災樂禍的樣子道：「是啊！這批人本事不大，膽子倒不小，明明知道那姓解的女人可能到了嘉興，他們居然還一點都不著急，說什麼也要吃了烤乳鴿再走，簡直太不像話了。」

孫尚香呆了呆，道：「妳是說他們可能知道那女人已經去了嘉興？」

崔玉貞仍在拚命地煽風點火道：「不是可能知道，是已經知道了，他們還叫我帶信給大少，叫大少留意那女人的行蹤。你說好笑不好笑？」

孫尚香一聽，神色反而緩和下來，道：「他們有沒有告訴妳，吃過烤乳鴿之後，會到什麼地方？」

崔玉貞道：「當然是到嘉興跟大少會合，不過大少這一走，他們就可以混水摸魚了。如果我猜得不錯，他們一定正躲在哪個堂子裡在偷偷喝花酒呢！」

孫尚香立刻道：「妳趕快去送個信給他們，叫他們繼續追蹤解姑娘，並且要確保她的安全。如果她出了任何差錯，他們三十幾個人一個也休想活命。」

崔玉貞道：「好，我馬上去告訴他們，就說萬一那位解姑娘有個三長兩短，大少決定要他們三十幾個陪葬。你看怎麼樣？」

孫尚香指著她道：「也包括妳在內。」

崔玉貞驚道：「這件事跟我有什麼關係？」

孫尚香冷冷道：「妳不是正想討好沈二公子嗎？」

崔玉貞道：「是啊！」

孫尚香道：「妳不是認為自己很能幹嗎？」

崔玉貞遲遲疑疑道：「是啊……」

孫尚香道：「這正是妳一個大好機會，妳好好把握吧！」

崔玉貞滿臉為難道：「可是這件差事叫我去辦，恐怕有點不太合適。」

孫尚香道：「為什麼？」

崔玉貞道：「因為我的目標太大，有我跟那位姑娘走在一起，只會更增加她的危險。」

孫尚香冷笑道：「妳不要往自己臉上貼金子。青衣樓怎麼會把妳這號人物放在眼裡？」

崔玉貞忙道：「大少誤會了我的意思，我擔心的不是青衣樓，而是那位要命的唐三姑娘……」

說到這裡，長長嘆了口氣，道：「若是碰到青衣樓的人倒也好辦，大不了跟他們拚個你死我活，可是萬一遇到唐三姑娘怎麼辦？既不能殺，又不能打，想逃命恐怕都很困難，那女人的毒藥暗器可厲害得很啊！」

孫尚香冷哼一聲，道：「那妳就乾脆死在她手上算了，也算對沈二公子有了交代。」

崔玉貞沉默片刻，道：「我死掉不要緊，那位解姑娘豈不也完了？」

孫尚香道：「妳放心，人家解姑娘可不像妳那麼窩囊，幾支毒藥暗器還嚇不死她。」

崔玉貞一怔，道：「大少的意思是說，那女人的武功還過得去？」

孫尚香道：「豈止過得去！老實告訴妳，比你們五個加起來還高明，尤其是收發暗器的手法，更是精妙無比，絕對稱得上是高手中的高手。」

崔玉貞神情大振道：「真的？」

孫尚香道：「這還假得了麼？如果她只是個普普通通的小角色，早就落在青衣樓手上了，哪裡還能活到現在！」

崔玉貞道：「如此說來，她豈不是比唐三姑娘還要高明？」

孫尚香道：「至少也是半斤八兩。」

崔玉貞道：「那就難怪她敢大搖大擺的在大街上走了……」

孫尚香截口道：「那也正是她的缺點，她唯一比不上你們的，就是江湖經驗不夠，所以我才會派你們這麼多人去保護她。」

崔玉貞道：「我們要負責保護她到幾時？」

孫尚香道：「只要把她平安的帶到太湖，你們的任務就算完成。」

石寶山忽然搖頭道：「太湖只怕她不肯去，我看還莫如想辦法把她送過江去。」

孫尚香想了想，道：「也好，把她送到江北，也省了我許多麻煩。」

崔玉貞仍然遲疑著道：「還有一個問題，尚請大少明示。」

孫尚香道：「什麼事，妳說？」

崔玉貞道：「萬一跟唐三姑娘碰上，兩個人動起手來，我們怎麼辦？是應該袖手旁觀呢，還是乾脆幫著解姑娘將唐三姑娘收拾掉？」

孫尚香不講話了，只皺著眉頭瞟著石寶山。石寶山也皺著眉頭想了半晌，最後又把目光轉到水仙臉上。

水仙好像根本就沒把這個問題放在心上，淡淡道：「妳想告訴我們少爺的，就是唐三姑娘這件事嗎？」

崔玉貞道：「當然不止這一件，我還有更重要的消息要告訴他。」

水仙道：「如果是孝豐秦府那件事，那就不必了，我們少爺早就知道了。」

崔玉貞笑笑道：「還有一件事可比那件重要得多了，妳們公子聽了一定會很開心。」

水仙道：「什麼事？妳且說來聽聽！」

崔玉貞神秘兮兮道：「聽說青衣樓第八樓的盛樓主忽然暴死長陽，好像是被人毒死的。」

水仙道：「盛安被人毒死了又怎麼樣？對我們目前的處境也不會有任何幫助。」

崔玉貞咯咯一笑，道：「我說大妹子，妳真是聰明一世，糊塗一時，妳也不想想，盛安號稱『百毒蜈蚣』，是使毒的絕頂高手，能夠毒死他的，普天之下又能有幾個人？」

水仙不屑道：「他那點玩意兒怎麼稱得上絕頂高手？蜀中唐門的老一輩人物，幾乎每個人都比他高明。」

崔玉貞即刻道：「不錯，所以道上的人都說是唐大先生下的手。如果唐大先生真的已經離開四川，對沈二公子來說，是不是一個好消息？」

水仙變色道：「這算什麼好消息？」

崔玉貞道：「咦！唐大先生是唐三姑娘的親爹，就等於是沈二公子未來的老丈人，有個厲害的老丈人替他撐腰，對他總不是一件壞事吧？」

不待水仙答話，孫尚香已先叫起來，道：「好哇！妳明明知道唐大先生已經出川，妳居然還問我要不要把唐三姑娘收拾掉，妳這不是在存心害我嗎？」

崔玉貞不慌不忙道：「大少稍安勿躁，且聽我慢慢道來。」

孫尚香道：「妳還有什麼話說？」

崔玉貞道：「我方才也不過是隨口問問，並沒有存心除掉她的意思，如果我真的想宰掉她，早在去年就動手了，哪裡還會叫她活到今天？」

孫尚香冷哼一聲，道：「妳少在這兒跟我吹大氣。憑妳這點本事，宰得了人家嗎？」

崔玉貞道：「我一個人當然不行，不過若是有『金蛇』潘鳳幫著我，那就不同了。去年她還在問我，要不要把唐三姑娘做掉？我當時因為怕給大少惹禍，所以才沒敢答應。」

孫尚香道：「妳總算做了一件聰明事，否則妳就把我害慘了。」

崔玉貞沉吟了一下，道：「可是現在的情況又有點不一樣了。」

孫尚香道：「有什麼不一樣？」

崔玉貞道：「如果現在我們偷偷把她除掉，唐大先生一定以為是青衣樓下的手，非找他們拚命不可，如此一來，咱們這邊的壓力不是可以減輕不少……」

水仙冷笑一聲，打斷了她的話，道：「妳說完了沒有？」

崔玉貞道：「說完了，不過妳放心，沈二公子不點頭，我是不會貿然採取行動的。」

水仙冷冷道：「妳最好安分一點，像這種暗箭傷人的事，就算對象不是唐三姑娘，我們少爺也不會答應的。」

孫尚香急忙道：「我也絕不答應，萬一風聲走漏出去，那還得了？唐門的報復不說，今後我孫尚香還有什麼臉在江湖上做人？」

石寶山突然哈哈一笑，道：「妳們把這件事搞得太複雜了，據我所知，那位解姑娘只不過是我們二公子的救命恩人而已，唐三姑娘的心胸再狹窄，也不可能胡亂去吃她的醋。」

崔玉貞急急道：「不不不，現在嘉興的茶樓酒肆，都在盛傳解姑娘是沈二公子的相好，還說這次二公子所以出事，都是為了去偷會那個女人……」

孫尚香又是猛的一拳擊在桌子上，截口叫道：「他媽的，這是哪個混帳東西造的謠？」

石寶山立刻轉過頭去，不再看他，水仙卻在狠狠地瞪著他，目光中還充滿了責怪的味道，孫尚香這才想起自己在「天香居」所說的話，不禁當場傻住了。

崔玉貞卻冷笑著道：「我想八成是蕭錦堂那老王八蛋放出的風聲，那老傢伙詭計多端，一定是想借唐三姑娘之手把那位解姑娘除掉。」

孫尚香急咳一陣，道：「妳少在這兒饒舌，還不趕快去替我辦事！」

崔玉貞怔怔地望著他，道：「大少還沒有答覆我的問題呢！」

孫尚香道：「什麼問題？」

崔玉貞道：「萬一她們兩人動起手來，我們該怎麼辦？」

孫尚香道：「那是妳的事，總之，無論哪邊出了差錯，我都唯妳是問。」

崔玉貞皺起眉頭，道：「這可難了。」

孫尚香道：「妳若怕傷腦筋，最好是想辦法別叫她們兩人照面。」

崔玉貞道：「可是……唐三姑娘是個老江湖，想甩開她，恐怕不太容易。」

水仙冷哼一聲，接道：「那也並不困難，唐三姑娘不正在找妳麼？到時候妳可以以身作餌，把她引開不就結了？」

崔玉貞嘆了口氣，道：「看來我也只有鋌而走險了，萬一我死在唐三姑娘手上，那也是命裡該著，誰叫我欠沈二公子的呢？」

說完，還眼瞇瞇的瞄了正在沉睡中的沈玉門一眼。

孫尚香道：「現在妳可以走了吧？」

崔玉貞依然動也不動，道：「我還不能走，我還有很多事要向大少稟報。」

孫尚香道：「妳這次帶回來的消息，好像還真不少！」

崔玉貞道：「是啊！大少也應該知道，我是一個很能幹的人，除了功夫稍微比唐三姑娘差一點之外，其他樣樣都不輸人。」

孫尚香道：「好了，妳也不必在這自吹自擂了，有話快說，說完了快滾，妳再拖下去，烏鴉嘴那批渾蛋恐怕都要醉死了。」

崔玉貞滿臉無奈道：「好吧！大少是想先聽好的，還是先聽壞的？」

孫尚香沒好氣道：「我只要聽好的，妳把壞的統統給我帶回去，我不要聽。」

崔玉貞垂首思量了一會，才道：「青城的韓道長已經下了山，這件事不知能不能算好消息？」

孫尚香精神一振，道：「說下去。」

崔玉貞道：「據說他並不是來尋仇，只是趕來收屍而已。」

孫尚香瞟著一旁站的石寶山，道：「你說這算不算是個好消息？」

石寶山道：「那就得看他趕來收誰的屍了。」
崔玉貞道：「當然是來收青城四劍的屍。」
石寶山道：「如果只是為了替那四個人收屍，他隨便派幾個門人下來就行了，又何必親自趕了來？你不覺得有點奇怪嗎？」
崔玉貞道：「我本來也覺得有點奇怪，不過，據說他只帶了四名門徒下山，連『七星劍陣』都湊不齊，怎麼看都不像來找青衣樓算帳的。」
石寶山笑道：「這可難說得很，說不定隨後還有人趕下來，想湊足七個人，那還不簡單？」
水仙也悠悠接道：「何況青城俗家弟子遍及天下，何患湊不出兩個人來充數？」
崔玉貞猛一點頭，道：「有道理。」
石寶山道：「所以毫無疑問，我認為這絕對是好消息。」
崔玉貞又遲遲疑疑道：「這麼說，少林的大智和尚已在杭州出現，也應該不是壞消息了？」
眾人聽得全都大吃一驚。
過了許久，石寶山才苦笑道：「這些方外高人終於也沉不住氣了。」
孫尚香忽然道：「妳有沒有聽到武當的消息？」
崔玉貞搖頭。

孫尚香道：「奇怪，以金陵沈家和無為道長的交情，在這種緊要關頭，他至少應該派幾個人出來露露臉才對。」

水仙冷笑一聲，道：「依我看，武當那班雜毛老道也跟孝豐秦家差不多，我們大少爺一死，彼此的交情也就全完了。」

崔玉貞也冷笑道：「所以我認為『絕命十八騎』這次幹得對極了，這種不顧道義之徒不殺，武林中哪裡還有公理……」

孫尚香截口喝道：「住口，這種事要妳來多什麼嘴！」

崔玉貞立刻閉上嘴巴，再也不敢吭聲。

石寶山咳了咳，道：「妳還有沒有其他的消息？」

崔玉貞點點頭，又搖搖頭，一副欲言又止的模樣。

石寶山道：「是不是好的已經說完了？」

崔玉貞道：「差不多了。」

石寶山道：「壞的呢？」

崔玉貞道：「壞的我們大少不要聽。」

石寶山道：「他不聽，我們聽，妳只管說！」

崔玉貞瞟著悶聲不響的孫尚香，囁嚅著道：「我今天實在沒有時間，我看還是改天吧！」說完，轉身就往外走。

石寶山悠然一嘆，道：「我本來還想告訴妳一個去會唐三姑娘的妙法，既可以讓她不跟解姑娘照面，又可以叫她以後不再找妳麻煩。既然妳忙著要走，那就算了。」

崔玉貞已走到艙外，又急急轉回來，道：「你有什麼方法可以叫她以後不再找我？」

石寶山道：「妳有時間聽嗎？」

崔玉貞又朝孫尚香瞟了一眼，道：「我想稍微耽擱一會兒或許還不要緊。」

石寶山緩緩地搖著頭，道：「一會兒恐怕解決不了問題。」

崔玉貞道：「你想跟我交換？」

石寶山道：「我不是你們孫家的總管，總不能讓妳白費口舌，為了公平起見，多少也得回敬妳一點，這麼說是不是比交換要中聽得多？」

崔玉貞道：「好，你先說。」

石寶山道：「妳不要先跟大少打個商量嗎？」

崔玉貞道：「我看不必了，我們大少也正在為唐三姑娘的事大傷腦筋，如果石總管真能解決問題，我相信我們大少也一定會很高興。」

孫尚香只哼了一聲，雖然沒有一點高興的表情，卻也沒出言阻止。

石寶山笑笑道：「其實這件事看起來困難，解決起來卻容易得很，只要一句話，就不難把妳們過去的仇恨一筆勾銷。」
崔玉貞迫不及待道：「什麼話？」
石寶山道：「只要妳告訴她，妳是受沈二公子之託去保護她的，就行了。」
崔玉貞怔了怔，道：「就這麼簡單？」
石寶山道：「簡單的方法往往最有效，妳相不相信？」
崔玉貞沒有吭聲。
孫尚香卻開口道：「我相信，那唐三姑娘聽了，非把嘴巴樂歪不可。」
石寶山道：「而且再也不會計較過去那點小誤會了。」
崔玉貞道：「好吧！就算她肯跟我不計前仇，可是解姑娘的問題還沒有解決，萬一兩人照了面，還是會有麻煩的。」
石寶山道：「妳帶著她往南走，烏鴉嘴帶著那位解姑娘往北走，兩個人根本就碰不到面，怎麼會有麻煩？」
崔玉貞急道：「把解姑娘交給烏鴉嘴那批人怎麼行？那不等於在害她嗎？」
石寶山道：「也不見得，妳不要忘了解姑娘是在逃命，在這種情況下，跟烏鴉嘴那批人走在一起反而比跟著妳要安全得多。」
崔玉貞無可奈何道：「既然石總管這麼想，我也沒話好說了。」
石寶山道：「現在我只擔心一件事情。」

崔玉貞道：「是不是怕烏鴉嘴那批人半路開溜？」
石寶山道：「那倒不至於，老實說，我是在擔心妳的事情。」
崔玉貞詫異道：「我有什麼好讓你擔心的？」
石寶山道：「我是怕妳完成任務之後，甩不開那位唐三姑娘。」
崔玉貞怔了怔，道：「對呀！我把她騙到南邊去之後，我怎麼脫身？」
水仙一旁冷笑道：「妳放心，也許她愈看妳愈可愛，到時候自然會把妳放走。」
崔玉貞搖頭道：「不可能，我唯一騙她跟我往南邊的理由，就是去追趕解姑娘。找不到解姑娘，她怎麼可能放我走路？」
石寶山皺著眉頭道：「這的確是個難題，不過再困難的問題，都該有辦法解開，妳不妨先說妳的，我一邊聽著一邊想，等妳把消息都說完的時候，我也應該想得差不多了。」
崔玉貞道：「好吧！不過你可不能騙我，你一定得替我想個脫身的方法才行。」
石寶山道：「我現在已經想出了一大半，妳趕緊說吧！」
崔玉貞沉思片刻，道：「我帶回來的消息多得很，應該先說哪件好呢……」
孫尚香喝道：「妳再跟我拖時間，我可真要把妳轟下船了！」
崔玉貞急忙道：「我想起來了，陳士元的消息比較重要，應該先說。」
眾人聽得全都嚇一跳。

孫尚香急忙道：「陳士元怎麼樣？」
崔玉貞道：「聽說他也趕下來了，說不定已經到了附近。」
孫尚香駭然叫道：「混帳東西！這麼要命的消息，為什麼不早說？」
崔玉貞委委屈屈道：「我早就想說，可是大少不想聽，我有什麼辦法？」
孫尚香道：「我幾時告訴過妳不想聽？」
崔玉貞道：「你方才不是說不要聽壞消息麼？陳士元是青衣樓的總頭頭，又是武林中公認的第一高手。他親自趕來追殺沈二公子的事，總不能說是好消息吧？」
孫尚香悶哼一聲，被她堵得半晌沒說出話來。
石寶山雖然一向都很沉得住氣，這時也不禁惶惶然朝兩岸張望了一眼，道：「妳說陳士元已經到了附近？」
崔玉貞道：「很可能。」
石寶山急忙道：「可能性究竟有多大？」
崔玉貞道：「這我可不敢胡猜，禿鷹怎麼說的，我怎麼傳。據他估計，這個時刻陳士元離咱們應該不會太遠了。」
石寶山又匆匆朝岸上瞄了瞄，道：「既是禿鷹的消息，可靠性一定很大。」
崔玉貞道：「我也這麼想。」
孫尚香又已叫起來，道：「這麼重要的事，他自己怎麼不趕來告訴我，為什麼要讓妳傳信？」

崔玉貞道：「也許因為我的腳程比較快，他才把這件差事交給我……」

孫尚香沒等她說完，便已狠狠地呸了一口，道：「妳也真敢吹牛，妳居然敢說妳的腳程比禿鷹快？」

崔玉貞急咳幾聲，道：「當然，當然，當時他也剛好無法分身，因為他好像正在盯著一個人。」

孫尚香道：「他在盯著誰了？」

崔玉貞道：「他沒有時間說，我也沒來得及問，我想應該不是什麼大不了的人物，否則他一定會告訴我。」

孫尚香搖頭，不停地搖頭。

石寶山也不以為然道：「能夠讓禿鷹看上的，鐵定是個硬角色。」

孫尚香道：「不錯，而且我敢斷言，他追的一定是個危險人物，否則他絕對不會盯著那個人不放。」

水仙也沉吟著道：「可是放眼武林，還有什麼人比陳士元更危險？」

石寶山和孫尚香聽得不約而同的皺起了眉頭，崔玉貞也在不停地翻動著她那雙瞇瞇眼，似乎每個人都在窮思苦想。

就在這時，艙外忽然響起一片驚呼，同時張滿的船帆也轟然一聲掉了下來，整個船艙被震得一陣搖晃，桌上的酒杯酒罈一齊滾落在地板上，緊接著一陣濃煙飄了進來，煙裡充滿了硫磺的氣味。

石寶山霍然叫道：「原來是他！」

孫尚香楞楞道：「是誰？」

石寶山道：「『鬼火』劉靈。」

孫尚香「鏘」的一聲拔出了劍，恨恨罵道：「這個鬼東西，居然敢來燒老子的船……」一面罵著，一面已衝了出去。

其他人也個個兵刃出鞘，一起擁上了甲板。只有水仙動也沒動，仍然緊守在沉睡中的沈玉門床邊。

片刻間，濃煙已變成了火光，救火的救火，找人的找人，艙外整個亂成了一團，艙裡的水仙也在這時陡然發出一聲驚叫。

原來沈玉門突然睜開眼睛，一把握住她的手腕。

水仙驚慌失色道：「你……你是什麼時候醒的？也不招呼一聲，可嚇死我了。」

沈玉門鬆開了手，道：「妳的膽子不是很大嗎？」

水仙撫胸道：「有的時候也小得很，我最怕人家嚇我，有一次你在我被子裡擺了條蛇，把我嚇得當場昏了過去……那件事……難道你已經……忘了？」

她的語聲愈來愈小，臉上也忽然流露出一股悲傷的味道。

沈玉門輕嘆了一聲，道：「我並不是有意要嚇妳，我只是想趁著沒人的時候問妳一句話。」

水仙道：「什麼話？你儘管問，只要知道我，我一定告訴你。」

沈玉門道：「唐三姑娘是誰？」

水仙道：「是你的女人。」

沈玉門駭然叫道：「是我的女人？」

水仙急忙捂住他的嘴，神色惶惶的四下看了看，才道：「不錯，別的女人你可以忘掉，這個女人你可一定要好好記住。」

沈玉門推開她的手道：「為什麼？」

水仙道：「因為她是唐大先生的掌上明珠，也是蜀中唐門年輕一輩中最傑出的人物，不但武功好，人也長得漂亮極了，待人接物嘛……也不算壞，唯一的缺點就是愛吃醋……」

沈玉門忙道：「等一等，等一等，妳最好說得清楚一點，她究竟是我的女人，還是我的朋友？」

水仙俏臉一紅，道：「這我可不敢說，這種事恐怕只有你自己才明白。」

沈玉門呆了呆，道：「妳能不能告訴我，那個傢伙一共有多少個女人？」

水仙道：「哪個傢伙？」

沈玉門嘆道：「那個傢伙指的當然是我。」
水仙笑道：「不多，好像也不太少。」
沈玉門道：「除了唐三姑娘之外，還有誰？」
水仙道：「還有那位解姑娘。」
沈玉門搖頭擺手道：「她不算，其他的呢？」
水仙道：「聽說你跟『紫鳳旗』的秦姑娘也很要好。」
沈玉門皺眉道：「什麼『紫鳳旗』？」
水仙一怔道：「『紫鳳旗』是武林中十分有名的幫派，也等於是我們沈家的一個支柱，龍頭老大就是太原的顏老爺子，你怎麼連這個組織都沒聽說過？」
沈玉門道：「原來是顏寶鳳的靠山。」
水仙道：「也可以這麼說，那位秦姑娘也正是大少奶奶的小師妹，人也挺不錯的……」
沈玉門截口道：「還有呢？」
水仙想了想，道：「還有京裡的駱大小姐，好像跟你也有一腿。」
沈玉門一驚，道：「有一腿？」
水仙乾笑道：「我的意思是說，那位駱大小姐跟你的交情好像也蠻不錯。」
沈玉門道：「駱大小姐又是何許人也？」

水仙道：「她是『九城大豪』駱燕北的女兒，也是大小姐最要好的朋友……我們大小姐好像還正在為這事為難呢。」

沈玉門道：「哪個大小姐？」

水仙道：「就是你的姐姐沈玉仙啊！」

沈玉門皺眉道：「她為難什麼？」

水仙道：「因為……駱大小姐自小便已訂了親，聽說對方的門第也不錯，可是她自從認識你以後，整個人都變了，說什麼也不肯嫁過去。你想，站在大小姐的立場，她能不為難嗎？」

沈玉門恨恨道：「這個該死的東西，他可把我坑慘了！」

水仙道：「可……可……可不是嘛！」

沈玉門沉嘆一聲，道：「妳說！以後的日子，叫我怎麼過？」

水仙道：「不要緊，有我在你身邊，我會慢慢替你想辦法。」

沈玉門道：「這種事妳有什麼辦法可想？妳倒說說看。」

水仙囁嚅了半晌，結果一個字也沒說出來。

沈玉門不禁又嘆了口氣，道：「好吧！妳繼續說下去。」

水仙道：「說什麼？」

沈玉門道：「當然是其他的女人。」

水仙道：「好……好像沒有了。」

沈玉門道：「真的沒有了？」

水仙道：「其他那些風花雪月的女人，恐怕就得問孫大少了。」

沈玉門立刻道：「好，妳去把他叫來！」

水仙遲疑道：「你何必現在就急著問他？他正在忙著救火，等忙過了再問他也不遲呀！」

沈玉門道：「妳不要搞錯，我叫他來並不想再追問這些無聊的事，我只想請他趕快把船靠岸。」

水仙一怔，道：「靠岸幹什麼？」

沈玉門道：「好放我跑路。」

水仙大吃一驚，道：「這可不能開玩笑，岸上比水裡危險得多，何況你身上還帶著傷，上去豈不等於白白送死！」

沈玉門道：「我不怕死，與其痛苦的活在世上，還不如乾脆死在青衣樓手上的好。」

水仙登時叫起來，道：「那怎麼行！你死了，沈府怎麼辦？我們三個怎麼辦？」

沈玉門道：「那是妳們家的事，與我無關。」

水仙急急道：「為你死掉的『青城四劍』和解大俠總不能說與你無關吧？你死了

怎麼對得起他們？」
沈玉門不講話了。
這時艙外的孫尚香忽然大聲喊道：「靠岸，趕快靠岸！」
水仙慌裡慌張的撲到窗口，叫道：「不要靠岸，千萬不要靠岸！」
孫尚香愕然回首道：「為什麼？」
水仙急不擇言道：「『絕命老么』就跟在上面，我們少爺不想見他。」
孫尚香為難道：「可是劉靈的鬼火邪門得很，艙板上的火雖已撲滅，水裡卻還在燒，救都沒法救。」
水仙道：「何不派人下去看看？」
孫尚香道：「我本來是想下去的，但是石總管硬是不讓我去，他說劉靈那鬼東西在水裡比在陸上還神，他怕我一去不回，沈玉門又少了一個好朋友。」
水仙道：「聽說禿鷹水裡的功夫不錯，何不讓他下去跟那姓劉的鬥鬥？」
孫尚香攤手道：「妳說的很有道理，可是直到現在還不見他的人影，妳叫我有什麼辦法可想？」
石寶山一旁沉吟著說：「禿鷹盯人一向很少盯丟的，如果他盯的真是『鬼火』劉靈，他的人應該就在附近才對。」
孫尚香立刻大喊道：「禿鷹、禿鷹……」

接連呼喚了幾聲，結果一聲回音都沒有。

正在眾人大失所望之際，水裡忽然有了動靜。但見波浪翻滾，水花四濺，顯然水中已有人在搏鬥。

孫尚香大喜道：「禿鷹就是禿鷹，可比什麼蛇、什麼嘴的管用多了。」

崔玉貞輕哼一聲，滿不開心的走近船舷，朝水中望了一陣，忽然道：「好像不是禿鷹。」

孫尚香愕然道：「不是禿鷹是哪個？」

崔玉貞道：「我看八成是……」

她的話尚未說完，只聽「唰」的一聲，一個白衣人影已自水中躥起，帶著一身淡紅色的血水，剛好落在孫尚香的面前，血水由淡轉深，很快的便將船艙染紅了一大片。

孫尚香咧嘴笑道：「原來是你。」

那人顯然已負了傷，但仍直挺挺的站在那裡，傲然道：「禿鷹在水裡只會喝水，不會殺人，在水裡能夠殺死劉靈的，只有我血影人。」

崔玉貞冷笑道：「每次見面身上總要帶著血的，也只有你血影人。」

血影人也冷笑一聲道：「要想殺人，就不能怕流血，像那種生怕被血弄髒衣服的人，能辨得了什麼事！大少你說對不對？」

孫尚香急忙咳了咳，道：「你真的把『鬼火』劉靈給弄掉了。」

血影人道：「人是弄掉了，火卻救不滅，他那鬼火邪得很，刮都刮不掉，大少還是趕緊想辦法吧！」

孫尚香道：「好，你先去療傷，我跟石寶山商量一下再說。」

血影人道：「我這點傷算不了什麼，我還有很多事要辦，在這種節骨眼上，我可不敢像別人一樣，躲在這裡偷懶。」說完，斜瞥了崔玉貞一眼，轉身又竄入水中。

崔玉貞吭也沒吭一聲，身形陡然躍起，足尖向停在岸邊的船頂一點，便已消失在岸上。

石寶山搖頭苦笑道：「這女人倒也糊塗得可以，她居然連擺脫唐三姑娘的方法都忘了問就走了。」

站在他身後的紫丁香道：「她已被血影人氣昏了頭，哪還記得那麼多！」

秋海棠也悠悠接道：「但願那兩人在岸上不要碰面，否則非先幹一場不可。」

孫尚香嘆氣道：「奇怪，我這群人為什麼見了面就吵？像你們這樣和和氣氣的，日子豈不好過得多？」

石寶山笑道：「吵也並不一定是壞事，只要大家能忠心為大少辦事就好了。」

孫尚香聽得只搖頭，秋海棠和紫丁香也連連撇嘴，顯然都不同意他的說法。

但水裡邊卻忽然有人接道：「石總管不愧是讀過書的人，說起話來也比一般人有道理。」

一聽那聲音，就知道是剛才跳下水不久的血影人。

孫尚香愕然叫道：「咦，你還沒有走？」

血影子雙手搭上船舷，費了很大的力氣才爬上了船，再也沒有方才那副矯捷的身手，同時臉色也很壞，肩上的傷處雖已紮起，卻仍在淌血，但說起話來卻依然中氣十足：「我還有很多事情要向大少稟報，怎麼能走？」

孫尚香道：「那你剛才在弄什麼鬼？」

血影人道：「我只想把那個鬼搞走而已，有她在旁邊不好說話。」

孫尚香忍不住又嘆了口氣，道：「現在她已經走了，你有話就趕緊說吧！」

血影人道：「我最急著向大少稟報的，就是陳士元那老魔頭可能就在附近。」

孫尚香道：「這件事我早就知道了，說別的！」

血影人道：「蜀中的唐大先生、青城的韓道長、少林的大智和尚都已經露面，我想不久也會趕上來……」

孫尚香滿臉不耐煩打斷他的話，道：「說別的，說別的！」

血影人恨恨道：「這個臭女人，仗著她那兩條腿有勁兒，專門搶我的功勞。」

孫尚香道：「你還有沒有比較新鮮的消息？」

血影人道：「有，多得很。」

孫尚香道：「快說！」

血影人道：「那女人有沒有告訴你禿鷹在幹什麼？」

孫尚香道：「好像在跟蹤一個人。」

血影人道：「她有沒有說跟蹤的那個人是誰？」

孫尚香搖頭。血影人嘴角掀起一抹輕蔑的冷笑，道：「我就知道那女人辦不了什麼大事，連這麼重要的消息都沒有摸清楚就敢跑回來，倒也真是丟人丟到家了……」

孫尚香截口道：「廢話少說，只要告訴我禿鷹跟的是哪一個就行了。」

血影人道：「我也認不出那個人是誰，我只知道是個邋裡邋遢的老道，如非他一身道士裝扮，我還以為是丐幫裡的人物呢！」

水仙突然驚叫道：「無心道長！」

眾人聽得同時嚇了一跳，但臉上也不約而同的出現了一股興奮的神色。

只有血影人楞頭楞腦道：「妳說的可是無為道長的那個瘋師兄？」

沒等水仙回答，紫丁香已搶著道：「他一點都不瘋，當年跟我家大少爺下起棋來，腦筋靈光得不得了，一步都不會走錯。」

秋海棠也緊接道：「而且武功也高深得不得了，據說絕不在當今掌門的無為道長之下。」

血影人道：「這麼說，那個老道應該算是自己人了？」

秋海棠猶豫了一下，才道：「以前是。」

紫丁香卻毫不遲疑道：「現在也是。」

血影人道：「那就怪了，如今有這麼多強敵環伺在旁，他死盯著一個自己人幹什麼？他這不是存心偷懶嗎？」

孫尚香立刻皺起眉頭，道：「對啊！這是怎麼回事？」

水仙忽然道：「大少且莫為這件事傷腦筋，血影人的精神好像差不多了，還是先問其他的事吧！」

血影人道：「我的精神還好得很……」

孫尚香道：「精神好就趕快說別的。」

血影人道：「還有一件事，我若說出來，非把你們笑死不可。」

孫尚香道：「什麼事？」

血影人道：「最好笑的就是潘鳳，她放著正事不幹，竟然跟『絕命十八騎』攪和在一起。我看這娘兒們八成是打算吃嫩草……」

孫尚香喝道：「你除了搬弄是非之外，究竟還有沒有正經事？」

血影人道：「有。」

孫尚香道：「說！」

血影人道：「我看咱們還是趕緊靠岸吧！這條船只怕撐不了多久了。」

孫尚香道：「你怎麼知道撐不了多久？」
血影人道：「因為……『鬼火』劉靈還在下面。」
孫尚香駭然叫道：「你不是已經把他給宰了嗎？」
血影人道：「我不過是在崔玉貞面前信口吹吹，劉靈哪裡是那麼好宰的！我能夠讓他陪著我流點血，已經算不容易了……」
話剛說完，還沒等孫尚香開口罵人，血影人身子便已直挺挺的摔在艙板上。
孫尚香匆匆出手先封住了他的穴道，又看了看他的傷口，然後抬起頭來，望著默默不語的石寶山，道：「石總管，你看看應該怎麼辦？」
石寶山道：「那就得看水仙姑娘的意思了。」
水仙滿臉無奈的樣子，道：「人都已躺下了，我還有什麼話說。你們兩位看著辦吧！」
石寶山道：「依我看，還是先上去找個大夫替他治傷要緊。」
紫丁香卻輕輕搖頭道：「恐怕不太好。」
石寶山道：「為什麼？」
秋海棠又在一旁悠悠接道：「如果一上去，孫大少這場賭不就輸了嗎？」
孫尚香似乎早就忘了與水仙的賭約，猛然抬手朝岸邊一指，大喝一聲：
「靠岸！」

× × ×

船已緩緩地靠近岸邊，船身也開始逐漸傾斜，船底有幾處已被「鬼火」燒穿，河水從被燒破的地方不斷地湧入艙中。

沈玉門早被水仙攙上了甲板，四周雖已亂成一團，而他卻宛如老僧入定般的坐在軟椅上，好像身邊一切事物都與他無關。身旁的水仙卻有些緊張，目光不時四下搜索，一副生怕有人出手行刺的模樣。

停泊在附近的船隻均已遠遠避開，岸上也沒有外人，只有幾個孫尚香的手下忙著打樁，正在準備迎接座舫靠岸。

而就在這時，忽然有個黑衣人影自水中躍起，直向岸上躥去。

孫尚香登時大吼道：「他是『鬼火』劉靈，趕快把他截住！」

岸上那幾個人還沒有搞清楚是怎麼回事，已有一名老者陡然衝了出來，對準那黑衣人就是一掌，便將那人又逼回水中。緊跟著水中翻起了一片浪花。

浪花尚未平息，一條窈窕的金色身影已自浪中躥起，水淋淋的落在傾斜的船舷上。

只見那人一手提著短劍，一手拎著一個人頭，清瘦的臉孔上充滿了得色。

孫尚香仔細看了看那人頭，不由挑起大拇指道：「『金蛇』潘鳳，這回妳可露臉了，殺死『鬼火』劉靈，可不是一件容易的事。」

沈玉門一聽是「金蛇」潘鳳，忍不住瞟了她一眼，一看她手上那顆人頭，又急忙將頭轉開。

潘鳳得意洋洋道：「我殺他是給大少辦事，不是為了自己露臉。」

孫尚香哈哈大笑道：「說得好，你們五個人之中，數妳最能辦事。」

這時那名老者也已躍上船頭，聽得連禿禿的頭頂都已脹紅，冷哼一聲，道：「這女人倒會邀功，如果沒有我那一掌，她殺得了人家嗎？」

一瞧他那副長相，連沈玉門都不難認出這人正是死盯著無心道長不放的「禿鷹」。

孫尚香又是哈哈一笑，道：「你也不錯，你也不錯。」

潘鳳笑道：「你也用不著吃醋，如果你想插一腳，這件功勞算我們兩個的好了。」

禿鷹冷冷道：「我不要什麼功勞，我只想為沈二公子辦點事，沈二公子是大少的好朋友，平日咱們難得有機會能替他效勞，這姓劉的既敢來打他的主意，咱們不把他留下怎麼行？」

潘鳳立刻道：「你既然這麼說，咱們也不必爭功了，索性把這個人頭獻給沈二公子，豈不更好。」

她一面說著，一面已捧著人頭向沈玉門走去。

沈玉門駭然搖手道：「我不要，我不要……」

水仙忙攔在潘鳳面前，道：「盛情領了，這東西你們還是自己留著吧！我們少爺不感興趣。」

只聽岸上忽然有人笑呵呵接道：「那種血淋淋的東西怎麼能當禮物？我帶來幾個活的，我想二哥一定很有興趣。」

沈玉門聽得又是一驚，他這才發現岸邊已多了一列人馬，每匹馬都很健壯，馬上的人都很精悍，每個人的右肩上都露著一把刀柄，只刀柄就有一尺多長，看上去十分刺眼。

這時候船已開始靠岸，方才說話的那個人不待放下跳板，便由馬上直接躍上了船。

只見那人年紀輕輕，最多只有二十出頭，一張黑裡透紅的臉膛堆滿了微笑，一上船就向眾人連連抱拳，好像跟每個人都熟得不得了。

沈玉門匆匆瞟了身邊的水仙一眼，似乎在探問這個人的來歷。水仙沒有吭聲，只悄悄的伸出了一根小手指在腰間比了比。

沈玉門臉色一沉，道：「『絕命老么』？」

水仙輕聲道：「不錯，他是你的結拜兄弟，你平常都叫他盧九。」
盧九立刻聞聲趕過來，道：「小弟護駕來遲，還請二哥不要見怪才好。」
沈玉門冷冷道：「不敢當。」
盧九道：「二哥的傷勢如何？要不要緊？」
沈玉門道：「不勞動問，我好得很。」
盧九道：「那太好了，其實我在嘉興已聽到了二哥的情況，不過還是有點不放心，所以才急著趕來看看。」
沈玉門道：「你現在已經看過了，可以走了。」
盧九怔住了。
水仙一旁咳了咳，道：「九爺方才不是說帶來幾個活的麼，但不知是什麼東西？」
盧九道：「不是東西，是人。」
水仙忙道：「是什麼人？」
盧九把手一抬，即刻有細細長的東西從岸上拋了過來，剛好落在他揚起的手掌上，那東西當然是個活人，不過全身已被一條條麻繩綁住，捆綁得像個湖州粽子一般。
盧九只在那人腰上一托，順手扔在沈玉門腳下，雖然摔下的力道不輕，但那人卻吭也沒吭一聲。

沈玉門一看那人，不禁驚叫起來，道：「『飛天鷂子』洪濤！」

盧九道：「正是。」

水仙變色道：「還有他那六個弟兄呢？」

盧九道：「都在馬上，要不要一起送上來？」

水仙搖手道：「我看不用了……」

沈玉門不等她說完，便已直瞪著盧九道：「你把他們綁來幹什麼？」

盧九道：「送給二哥的，這幾個居然敢對二哥不敬，實在可惡至極，不給他們點顏色瞧瞧，日後咱們弟兄還怎麼在江湖上混？」

沈玉門苦苦一笑道：「看不出你年紀輕輕，倒是很能辦事！」

盧九面露得意，道：「二哥過獎了！」

沈玉門道：「你說這幾個人是送給我的？」

盧九道：「不錯，是殺是剮，任憑二哥裁奪。」

沈玉門二話不說，猛然抽出短刀，撲到洪濤身前，揚起刀來就砍。旁邊的水仙嚇了一跳，想去扶他，卻又忍住。

但見刀光閃閃，接連砍了七八刀，才「篤」的一聲，將短刀剁在艙板上，人也氣喘喘的跌坐在那裡，好像體力全已用盡。

水仙急忙趕上去，本想將他攙回座位，可是一看洪濤身上，不禁整個傻住了。

原來捆綁著洪濤的繩索已全被砍斷，身上的衣服卻連一絲破損都沒有，如非刀法極其高明，力道不可能拿捏得如此準確，就連她也未必做得到。

所有的目光也全都落在沈玉門臉上，似乎每道目光中都充滿了敬佩又訝異的神色。

沈玉門喘息良久，才朝洪濤一指，道：「幫我把他扶起來……」

洪濤沒等人動手，已從地上彈起，道：「你……你為什麼不殺我？」

沈玉門道：「我為什麼要殺你？」

洪濤叫道：「士可殺不可辱，你一再放我，究竟是何居心？」

沈玉門道：「我侮辱過你嗎？」

洪濤沒有出聲。

沈玉門道：「我也沒有任何居心，我沒有殺你的理由，只好放你走。」

洪濤忽然長嘆一聲，道：「沈二公子，這一套對我是沒有用的，你就算放我一百次，一有機會我還是要殺你的。」

沈玉門似乎連理也懶得再理他，只回首喊了聲：「石寶山！」

石寶山慌忙道：「屬下在！」

沈玉門道：「替我把他送下船，順便幫我把他那六個弟兄也放了！」

洪濤立刻道：「不必送，我自己會走，不過在我走之前，你們最好想想清楚，你們放了我，等於縱虎歸山，萬一將來你們落在我手上，我可絕對不會手下留情，到時候你們可不能怪我忘恩負義。」

眾人聽得個個面泛冷笑，似乎每個人都沒有把他的話放在心上。

石寶山淡淡道：「洪舵主，請吧！」

洪濤冷笑一聲，轉身就想縱上岸去，誰知由於捆綁過久，雙腿無力，險些栽進河裡，幸虧石寶山在旁幫了他一把，才沒有當場出醜。

盧九狠狠地哼了一聲，道：「二哥的心腸也太軟了，像這種人留著也是個禍害，乾脆殺掉他算了。」

沈玉門冷冷的凝視著他道：「你好像很喜歡殺人？」

盧九咳了咳，道：「那也不見得，不過該殺的人，我是絕對不會放過的。」

沈玉門道：「哦？你倒說說看，什麼人該殺？什麼人不該殺？」

盧九道：「像『一劍穿心』秦岡那種出賣朋友的人就該殺。」

沈玉門道：「誰告訴你秦岡是出賣朋友的人？」

盧九道：「他公然把你攆出秦府，公然派人在後面追殺，這件事哪個不知道，還要人告訴我嗎？」

沈玉門道：「如果他真的要殺我們，大可在家裡就地解決，何必把我們攆出來，然後再派人在後面追殺，難道你一點都不覺得奇怪？」

盧九道：「那有什麼奇怪？秦岡的劍法縱然不錯，但想攔住石總管這種高手，只怕還未必辦得到。」

沈玉門道：「就算他攔不住石寶山，難道還攔不住我嗎？」

盧九道：「你雖然負了傷，但身旁有水仙姑娘在，他能將你奈何？」

沈玉門道：「水仙再厲害，也不過一人一刀而已，如果他們真想留下我，她一口刀又能撐多久？」

盧九原來說得理直氣壯，這時突然收住了口，沉吟良久，才道：「這麼說，他把你們攆出來，再在後面追殺，莫非只是做給青衣樓看的？」

沈玉門沉嘆一聲，道：「你現在明白了，可惜已經太晚了。」

盧九忽又挺起胸膛，道：「就算他是做給青衣樓看的，也不應該。他是你的朋友，在你重傷之際，就該拚命保護你才對，怎麼可以趁機向青衣樓討好？」

沈玉門道：「誰說他沒有拚命保護我？他為了放我離開秦府，不惜與秦夫人反目，不惜殺死伺候他多年的婢女，你知道嗎？」

盧九呆了呆，道：「原來想賣友求榮的不是秦岡，是秦夫人！」

沈玉門道：「秦夫人只是一個女流，她為了保護家小，不敢得罪青衣樓，也是情有可原，怎麼可以說她賣友求榮？」

盧九臉色頓時變了，那股精悍的神情也不見了，垂頭喪氣的瞧了馬上的弟兄一眼，道：「看來我們這次好像殺錯人了。」

沈玉門也有氣無力道：「你殺錯了秦岡，我不怪你；你殺錯了秦夫人，我也不怪你，那女人的菜做得不錯，殺了雖然可惜，但無論如何她也曾經跟沈家相交一場，為沈家而死也不算冤枉……」

說到這裡，語調陡然一變，厲聲道：「可是那一家老小又怎麼說？他們跟沈家素無交情可言，他們死得冤不冤枉？你能說他們也是該殺的嗎？」

盧九吭也沒吭一聲，岸上他那批弟兄也都垂了頭，每個人都現出了悔恨之色。

沈玉門繼續道：「你們號稱『絕命十八騎』，個個英雄了得，動不動就絕別人的命，你們有沒有想到自己是從哪裡來的？你們難道就沒有年邁的父母？你們難道就沒有幼小的弟妹？你們面對那些毫無抵抗能力的人，如何下得了手？」

盧九的臉色由紅轉白，聲音也有些顫抖，道：「我錯了……」

沈玉門道：「你難道不曉得這種事錯不得麼？事關幾十條人命，你在下手之前，為什麼不先問問清楚？」

盧九道：「我問了，可是他一句也不肯說，而且坐在那裡動也不動，甚至連看也不看我一眼……」

沈玉門道：「你說他一句話都沒有辯白？」

盧九道：「沒有。」
沈玉門道：「也沒有出劍抵抗？」
盧九道：「沒有。」
沈玉門道：「既然如此，你怎麼還下得了刀？」
盧九道：「我還以為他做了虧心事，沒有臉出手抵抗，而且我又在氣頭上，所以才忍不住給了他一刀。」
沈玉門道：「就因為你不能多忍一下，才造成了難以彌補的大錯。」
盧九垂首道：「是。」
沈玉門道：「你知道他為什麼不出手抵抗嗎？」
盧九搖搖頭。
沈玉門道：「那是因為他已經料定青衣樓不會放過他，他認為與其被青衣樓毀家滅門，還莫如死在你們『絕命十八騎』手上的好。」
盧九想了想，道：「可能。」
沈玉門道：「你知道他為什麼選擇你們嗎？」
盧九又搖搖頭。
沈玉門道：「那是因為他把你們當成了朋友。」
盧九又想了想，道：「可能。」

沈玉門猛的一捶艙板，嘶吼道：「他把你們當成了朋友，而你們卻把他全家老小當成了青菜蘿蔔，殺得一個不剩，你們還有沒有一點人性！」

盧九囁嚅道：「我……我……」

沈玉門更加激動道：「人家至死還當你們是好朋友，而你們卻滅了他的門，你們怎麼對得起那一家善良的老小？你們怎麼對得起『一劍穿心』這種光明磊落的好朋友？你說！你說……」

他愈說愈沉痛，說到後來，吼聲已變成了哭聲，眼淚也已奪眶而出。

盧九的臉孔垂得幾乎貼在胸口，再也說不出一句話來，在場的沒有一個人吭聲，也沒有一個人挪動一下，只有河水不停地滲入船艙。

初時大家還忙著往外舀水，這時也全都停了下來，四周頓時變得死一般的沉寂。

也不知過了多久，盧九忽然「咚」的一聲跪倒在地上，道：「二哥，我錯了，你殺了我吧！」

沈玉門搖著頭，道：「我可不敢殺你，我罵了你半天，你能不『絕』我的命，我已經很感激了。……而且你也不要再叫我二哥。老實說，我實在不敢跟你們這群大英雄稱兄道弟。」

盧九慘然一笑，道：「好，好，既然二哥不屑動手，我自己來……」說著「鏘」一聲拔出了刀。

沈玉門一聲不響的瞪著他，連動也沒動一下。

站在一旁的水仙卻駭然叫道：「九爺，使不得！」

岸上也有人大聲喊道：「等一等，要死大家一起死！」

呼喊聲中，但見盧九那十七名弟兄同時翻下馬鞍，爭先恐後的撲上船來，一起跪倒在他的身後，一起把刀架在自己的脖子上。

船上原有的人全都緊張起來，所有的目光全都緊盯著沈玉門那張毫無表情的臉。

沈玉門不慌不忙的掃視了那十八人一眼，道：「你們這是幹什麼？想集體自殺？」

盧九道：「不錯，我們殺錯了人，自己了斷，免得教二哥為難。」

沈玉門這才嘆了口氣，道：「盧九，你好糊塗，你已經錯殺了幾十條人命，你的罪孽還嫌不夠嗎？」

盧九道：「殺人償命，欠債還錢，就是因為殺錯了人，所以我才自殺償命。」

沈玉門道：「你們現在死了又有什麼用？對秦家沒有一點好處，實際受惠的反而是青衣樓，我想秦大俠也一定不會贊成你們這種愚蠢的做法。」

石寶山忽然接道：「二公子說得不錯，秦大俠雖然死在九爺刀下，但實際逼他走上死路的卻是青衣樓，如果『絕命十八騎』真的為秦家自殺償命，我想秦大俠在九泉之下也一定遺憾得很。」

水仙也急忙道：「就算你們把十八個腦袋割下來，這筆債也償不清啊！以一命抵一命計算，數目還差得遠，剩下的那筆亂賬，你打算叫哪個替你們還？」

盧九楞了一下，道：「那麼依二哥之見，我們應該怎麼辦？」

沈玉門蹙眉道：「這個嘛……我得好好想一想。」

石寶山一旁道：「我看九爺還是叫你這批弟兄趕快把刀收起來，安心的坐在一邊等，這種樣子萬一被外人瞧見了，可不太好看。」

水仙也緊接道：「對，聽說陳士元那老賊就在附近，萬一被他看見，他一定以為我們少爺正在傳授你們什麼可怕的刀法呢！以後對你們就會更加小心了。」

盧九就像沒聽到兩個人的話一般，金刀依然緊貼在自己的脖子上，身後那十七把刀當然也沒有動彈一下。

過了許久，沈玉門才沉吟道：「我看這樣吧！你們這筆帳不妨先欠一欠，等有一天你們能把陳士元的腦袋捧到秦大俠的墓前，你們這筆帳就算兩清，你認為如何？」

盧九嚇了一跳，道：「你叫我們把陳士元的腦袋砍下來？」

沈玉門道：「不錯，這件差事在你們說來，應該不會太難才對。」

盧九愁眉苦臉道：「二哥真會開玩笑，以我弟兄目前的實力，莫說是砍他的腦袋，連想近他的身只怕也辦不到，怎麼能說不難？」

沈玉門道：「你們現在或許辦不到，不過你們都還年輕，可以回去埋頭苦練，等到有把握的時候再動手也不遲。」
盧九嘆道：「那得練多久？」
沈玉門道：「那就要看你們自己了。」
石寶山忙道：「如果有程總和我們二公子從旁指點，我想也不會太久。」
水仙也緊接道：「只要各位肯下苦功，有個三五年也就差不多了。」
盧九神情一振，道：「二哥真的肯來指點我們？」
沈玉門道：「我……我……」
水仙急忙道：「我們少爺當然肯，主意是他出的，他還會不希望你們早一點把這筆債償清嗎？」
說完，又忙向沈玉門打了個眼色，道：「少爺，你說是不是？」
沈玉門只得點點頭，道：「不過我有條件。」
盧九道：「什麼條件？」
沈玉門道：「在你們把陳士元的腦袋砍下來之前，你們絕對不可再殺人。」
盧九一怔，道：「青衣樓的人能不能殺？」
沈玉門斷然搖首道：「青衣樓的人也是人，只要是人，就不能殺。」
盧九道：「這麼說，二哥豈不等於把我們這十八把刀都封起來了？」
沈玉門道：「我只是叫你們少造一點殺孽，如果你們答應，就趕快收起刀來，如果不答應……好在刀還在你們的脖子上，你們自己看著辦吧！」

他一面說著，一面已坐回軟椅上，兩眼一閉，再也不理他們。

盧九回頭看了一眼，猛的收起了刀，身後那十七名弟兄也同時將金刀還入鞘中。久未開口的孫尚香，這時忽然「噗嗤」笑道：「這可好玩了，『絕命十八騎』封起了刀，那不等於婊子鬆了褲帶，就等著人家來宰了？」

「轟」的一聲，十八個人同時自艙板上跳起，同時怒目的瞪著他，有的人甚至已抓住了刀柄，又慌不迭地鬆開來。

水仙急得跺著腳道：「大少，你能不能少說兩句？」

孫尚香臉色一整，道：「我還有一件事，說完了就封嘴，妳看怎麼樣？」

水仙道：「好，你說！」

孫尚香道：「就算他們真能把陳士元的腦袋砍下來，也沒有辦法捧到秦大俠的墓前。」

水仙道：「為什麼？」

孫尚香道：「因為秦大俠沒有墓，連人帶房子全被人燒光了，還哪裡來的墳墓？」

水仙道：「那好辦，咱們可以把骨灰撿起來，替他們修一座。」

孫尚香道：「誰去修？」

盧九挺胸道：「我們去。」

孫尚香冷笑道：「你們怎麼去？衙門正捉拿殺人縱火的凶犯不說，青衣樓的主力也都聚集在那帶，你們這一去，還想回來嗎？」

沈玉門眼睛一睜，道：「他們不能去，你可以去。」

水仙即刻接道：「對，這件事交給大少去做，最適合不過，不但青衣樓不敢找你麻煩，就連官面上多少也要賣你幾分交情。」

孫尚香遲疑一會兒，道：「可是我去了，誰來保護妳們少爺？」

水仙道：「大少只管放心，青衣樓的人雖已到了附近，我們沈府的人也該不會太遠，何況有石總管和我們姐妹三個在，就算碰上硬點子，我想也不至於出什麼差錯。」

孫尚香道：「萬一碰到陳士元呢？」

水仙道：「那也不要緊，有一位與他不相上下的高人剛好就在我們身邊，有他老人家在場，陳士元那批人根本就不足為懼。」

孫尚香一怔，道：「妳說的那個高人，指的莫非是無心道長？」

水仙道：「不錯，正是他老人家。」

孫尚香嘴巴一撇，語調充滿不屑道：「水仙姑娘，妳好糊塗！武當那群雜毛老道都是浪得虛名之輩，妳怎麼能指望他們？如果他們的武功真如傳說中那麼高明，還會躲在山上當縮頭烏龜，一任青衣樓在武林中橫行嗎？」

他一面說著，禿鷹一面在後邊拉他，他卻理也不理，將禿鷹的手甩開，繼續道：「至於那個瘋瘋癲癲的無心老道，你們說他武功如何如何了得，那更靠不住，如果他武功真的高過他那群師弟，武當掌門的位子，還輪得到無為去坐？」

禿鷹急急在後面低喊道：「大少，大少……」

孫尚香滿臉不耐道：「什麼事？」

禿鷹沒有吭聲，只朝船艙裡努了努嘴。

孫尚香回首一瞧，不禁雙腿都嚇軟了，差點就當揚摔倒，原來艙裡也不知什麼時候多出了個老道士，只見那老道正閉目養神地盤坐在沈玉門剛剛睡過的床鋪上。

一瞧他那身邋遢打扮，便不難猜出準是無心道長無疑。

孫尚香急忙乾咳兩聲，道：「當然，這些話也是我聽來的，信不信就由妳了。」

水仙「吃吃」笑道：「我信不信都不要緊，問題是你肯不肯跑這趟？」

孫尚香忙道：「肯，當然肯。替人撿骨修墳，也算是一件功德，就算你們少爺不求我，我也要去。」話剛說完，人已躍上了岸。

潘鳳匆匆朝眾人招呼一聲，也忙不迭地跟了下去。

只剩下禿鷹略略遲疑了一下，才將血影人扶起來，往肩上一扛，道：「石總管，要不要我再替你們安排一條船？」

石寶山道：「不必了，在這種節骨眼上，我們何必再給龍王找麻煩。」

禿鷹道：「可是走旱路可比水路危險多了。」

石寶山道：「不要緊，是福不是禍，是禍躲不過，如果真跟青衣樓的人碰上，放手拚一拚也好，總比在水裡挨打來得痛快多了，你說是不是？」

禿鷹無可奈何的走上跳板，跳板在搖，禿鷹也不斷地在搖頭，直到踏上岸邊，又回頭看了一眼，目光中充滿了關切之色。

沈玉門遙望他遠去的背影，道：「這個禿鷹看起來人還不錯。」

水仙嘴巴張了張，又閉起來，一旁的「絕命十八騎」卻同時發出了一聲冷笑。

石寶山忙道：「放下屠刀，立地成佛，但願他將來有個善終。」

靜坐在艙裡的無心道長忽然走了出來，一面打著哈欠，一面道：「難，難，難。」

水仙一驚，道：「道長指的是什麼事難？」

無心道長笑嘻嘻地指著沈玉門，道：「我想不佩服他都很難。」

水仙詫異道：「我們少爺有什麼值得你老人家佩服的事？」

無心道長道：「他到現在居然還能活著，簡直是個奇蹟，我真想不通他是怎麼闖過這一劫的？」

水仙愕然道：「什麼劫？」

無心道長道：「死劫。」
水仙呆了呆，道：「你老人家莫非早就算出我們少爺當有此劫？」
無心道長道：「不是算出來的，是看出來的。」說著，兩道炯炯有神的目光自然而然的落在沈玉門的臉孔上。
沈玉門又將臉孔往前湊了湊，似乎有意讓他瞧個清楚。
無心道長端詳他好一陣子，忽然奇聲怪調道：「咦？怎麼變了？」
水仙聽得神情一緊，道：「什麼變了？」
無心道長道：「他的相貌……原來他臉孔上那股凶煞之氣，怎麼全都不見了？」
水仙緊緊張張道：「有道是相隨心轉，我們少爺這幾年少殺生，多行善，心性跟過去完全不同了，相貌當然也會隨著改變。」
無心道長道：「就算改變，也不可能這麼快，而且他前些日子還殺了二十幾個，妳居然說他少殺生，如果多殺的話，那豈不是血流成河了？」
水仙道：「那是在迫不得已的情況下才出手的，像方才那七個曾經向他行刺過的人，分明該殺，但他還是把他們放了，你老人家不是親眼看到了嗎？」
無心道長連連點著頭，道：「不論他過去的作風如何，就憑他方才處理事情的心地，我老道就不得不打心裡佩服他。」
水仙忙道：「其實我們少爺對你老人家一向佩服得很。」

無心道長立刻瞇起眼睛，輕聲細語道：「哦？妳倒說說看，你們少爺他都佩服我什麼？」

水仙眸子一轉，道：「他對你老人家任何事都很佩服……除了下棋之外。」

一旁的秋海棠和紫丁香已忍不住同聲笑了出來，石寶山也急忙垂下頭去，拚命捏著自己的鼻子。

無心道長臉色一沉，道：「你們少爺的棋力總不會高出他哥哥吧？」

水仙道：「那可高多了。」

無心道長道：「比石寶山如何？」

水仙翻著眼睛想了想，道：「至少可以讓他三先。」

無心道長迫不及待的叫了聲：「石寶山！」

石寶山慌忙應道：「晚輩在。」

無心道長道：「替我找副圍棋來，快！」

水仙忙道：「等一等！」

無心道長道：「還等什麼？」

水仙道：「你老人家就算想下棋，至少也得等我們少爺身體復元啊！」

無心道長道：「我是跟他下棋，又不是找他打架，跟他身上的傷有什麼關係？」

水仙道：「關係可大了，高手對弈，要靠精力。我們少爺不但身負重傷，而且已經好幾天沒有睡好，在這種時候你老人家硬逼他下棋，不是欺侮人嗎？」

紫丁香立刻接道：「是啊！就算你老人家贏了，也勝之不武啊！」

秋海棠也悠悠道：「萬一輸了，那你老人家的臉可就丟大啦。」

無心道長怔了一會，忽然湊到沈玉門面前，道：「小傢伙，說實話，你的棋力究竟怎麼樣？」

沈玉門沉吟著道：「這可難說得很，有的時候好，有的時候壞……你聽過黃月天這個人嗎？」

無心道長道：「當然聽說過哪！他是江南第一高手，下棋的哪有不知道這個人的？」

沈玉門嘆了口氣，道：「我去年就曾經輸給他一盤，輸了整整十二個子，直到現在想起來還窩囊得很。」

無心道長呆了呆，道：「他讓你幾先？」

沈玉門道：「我倒希望他讓我幾先，可惜他不肯。」

無心道長立刻神色肅然，道：「好，我等。等你有精神的時候，我再向你……討教討教。」

第六回　把脈傳神功

兩輛騾車，十八匹健馬，一路上沿河而上。

乘車當然比坐船辛苦得多，但沈玉門卻睡得更加沉熟，有無心道長陪伴在側，又有「絕命十八騎」緊接在後，他心理上顯然又放鬆了不少。

途中經常有沈府的手下出現，不時向石寶山傳遞消息。孫家的船隻也行駛在附近的河道中，好像隨時都在準備著支援。

傍晚時分，平原已然在望，沈玉門也悠然醒了過來。

無心道長登時笑口大開，道：「小伙子，你現在的精神怎麼樣？」

沈玉門道：「好多了。」

無心道長兩指一比，道：「能不能下一盤？」

水仙急忙道：「道長這不是強人所難嗎？我們少爺這種身體，怎麼可能下棋？」

紫丁香立刻接道：「而且地方也不對，在車上顛顛簸簸的，怎麼下？」

秋海棠也悠悠道：「更何況也沒有棋具啊！就算棋盤畫得出來，那兩百六十一顆黑白棋子怎麼辦？」

無心道長大失所望，笑容也不見了，身子也彎了下去，忽然長嘆一聲，唱道：「無端受屈配滄城，好一似虎落平陽鳥失群。一別東京何日返，我此仇不報枉為人……」

唱來曲調悲愴，神情落寞，竟是蘇州彈詞裡的一段「野豬林」，雖然只短短的四句，卻把林沖發配前的悲憤之情表現得淋漓盡致，沒有棋下，當真會令他如此難過嗎？

眾人聽得全都傻住了。

過了許久，石寶山才忍不住鼓掌道：「好，好，想不到道長還精通此道，實在出人意外得很。」

無心道長道：「這都是當年沈玉虎那小子輸給我的。」

石寶山愕然道：「賭什麼輸的？」

無心道長道：「當然是下棋，他把那套公子哥的玩意兒幾乎都輸光了，當然，他也從我手裡贏去了不少，他那幾招唬人的絕活，全部是從我手裡贏去的，難道他都沒有跟你們說起過？」
石寶山緩緩地搖了搖頭。
水仙卻已迫不及待道：「道長的意思是說，當年我們大少爺陪你下棋並不是白下？」
無心道長道：「當然不是白下，那小子比狐狸還狡猾，如果沒有一點甜頭，他怎麼會一天到晚在我身邊打轉？」
水仙嚥了口唾沫道：「這麼說，我們少爺陪你下棋，也不會白下了？」
無心道長忙道：「這還用說？我怎麼會讓一個受傷的人在我身上白花精神？」
他嘴裡說著，兩道企求的目光又已轉到沈玉門的臉上。
沈玉門忽然翻身坐起，道：「你老人家會不會下『太祖棋』？」
無心道長一怔，道：「什麼『太祖棋』？」
沈玉門道：「就是宋太祖趙匡胤和陳摶老祖在華山頂上賭的那一種。」
無心道長恍然道：「哦，我知道了，據說陳摶老祖下到最後，連華山都整個輸給了趙匡胤，對不對？」
沈玉門道：「不錯，是有這一說。」
無心道長道：「那不是『擔擔棋』嗎？」
沈玉門道：「原本是叫『擔擔棋』，可是有人嫌它太粗俗，所以才給它取了個比較雅一點的名字。」

無心道長道：「嗯，的確好聽得多。」

沈玉門道：「你老人家會不會下？」

無心道長笑笑道：「會是會，不過我實在不好意思跟你下。」

沈玉門道：「為什麼？」

無心道長道：「因為我跟你下這種棋，等於在欺侮你。以大欺小的事，我可不願意幹。」

沈玉門呆了呆，道：「這話怎麼說？」

無心道長搔著花白的鬍鬚，道：「老實告訴你，我在年輕的時候，為了沉迷於『擔擔棋』，曾被家師處罰面壁一年。在那一年裡，我把這種棋整個都想通了，自從出關之後，從來就沒有遇到過敵手，如果這種棋也有名人的話，那個人一定就是我。」

沈玉門眼睛一翻一翻的瞅著他，道：「真的？」

無心道長傲然道：「當然是真的，也正為了這種棋的對手太弱，越下越沒有意思，所以才逼得我不得不改習圍棋。」

沈玉門道：「你老人家是說，你改下圍棋，只是因為『太祖棋』已找不到旗鼓相當的對手？」

無心道長唉聲嘆氣道：「不錯。」

沈玉門笑了笑，道：「這倒巧了，當年黃月天改下圍棋，也是出於同樣的理由。」

無心道長精神一振，道：「黃月天也會下……『太祖棋』？」

沈玉門道：「精得很，他在遇到我之前，也曾自以為『太祖棋』的名人非他莫屬……」

無心道長截口道：「遇到你以後呢？」

沈玉門緩緩道：「那時他才知道，這種棋的名人應該是我。」

無心道長咧開嘴巴想笑，卻硬沒敢笑出來，因為他怎麼看沈玉門都不像在說謊。

車上的人也全都楞住了，每個人都張口結舌地瞪著沈玉門那張一點都不發紅的臉。

騾車不知什麼時候已停了下來，車後那十八匹健馬也不約而同勒住了，甚至連跟隨在河道裡的船也收起了篙，靜靜地注視著岸上，似乎誰也猜不透岸上究竟發生了什麼事。

突然間，車上的幾個人同時撲了出去，有的在地上畫棋盤，有的在各處撿石子，轉眼工夫，棋盤棋子便已齊備，無心道長也已蹲在棋盤前，只等著唯一留在車上的沈玉門下車。

沈玉門動也不動，只道了聲：「道長請！」

無心道長拿起了一顆石子，比了比又縮回去，道：「還是你先走吧！不瞞你說，我至少已經有四十年沒有先走過，你讓我先，我還真不習慣。」

沈玉門也不囉嗦，立刻道：「水仙，你把第一顆子替我擺在左內角上！」

水仙沒等他說完，已將石子擺好。

無心道長跟著下了一個，佔的剛好是右內角的位子。

沈玉門道：「右外角。」

水仙雖然依言將石子下好，嘴裡卻喃喃道：「好像吃虧了。」

沈玉門道：「想佔人家的便宜，就得先吃點虧，這就跟釣魚一樣，要想讓魚上鉤，就得捨得放餌。」

無心道長瞇眼笑道：「想讓我上鉤，哪有那麼容易？」說著，又是一顆棋子擺了下去。

於是你來我往的接連下了十幾手，無心道長愈下愈得意，水仙卻每下一顆子都要皺皺眉頭。

無心道長又下了一子，忽然昂首望著沈玉門，道：「小伙子，你扭轉劣勢的機會來了，就看你能不能把握。」

水仙臉上也有了興奮的顏色，一面舉著棋子，一面回首瞄著他，好像只等他一點頭，棋子就可以擺下去。

沈玉門卻搖頭笑道：「道長想引我入彀，可沒那麼簡單，老實說，你這手棋，黃月天曾經下過好幾次，結果每一次他都弄得灰頭土臉，討不到半分便宜。」

無心道長看了看棋盤，又看了看他，道：「有這種事？」

沈玉門笑笑道：「水仙，擺一顆在右內線當中，餵他吃！」

水仙怔了怔，道：「這樣行嗎？」

沈玉門道：「妳莫管，我叫妳擺，妳就擺。」

水仙心不甘情不願的擺了下去，棋子落定，還擔心的回頭瞟了沈玉門一眼。

無心道長反倒遲疑起來，一副舉棋不定的樣子，道：「我吃了，你又能把我怎麼樣？」

沈玉門道：「你吃我一顆，三步之後我就能擔你兩顆，你信不信？」

無心道長埋首盤算了一陣，恍然道：「原來你想跟我拚子，不過你雖然可以提掉我兩顆，我也可以吃回一子，以整個盤面說來，你還是討不到一點便宜。」

沈玉門淡淡道：「你老人家既然這麼想，那還遲疑什麼？」

無心道長又苦算了半晌，才將他那顆子吃掉，然後馬上催著水仙，道：「妳趕快下一顆在這裡。」

他一面說著，一面點著方才提掉那顆子的上方，好像早已算定沈玉門非下那裡不可。

沈玉門突然跳下車來，道：「等一等，我又沒有瘋，我下在那裡幹什麼？」

無心道長抬眼愕然地瞅著他，水仙也急忙讓開，雙手捧著一把石子，只等著他來拈取。

沈玉門卻連看也不看那些石子一眼，只慢條斯理的往地上一坐，隨手將盤上的一顆棋子往前推了一步。

無心道長猛吃一驚，道：「咦！你怎麼可以走這顆子？」

沈玉門道：「我為什麼不能走？」

無心道長道：「你不是說三步之後要提我兩顆子麼？如果你走這顆，你還怎麼提得著？」

沈玉門道：「我只說能提你兩顆子，並沒說非要提你不可，我腦筋又沒毛病，在這種緊要時刻，爭取主動還唯恐不及，我跟你拚什麼子？」

無心道長登時叫起來，道：「你……你騙我！」

沈玉門臉孔一板，很不開心道：「道長也是下棋的人，怎麼可以講這種話？下棋最難得的就是棋逢敵手，彼此勾心鬥角，絞盡腦汁引對方上鉤才有意思，如果先把步子告訴你，那還有什麼味道？那還莫如我乾脆投子認輸算了。」

無心道長咳了咳，道：「這話倒也很有道理，不過這麼一來，我的虧可吃大了。」

水仙忽然嘆了口氣，道：「少爺，你也真是的，道長辛辛苦苦的趕來保護咱們，你就不能讓他一盤？你看你這一步一走不要緊，把他老人家的臉孔都氣白了……」

無心道長聽得不但臉孔發白，連鬍子都氣得翹了起來，不等她把話說完，便已冷笑道：「如果妳認為我輸定了，那妳就錯了，這盤棋還早得很，局面雖然對我有些不利，但輸贏卻還是未定之數。」

水仙道：「既然還沒有輸定，你老人家又何必生這麼大的氣？」

無心道長道：「誰說我在生氣？」

水仙道：「這還要人說？如果你老人家沒有生氣，怎麼會連兩隻手都在發抖？」

無心道長急忙將雙手往袖裡一縮，大聲喊道：「石寶山！」

石寶山一直就在他身邊，這時不禁被他嚇了一跳，道：「道長不要叫我，我的棋力還差你老人家好大一截，實在支不上嘴。」

無心道長忿忿道：「誰說我要叫你支嘴？」

石寶山道：「你老人家不叫我支嘴，叫我幹什麼？」

無心道長往前一指，道：「我叫你去跟那輛車上的人打個商量，最好請他們先忍一忍，想動手也等我下完了這盤棋再說。」

石寶山抬頭一看，遠處果然有輛篷車徐徐駛了過來，但是車不揚塵，篷簾虛掩，趕車的也毫不起眼，一點都不像青衣樓的人馬。

無心道長眼望著棋盤，嘴裡卻連連催道：「你還不快過去，再遲就來不及了。」

石寶山無奈道：「好，我去看看。」走出幾步，忽然又收住腳道：「你老人家怎麼知道車裡藏著青衣樓的人？」

無心道長道：「趕車的是『閻王刺』蘇慶，你想車裡的人會是誰？」

石寶山駭然道：「『鐵索勾魂』卓長青？」

無心道長道：「不錯，他那條鐵索的聲音刺耳得很，你難道還沒有聽出來？」

石寶山已無暇細聽，只朝水仙盯了一眼，轉身便走。身旁的三名沈府弟兄以及「絕命十八騎」也都跟著衝了上去。

水仙從紫丁香手上接過了刀，不聲不響的繫在背上，一副準備隨時拚命的樣子。

無心道長眼瞇瞇地望著她，道：「有我在這裡，妳還緊張什麼？」

水仙笑笑答道：「我是替你老人家緊張，這一步你老人家如果不退的話，這盤棋就完了。」

無心道長眼睛一瞪，道：「我為什麼不退？這麼明顯的棋，還要妳來多嘴。」說著，果然把其中一顆後退了一步，臉上也流露出一股如釋重負的味道。

沈玉門皺著眉頭，開始思索起來，遠處雖已傳來了石寶山和對方交手的聲音，但他卻像沒有聽到一般，絲毫不受影響。

無心道長一邊把弄著棋子，一面道：「你們有沒有發覺這幾年石寶山的刀法已經進步了不少？」

水仙連連點頭，道：「莫非也是你老人家教的？」

無心道長道：「我只不過指點了他幾招，老實說，你們沈家的功夫剛猛有餘，柔膩不足，如非經我一番調教，只怕早就敗下陣來，哪裡能夠在『鐵索勾魂』手下支撐這麼多招。」

說話間，又是一陣刀索交鳴的聲音傳來。

無心道長大叫道：「你們看他方才破解卓長青的『毒龍擺尾』那一招，使得多漂亮！若是使用你們沈家原來的刀法，脖子早就不見了……」

說到這裡，又猛的一拳捶在大腿上，道：「那群小鬼為什麼還不拔刀？難道非等著石寶山送命，他們才肯動手嗎？」

水仙稍許遲疑了一下，猛將粉首一擺，道：「你們去知會九爺一聲，叫他趕快動手，最好下刀有點分寸，儘量少傷人命……」

話沒說完，秋海棠和紫丁香已飛奔而去。

就在這時，陡見不遠處人影一閃，一道青光已從側面刺到，寒光奪目的劍鋒，只在水仙臉前一晃，便已轉到沈玉門的背脊上。

水仙急急橫撞過去，同時也抽出了刀，可是那持劍的人身法怪異至極，身形微微一擺，反將水仙頂了出去，劍光卻仍未離開沈玉門的要害。

無心道長身子連動都沒有動，只伸出一隻手，穿過了沈玉門的腋下，竟把已沾到他衣服的劍尖緊緊掐住。

幾乎在同一時間，水仙又已撲回，一瞧眼前的危險情勢，不禁嚇得全身一顫，緊張得連鋼刀都險些脫手掉在地上。

無心道長不慌不忙道：「妳先不要緊張，趕快撩開她的下擺，數數她有幾根尾巴？」

水仙這才發覺對方是個中年女人，只在她那張妖艷的面孔上掃了一眼，便已尖叫起來，道：「『九尾狐狸』杜雲娘！」

那女人媚笑一聲，道：「瞧妳年紀輕輕，眼光倒不錯，居然一眼就能認出我老人家，真是難得的很啊！」

水仙緊張的握著鋼刀，動也沒敢動一下。

無心道長卻已哈哈大笑道：「果然是妳這狐狸精，難怪直到現在還在跟我較勁！」

杜雲娘笑容不減道：「雜毛老道，你的命可真長啊！一別二十年，想不到你還活著。」

無心道長道：「是啊！我也嫌我的命太長了，可是就是死不了，連我自己都沒法可想。」

杜雲娘道：「我替你想個辦法怎麼樣？」

無心道長道：「好哇，什麼辦法？妳說！」

杜雲娘道：「我乾脆借給你一把劍，你自己抹脖子自刎算了。」

無心道長道：「行，妳趕快鬆手，我就用這把劍死給妳看。」

杜雲娘劍握得更緊，連一點鬆手的意思都沒有，而且她兩腳也已陷入黃土地面寸許，顯然雙方的勁道用的都不小。

水仙在一旁急得連冷汗都淌了下來，卻又不敢輕舉妄動，生怕誤傷了沈玉門。而坐在兩人中間的沈玉門，卻像老僧入定一般，所有的注意力都集中在棋上。

遠處的殺喊之聲不斷，而眼前這四個人竟然一絲動靜都沒有。

突然，沈玉門抬手讓過無心道長的手臂，順手拈起一顆石子，往棋盤上一擺，道：「道長，該你老人家了。」

無心道長苦笑道：「你小子倒也真沉得住氣，只顧下棋，連命都不要了？」

沈玉門長出了一口大氣，道：「道長言重了，這盤棋還沒到決定勝負的時候，生死未免還言之過早。」

水仙忍不住急聲道：「道長指的不是棋，是你背上那把劍。」

沈玉門回頭一看背後的杜雲娘，立刻訝聲道：「咦！妳是幾時醒來的，是不是我們吵醒了妳？」
無心道長吃驚道：「莫非你早就發現了她？」
沈玉門道：「是啊！方才我看她在路邊睡得很舒服，所以沒好意思叫醒她。」
無心道長打量著她那身土黃的衣裳，恍然大笑道：「難怪妳來得這麼快，原來就躲在路邊。」
杜雲娘道：「不錯，我早就算定他們非經過這裡不可，誰知人算不如天算，害我白白在此地睡了大半個時辰，結果卻被你這個雜毛老道壞了你姑奶奶的大事。」
無心道長突然細聲道：「姑奶奶，我跟妳打個商量怎麼樣？」
杜雲娘道：「你說！」
無心道長道：「妳既然已在路邊睡了大半個時辰，何不再多睡一會？等我下完了這盤棋，再陪妳好好玩玩如何？」
杜雲娘道：「你想都不要想，姑奶奶非要把你這盤棋搞亂不可。」
無心道長皺著眉頭想了想，忽然把擺在一旁的那柄短刀遞給沈玉門，道：「小伙子，你能不能幫個忙，替我把她的腿砍下一隻來？」
杜雲娘霍然變色，道：「你敢？」
無心道長即刻道：「不要怕她，只要她動一動，我就要她的命。」
沈玉門望著她那兩條腿，遲疑著道：「砍哪一邊好呢？」

無心道長道：「隨便哪一邊都行。」
沈玉門拔出了刀，比劃了半晌還沒砍下去。
無心道長急急道：「你還等什麼？還不趕快動手？」
沈玉門嘆了口氣，道：「我是看她兩條腿長得很均勻，無論砍掉哪一邊都覺得可惜……」
水仙忽然走過去，道：「既然少爺不忍下手，我來！」
沈玉門瞪眼喝道：「誰要妳來多事？走開！」
水仙只好默默地退回原處，兩隻眼睛卻仍在擔心的望著他。
沈玉門咳了咳，道：「道長！我看這樣吧！我乾脆替你在她肚子上開個洞算了。」
無心道長又想了想，道：「也可以，不過，你最好多使點勁。聽說這狐狸精肚子上的皮特別厚，勁小了恐怕扎不透。」
沈玉門說了聲：「我知道了。」牙齒一咬，對準她小腹就是一刀。
就在刀尖即將刺到那一剎間，杜雲娘陡然鬆劍倒飛出去，直飛出三丈開外，才結結實實的摔在地上。
但她只一沾地，立刻又彈了起來，手指著無心道長惡叱道：「雜毛老道，你給我記住，遲早我非剝了你的皮不可……」話沒說完，人已走遠。

杜雲娘一走，蘇慶和卓長青也已無心戀戰，緊隨著她落荒而去。

無心道長瞧得大皺眉頭，道：「怎麼二十幾把刀連兩個人都留不住，你們沈府的人也未免太差勁了。」

這時石寶山已當先趕回，笑哈哈道：「道長難道看不出我們二公子不喜歡我們殺人嗎？」

無心道長道：「縱然不殺，起碼也要廢掉，那兩個傢伙不是好東西，留著也是禍害。」

石寶山悄悄瞄了沈玉門一眼，道：「是，是，下次再碰到那兩個人，手下絕不容情。」

沈玉門聽得似乎很不開心，「鏘」的一聲，將短刀還入鞘中，冷冷道：「道長，該你了。」

無心道長一怔，道：「該我幹什麼？」

沈玉門道：「下棋啊！你究竟還想不想下？」

無心道長忙道：「下，下，當然下，不過你得先容我定定神，這顆子事關緊要，萬一下錯就糟了。」

沈玉門道：「你只管慢慢地想，不過看在你方才為我費了半天力氣的份上，我不得不提醒你一聲，其中有一步棋看起來雖然不錯，可千萬不能瞎，一瞎就完了。」

無心道長吃驚道：「哪一步？」

沈玉門道：「真的要我告訴你嗎？」

無心道長倉皇揮手道：「不要說，千萬不要說，只要有棋，就難不倒我……我自己會想。」

他邊說邊已埋首苦思起來，身子前弓，臀部後翹，幾乎將棋盤整個遮住。

石寶山和水仙等人也都湊了上去，每個人都跪在地上凝視著那盤棋，每張臉上都充滿了緊張氣氛。

沈玉門卻在這時輕鬆一笑，道：「老實說，當年我跟黃月天的第一盤棋，也曾發生過類似的情況。」

無心道長道：「結果怎麼樣？」

沈玉門道：「結果我擺了桌酒，好好請他吃了一餐。」

無心道長道：「你輸了？」

沈玉門緩緩地搖著頭，道：「我贏了，當時黃月天難過得連飯都吃不下去，我於心不忍，才不得不做幾樣好菜安慰他一番……我想道長也應該知道，一著錯，滿盤輸，下錯子的滋味，可不是那麼好受的。」

無心道長沒再吭氣，重又把頭低了下去。一旁觀戰的人也個個神情專注，悄然無聲，似乎早將方才的緊張場面忘得一乾二淨了。

就在令人窒息的寧靜中，陡聞「叭」的一聲，水仙狠狠在自己大腿上拍了一下，道：「我看出來了，原來是那步棋！」

紫丁香立刻尖叫道：「我也看出來了。」

秋海棠也輕敲著自己的腦門，慢條斯理道：「我看出了兩個地方都有棋，一時卻估不準少爺指的究竟是哪一處？」

無心道長仰首哈哈大笑道：「你們少爺跟我鬥心機，你們以為這樣就可以把我的思路搞亂嗎？」說著，將盤上的一顆石子輕輕地往一邊移了一步，神態間充滿了得意的形色。

沈玉門看也不看棋盤一眼，只凝視著無心道長那張得意洋洋的臉孔，道：「走好了嗎？」

無心道長道：「走好了。」

沈玉門道：「真的走好了？」

無心道長滿懷自信道：「真的走好了。」

沈玉門道：「不後悔？」

無心道長眼睛一翻，道：「這是什麼話？棋子已經下定，怎麼會後悔？」

沈玉門淡淡的笑了笑，一邊點著頭，一邊拿起了一顆子，一點一點的朝著剛剛移開那顆棋子的地方擺了下去。

誰知就在棋子即將沾到棋盤的那一剎那，無心道長猛的抓住沈玉門的手腕，道：「等一等！」

觀棋的人登時一片嘩然。

沈玉門皺眉道：「怎麼？你想悔棋？」

無心道長急急爭辯道：「你的棋子還沒有落到棋盤上，怎麼能算悔棋？」

沈玉門指著自己被抓住的手腕，道：「那你這算幹什麼？」

無心道長滿臉得意的神色全都不見了，那股自信的味道也已消失得無影無蹤，只剩下一臉尷尬之色，道：「我……我……」

水仙「吃吃」笑道：「你老人家莫非是看我們少爺氣色不佳，想替他把把脈？」

紫丁香和秋海棠聽得「噗嗤」一笑，其他的人也全都咧開了嘴巴。

無心道長卻絲毫不以為忤，拚命的點著頭，道：「對，我正是想看看他究竟傷得怎麼樣……咦！」

他忽然驚叫一聲，神情詫異的瞪視著沈玉門，道：「你的內功呢？」

沈玉門怔了怔，道：「什麼內功？」

一旁的水仙神色大變，不等沈玉門開口，便已搶著道：「你老人家千萬不要再提那套內功，我們少爺費了好大的功夫才把它甩掉。」

旁邊的人聽得全都嚇了一跳，每個人臉上都露出一股難以置信的表情。

無心道長也莫名其妙道：「內功也能甩得掉？」

水仙道：「怎麼不能？這也是一門功夫，你老人家要不要學？」

無心道長慌忙搖首道：「不要，不要……他為什麼把苦練多年的內功甩掉？」

水仙道：「太破呀！方才你老人家不是已經說過了嗎？」

無心道長道：「話是不錯……可是習武的人，怎麼可以沒有內功？他把原有的內功甩掉，是不是已另外有了什麼打算？」

水仙忽然往前湊了湊，輕聲細語道：「有是有，不過這可是個秘密，我說出來，你老人家可千萬不能洩露出去。」

無心道長道：「我的嘴巴一向緊得很，妳只管說吧！」

水仙匆匆朝四下掃了一眼，才很神秘的道：「少林的大智方丈曾經答應過我家少爺，他老人家這次親自下山，八成就是趕著來傳功的。」

石寶山聽得已先扭過臉去，秋海棠和紫丁香也同時垂下頭看著自己的鞋尖。

沈玉門已忍不住叫了起來，道：「妳……妳在胡扯什麼？」

水仙急忙偷偷捏了他一下，道：「道長又不是外人，告訴他老人家又有什麼關係？」

無心道長渾然不覺道：「是啊！幸虧她告訴我，否則你就慘了。」

沈玉門咳了咳，道：「這話怎麼說？」

無心道長也匆匆朝四周瞄了瞄，才道：「少林的武功有什麼練頭？尤其是他們那套自命不凡的內功心法，更是其爛無比，老實說，與武當的內家心法比起來可差遠了。」

沈玉門眼睛一翻一翻的望著他，道：「你的意思是說，只有你們武當的功夫才是最好的？」

水仙立刻道：「那當然。」

無心道長卻搖著頭道：「也不盡然，武當的心法也有缺點，而且學起來太浪費時間，也不適合你。」

水仙忙道：「那麼依你老人家看，哪一門的內功才最適合我們少爺呢？」

無心道長指著自己鼻子，道：「我這一門。」

水仙詫異道：「你老人家修的不就是武當心法嗎？」

無心道長傲然道：「我老人家是天才，我雖然出身武當，卻把武當的心法變化了一下，變得既簡單、又有效，而且也最適合你們少爺這種體質的人學習。」

水仙迫不及待道：「你老人家肯教他嗎？」

無心道長道：「當然肯，否則我講這麼多廢話幹什麼？」

水仙登時眉開眼笑，旁邊的人也聽得個個喜形於色。

沈玉門卻搖首道：「無功不受祿，我又沒贏你的棋，怎麼能讓你白教我功夫？」

無心道長反倒一楞，道：「你說你這盤棋還沒有贏？」

沈玉門道：「怎麼贏？我盤面上已經少了一顆子，能夠逼和已經不錯了。」

無心道長這才鬆開緊抓著他的手，仔細朝棋盤上看了看，道：「嗯，看起來真的好像和了。」

沈玉門邊甩著手腕，邊道：「什麼好像和了？和棋早成定局，除非你故意放水。」

無心道長哈哈一笑，道：「和棋我更要教，你這種身體能夠下出這麼漂亮的棋已經不容易了，和了也算你贏。」

水仙大喜過望著道：「少爺，你還不趕快謝謝道長。」

沈玉門道：「我為什麼要謝？我是絞盡腦汁才贏來的。」

無心道長忙道：「對，對，你根本就不必謝我……」

他一面說著，一面已將盤上的石子撥開，道：「來！咱們再下一盤，內功你已經贏到手了，這次你想贏什麼？你說！」

沈玉門道：「有內功一樣就夠了，其他的……等以後再說吧！」

無心道長急忙拾起杜雲娘遺留下來的那柄劍，在手上比劃了兩招，道：「我的劍法在武林中可是出了名的，你想不想學？」

沈玉門搖著頭，道：「不想，我使刀使慣了，學劍幹什麼？」

無心道長陡將劍身一轉，重又抓住那柄劍的劍鋒，抖動著道：「我教你一套拳法如何？我這套拳法是從『虎鶴雙形』裡變化出來的，招式玄妙無比，我方才使的那招『仙鶴啣針』，就是其中的一式。」

水仙在旁邊聽得眼睛都已發亮，沈玉門卻依舊興味索然道：「這種招式太危險了，我不要學。」

無心道長無可奈何道：「那你想學什麼？你自己選好了。」

沈玉門道：「我什麼都不想學，只想先睡一覺。」

無心道長呆了呆，道：「你的意思是說，你只下一盤就不想再下了？」

沈玉門道：「並不是不想，而是太累了，實在沒有精神下。」

無心道長急形於色道：「那怎麼行？你至少也得陪我再下一盤。」

沈玉門道：「等我睡醒了再陪你下還不是一樣？」

水仙忙道：「對，道長也正好趁這機會多休息一下，兩個人都有精神，下起來才有意思。」

石寶山也急忙道：「而且此地也不宜久留，九尾狐狸既已露面，陳士元極可能也在附近。為了安全起見，咱們最好還是早點進城為妙。」

無心道長猛將手上的劍往地上一摔，喝道：「好吧！你們統統給我滾開，滾得愈遠愈好。」

石寶山驚道：「道長這是幹什麼？」

無心道長沒好氣道：「不幹什麼！我現在要傳他內功心法，你們圍在旁邊，是不是想偷學？」

眾人一聽，全都遠遠的避開，甚至連臉都轉了過去。

沈玉門咳了咳，道：「道長要傳我功夫，也不必如此匆忙，等我傷勢痊癒之後再傳也不遲。」

無心道長冷冷道：「你不是想睡覺嗎？」

沈玉門道：「是……是啊！」

無心道長道：「我這套內功，就是睡覺的功夫，你學會了我的心法，既不必打坐，也無須運功，只在睡夢中練習就行了，一點都不吃力。」

沈玉門一怔，道：「有那麼簡單的功夫？」

無心道長道：「雖然簡單，卻十分有效，你學會之後，保證再也不會喊累，而且對你傷勢的復原，也極有幫助。」

沈玉門半信半疑道：「真的？」

無心道長手指朝他勾了勾，道：「附耳來，是真是假，一覺即知分曉。」

×　×　×

沈玉門一覺醒來，精神果然旺盛多了。

窗外陽光普照，水仙的臉色也顯得格外晴朗，一進門便笑吟吟道：「少爺覺得怎麼樣？」

沈玉門道：「嗯，這老道的功夫好像還真有點管用。」

水仙道：「那當然，無心道長是武林的奇才，他創出來的功夫，還錯得了嗎？」

她一面說，一面將一塊方形木板和一隻錦盒擺在桌子上。

沈玉門訝然道：「那是什麼？」

水仙道：「圍棋呀！我是特地跑到周五爺家裡借來的。」

沈玉門神色一變，道：「妳借這個東西來幹什麼？趕快還回去！」

水仙愕然道：「你……你不是約好要和無心道長下棋嗎？」

沈玉門道：「我幾時說要跟他下棋？我的圍棋弱得很，根本吃不住他。」

水仙道：「誰說的？你的圍棋一向不錯，周五爺也算是江南的高手，去年他到金陵去的時候，你還跟他對過一局，難道你忘了？」

沈玉門氣急道：「水仙，妳是怎麼了？妳到現在難道還沒搞清楚我是誰？」

水仙不講話了，過了很久，才黯然道：「可是……你昨天不是還說曾經跟黃月天下過對手棋嗎？」

沈玉門道：「是有這麼回事。」

水仙道：「黃月天是江南第一名家，能夠跟他平下的人，不論輸贏，棋力都應該不會錯才對。」

沈玉門沉嘆一聲，道：「那是因為當時有楚星雲坐在我旁邊，如果單憑我個人的棋力，他讓我五子，我也未必是他的敵手。」

水仙蹙眉道：「楚星雲又是什麼人？」

沈玉門道：「這還用說，當然也是棋界的一名高手，他雖然出道不久，棋鋒卻銳利無比，依我估計，至少也可以高出號稱太湖第一名家的周五兩先。」

水仙稍許思索了一下，道：「你跟他的交情如何？」

沈玉門道：「妳說誰？」

水仙道：「楚星雲。」

沈玉門道：「還過得去，他每次到揚州，一定會來找我。」

水仙忽然道：「把他請來怎麼樣？」

沈玉門一怔，道：「只為了讓他幫我跟無心道長下棋？」

水仙點點頭道：「不錯。」

沈玉門苦笑道：「那未免太離譜了。」

水仙正色道：「少爺，你要搞清楚，無心道長可是武林的奇才，他能纏著你下棋，也算是有緣。這是千載難逢的機會，你可不能失之交臂啊！」
沈玉門又是一嘆，道：「但有件事，我也希望妳能先搞清楚。」
水仙道：「什麼事？」
沈玉門道：「楚星雲是我的朋友，不是沈二公子的朋友，萬一被他識破我的身分，豈不糟糕？」
水仙登時楞住了。
就在這時，秋海棠和紫丁香已端著漱洗用具走進來，無心道長的咳聲也到了門外。
水仙急忙把棋具往床上一塞，又趕著去挑開簾門，笑臉迎人道：「道長早。」
無心道長看也沒看她一眼，三步併作兩步的已衝到床前，緊緊張張道：「小伙子，你的精神怎麼樣？」
沈玉門翻身下床，道：「還好。」
無心道長打量著他，道：「什麼還好？你麼該說很好才對。你的氣色可比昨天好多了。」
沈玉門笑笑道：「道長是不是想下一盤？」
無心道長怔道：「今天可不能再下短命棋，至少也得來個三局決勝負。」
沈玉門痛痛快快的把頭一點，道：「好，三局就三局。」

無心道長才興高采烈的將目光轉到水仙的粉臉上，道：「我叫你們準備的棋呢？」

水仙笑嘻嘻道：「什麼棋？」

無心道長道：「當然是圍棋。」

水仙的臉孔馬上拉了下來，道：「道長，你就放我們少爺一馬吧！他這種身體，怎麼下圍棋？而且一下就是三盤，那不是要把他累壞了？」

無心道長瞪眼道：「連你們少爺都答應了，要你來多什麼嘴？」

沈玉門立刻道：「道長不要弄錯，我答應的是太祖棋，等太祖棋分出勝負之後，再談圍棋也不遲！」

無心道長猛一跺腳，道：「好，太祖棋就太祖棋。走！我們到外邊去。」

沈玉門忙道：「等一等，我還沒有洗臉。」

無心道長道：「有棋下還洗什麼臉？一切都等下完了棋再說。」說著，已將沈玉門拖出門外，邊走還邊在地上撿石子，直走到院落另一端，才在牆角下的一處僻靜地方蹲了下來。

這時，「絕命十八騎」都已起床，正在院中演練刀法，一看無心道長蹲在地上畫棋盤，便都收刀紛紛圍了上去。

石寶山也已聞聲奔出，匆匆走到沈玉門旁邊，道：「屬下的房間已經收拾好了，二公子要陪道長下棋，何不到房裡去下？」

沒等沈玉門開口，無心道長便已擺手道：「在這裡下多舒服，在房裡悶也悶死了。」

石寶山急道：「可是這裡進進出出的人頭太雜了，總是不太安全。」

無心道長道：「你不是說這間客棧是自己人開的嗎？」

石寶山道：「沒錯，但老板雖然是自己人，客人卻不是。這麼多客人裡，誰也不能擔保裡邊沒有一兩個青衣樓的眼線。」

說話間，沈玉門忽然提起了一顆子。

無心道長立刻瞪起眼睛，喝道：「你看，都是你！你看就閉嘴，不看就抬腿。你再敢在這兒囉嗦，我可要把教你的那幾招追回來了。」

石寶山再也不敢多說，悵然擠出人堆，神色充滿了不安。

就在這時，房裡霍然響出一聲嬌喝，一聽就知道是水仙的聲音。緊跟著兵刃交鳴之聲傳了出來，顯然是已有人摸進了房中。

石寶山大吃一驚，反手拔出鋼刀，慌不迭的站在人堆前面。

「絕命十八騎」的弟兄也不約而同的轉身站起，排成了一道人牆，剛好將沈玉門和無心道長擋在後面。

只聽「砰」的一聲巨響，緊閉著的窗戶陡地被人撞碎，但見兩名手持雙刀的黑衣人自房中竄出，神情雖然略顯狼狽，身法卻極美妙，凌空雙刀一挽，已同時穩穩的落在地上。

秋海棠和紫丁香尾隨而出，揮舞著鋼刀就朝那兩名黑衣人衝了過去。

水仙急忙喊了聲：「回來！」硬將兩人喚回窗前，自己卻在窗裡動也不動，只凝視著正對窗口的客棧大門。

石寶山一瞧兩名黑衣人手中那四把漆黑的刀，立刻道：「腥風血雨四把刀，恩怨情仇一筆消，兩位莫非是人稱『血雨連環刀』的秦氏昆仲？」

那兩人只哼了一聲，沒有正面作答。

盧九卻在一旁道：「不錯，這兩人正是青衣第一樓座下的秦氏弟兄，那四把刀的招式兇狠無比，石兄可要特別當心。」

石寶山笑笑道：「『血雨連環刀』倒不足為懼，可怕的是後面那個人。」

盧九嚥了口唾沫，道：「石兄指的可是陳士元？」

石寶山點頭，道：「馬前卒既已現身，主人也該到露面的時候了……」

話猶未了，水仙已尖聲喝道：「來了！」

但見大門一暗，幾名黑衣大漢已先擁入，隨後是一個體型修長的老者昂首疾步的走了進來。

那老者鬚髮銀白，面容清瘦，眉目間卻自然洋溢著一股肅殺之氣，令人不寒而慄，縱然沒有見過他的人，此刻也不難猜出這人正是青衣樓的總舵主陳士元。

跟在他身後的，左邊的是「九尾狐狸」杜雲娘，右邊是個神情剽悍的年輕人，那人手上捧著一柄細長的鋼刀，只看那柄刀的長度，便知是陳士元賴以雄霸武林的那口「胭脂寶刀」。

陳士元旁若無人的在秦氏兄弟面前一站，冷冷道：「人呢？」

秦氏兄弟同時搖頭。

陳士元目光炯炯的環視眾人一眼，最後終於停在石寶山臉上，道：「你……就是那個石寶山？」

石寶山淡淡道：「在下正是石某，不知陳總舵主有何指教？」

陳士元厲聲道：「說！你們把沈玉門藏在哪裡？」

石寶山嘿嘿一笑道：「陳總舵主倒也真會開玩笑，在下是沈府的總管，不是你青衣樓的嘍囉，就算我知道他在哪裡，也不會告訴你。」

陳士元冷冷道：「你既然這麼說，那你可不能怪我以大欺小了。」說著，已一步一步朝那人牆逼了過去。

石寶山橫刀以待，「絕命十八騎」的弟兄也個個金刀出鞘。

就在陳士元即將出手之際，窗裡的水仙忽然喊道：「等一等，他不說我說。」

陳士元停步回首道：「那女人是誰？」

杜雲娘急忙湊上前，道：「八成是那小子房裡的丫頭水仙，聽說這丫頭詭詐得很，她的話不聽也罷。」

陳士元道：「管她是真是假，姑且聽聽再說。」

水仙立刻道：「我們少爺昨天就被武當的無心道長帶走了，你不信可以問問你旁邊的杜大娘。」

杜雲娘尖叫道：「妳胡扯什麼？我怎麼會知道？」

水仙道：「咦！妳昨天不是親眼看到我們少爺正在陪無心道長下棋嗎？」

杜雲娘道：「我是看到他們在下棋，可是我卻沒有看到那老道把那小子帶走啊！」

水仙嘆了口氣，道：「杜大娘，妳好糊塗，妳也不想想，像無心道長那種棋癡，好不容易碰上我們少爺這種強勁的對手，他還會輕易放人嗎？」

陳士元忽然冷笑一聲，道：「你少跟我胡說八道，那小子昨夜明明睡在這房裡，你當我不知道嗎？」

水仙道：「陳總舵主，這次你的消息可失靈了。跟你胡說八道的不是我，而是你那批耳目。昨夜睡在這間房裡的分明是我，他們竟然說是我們少爺，真是笑死人了……」

說到這裡，忽然抬手向秦氏兄弟一指，道：「好在這裡還有兩位活證人，方才他們闖進來的時候，我還睡在床上，不信你可以問問他們。」

秦氏兄弟居然同時點了點頭，讓人不得不信。

陳士元一時倒真怔住了。

誰知就在這時，遮在人牆後面的無心道長突然拍手怪叫道：「好小子，這回你可上當了，我看你這顆子還朝哪裡跑……」

水仙臉色大變，慌不迭的縱出窗外。

陳士元卻聽得神情一振，頭也沒回便已一掌直向人牆揮了過去。但見石寶山等人個個衣著飄擺，腳下卻動也沒動。

陳士元這才回轉身形，獰笑著道：「難怪你們如此大膽，原來後面藏著高人！」

只聽無心道長嘻嘻哈哈應道：「不高，不高，比你可矮多了。」

他一面說著，一面已撥開眾人，道：「閃開、閃開，你們還擠在這裡幹什麼？想看高手下棋，也不能用屁股看啊！」

石寶山想也沒想，便已遠遠讓開，盧九等人也只有跟著退到一旁。

人牆一散，正在對棋苦思的沈玉門立刻顯現在距離陳士元僅僅兩丈開外的牆角下。

陳士元死盯了沈玉門一陣，才將目光轉到無心道長臉上，和顏悅色道：「道兄若想插手這件事，就未免太不划算了。」

無心道長嘴巴一歪，一副不以為然的樣子道：「我卻認為划算得不得了，你知道麼？圍棋的對手一抓一把，擔擔棋的對手可難找得很啊！」

陳士元臉色一冷，道：「這麼說，道兄是非蹚這場渾水不可了？」

無心道長抓著凌亂的頭髮，愁眉苦臉道：「老實說，我現在實在沒有心情跟你拚命，你也未必急著想跟我翻臉，對不對？」

陳士元道：「這倒是實情。」

無心道長忙道：「既然如此，你何不看在我的面上，乾脆放他一馬。」

陳士元猛一搖頭，道：「別的事還好商量，這件事道兄最好是免開尊口，這個人是我殺子的仇人，無論如何我也要他償命。」

無心道長眼睛一翻，道：「何必這麼小家子氣？你的兒子多得很，死一兩個有什麼關係？想當年你們青衣樓殘害武當弟子近百，我們又幾時叫你們償過命？」

陳士元冷笑道：「那是武林中的糾紛，怎麼可以與這件事混為一談？當年我們青衣樓的人死在武當劍下的也不在少數，我又何曾跑到武當去找你們算過賬？」

無心道長臉色一寒，道：「照你這麼說，只有你兒子的命才是命，其他人的命，在你心目中根本就算不了什麼，死了也是自找！」

陳士元冷冷道：「正是如此，要成大事，怎麼能顧惜人命！」

埋首棋前的沈玉門，這時忽然大叫一聲，道：「對！要想贏棋，何必顧惜一顆子？給你吃！」

無心道長嚇了一跳，道：「這盤棋，你還想贏？」

沈玉門道：「這是什麼話？我不想贏，窩在這裡幹什麼？」

他興奮起來，一副旁若無人的模樣，似乎根本就沒有發覺旁邊有這麼多人正想取他的性命。

不但無心道長和沈府的人驚得個個張口結舌，連陳士元也不禁皺起了眉頭，好像連他也搞不清楚眼前這年輕人究竟有多大道行。

無心道長楞了許久，才道：「好吧！你倒說說看，這盤棋你想怎麼贏？」

沈玉門笑笑道：「我根本就不必再想，已經贏定了。」

無心道長不得不將目光轉到棋盤上，道：「有這種事？」

沈玉門指點著棋盤，道：「道長請看，你這盤棋原來已占盡優勢，贏棋已是遲早的事，只因你不知戒之不殺，一味只知吃子，結果就因為這手棋，把大好的局面毀於一旦。老實說，我實在有點替你可惜。」

無心道長忽然長嘆一聲，抬起頭來，凝視著陳士元那張充滿殺氣的臉孔，道：「陳老弟，你聽到了吧？人生就如棋局，一著失誤，滿盤皆輸。以你的武學才智，領袖武林本非難事，只可惜你暴戾之氣太重，不知以慈愛待人，長此下去，你的下場一定會比這局棋還慘，但願你能趕快回頭，或許還能有善終……」

陳士元大喝道：「住口！」

無心道長道：「良藥苦口，忠言逆耳，聽不聽就在你了！」

陳士元道：「看來多言無益，咱們只有手下見真章了！」說完，已回手抓住了胭脂寶刀。寶刀出鞘，頓時閃出一道淡紅色的光芒。

水仙慌不迭地撲到沈玉門身旁，秋海棠和紫丁香也急忙橫刀擋在兩人面前，眉目間充滿了緊張之色。

陳士元卻看也不看她們一眼，只凝視著無心道長，道：「你的劍呢？」

無心道長道：「二十年前我就拿它換酒喝了。」

陳士元刀鋒閃動，杜雲娘的劍已被挑起，直向無心道長飛了過去。

只聽他冷冷道：「我要叫你死而無憾，趕快把壓箱的本事使出來吧！」

無心道長接劍在手，微微掂了掂，道：「這也算是劍嗎？」說著，手指輕輕在劍背上一彈，「叮」的一聲，劍刃竟然應指而斷。

沈府的人瞧得個個神情大振，陳士元卻只冷笑一聲，道：「想不到道兄的『彈指神功』也很有點火候，不過憑手掌是抵擋不住我這把刀的，我勸你還是趕快亮劍吧！」

無心道長滿臉無奈的望著一旁的水仙，道：「這傢伙恐怕還不知道我老人家這幾年的劍法也大有進境，否則他絕對不敢如此囂張。」

水仙忙道：「是啊！你老人家一向深藏不露，他怎麼會知道？」

無心道長嘆道：「看樣子，我老人家是非露兩手給他瞧瞧不可了。」

水仙道：「對，正好讓他開開眼界，也讓他知道人外有人，天外有天。」

陳士元冷冷笑道：「你們說完了沒有？」

無心道長道：「完了。」

水仙急忙道：「石總管，昨天撿到的那把劍，你有沒有收起來？」

石寶山道了聲：「有，我這就去拿。」轉身便朝房中走去。

紫丁香一旁喊道：「總管要快，萬一人家等得不耐煩，先殺道長一個措手不及，那就糟了。」

秋海棠立刻道：「那倒不至於，陳總舵主也是一派之尊，怎可能出爾反爾？」

陳士元冷笑道：「妳們放心，他手上沒有劍，我是絕對不會出刀的。」

說話間，石寶山已不慌不忙的走了出來，畢恭畢敬的將劍交在無心道長手裡。

無心道長又在劍鍔上輕輕彈了彈，道：「這柄劍雖非上品，倒也勉強可以使用，可比方才那柄好多了。」

他邊說邊揮劍走了過去，走到距離陳士元尚有一丈之地，便挺劍緩緩刺出，看上去一點都不像動手過招，倒有些像好友在磋商劍法。陳士元的刀卻其快無比，劍鋒還沒刺到，他已接連劈出三刀，刀勢凌厲之極。

無心道長步擺身搖，已將三刀避過。但見他身法飄忽，出劍更加緩慢，似乎是故意要讓陳士元看清楚他的招式一般。

雙方一快一慢，轉眼工夫已對了十幾回合。

突然，無心道長身形一矮，猛將疾砍而至的刀鋒一撥，劍尖直取陳士元小腹，動作雖然不快，招式卻極其險毒。

陳士元愕然收刀，縱回杜雲娘身旁，道：「這是什麼招式？」

杜雲娘低聲道：「總座小心，這老道好像在偷學你的刀法。」

無心道長嘻嘻笑道：「不錯，這一招正是從你們總座那招『拔草驚蛇』變化出來的，你看怎麼樣？在我手中使出來是否更有威力？」

杜雲娘哼了一聲，道：「差遠了，你這算什麼『拔草驚蛇』，只怕連蟲也驚不了。」

無心道長臉孔一板，道：「妳胡說！妳有沒有看清楚？要不要我再練一遍給妳看一看？」

杜雲娘道：「好，你就再練一遍給我看看。」

無心道長立即抬手道：「來，陳老弟，你就再砍我一刀試試，看究竟是你那一招高明，還是我這一招高明。」

陳士元不但沒有回絕，而且居然照著方才那一刀依樣畫葫蘆砍了出去。

無心道長的動作也跟先前如出一轍，將砍來的刀鋒一拔，隨劍就刺。

遠處的水仙已尖聲喝道：「道長當心他招裡有詐……」

喝聲未了，陳士元的刀勢陡然一變，只聽「叮」的一聲脆響，無心道長的劍已一折為二，同時陳士元的身形也疾如電掣般向蹲在牆角的沈玉門竄了過去。

無心道長大吃一驚，正想趕上去撲救，杜雲娘卻已揚拳而至，拚命將他纏住。

杜雲娘一動，其他的人也同時出手，秦氏弟兄分取相距不遠的石寶山和盧九，另外那幾名黑衣人也一起亮出兵刃，硬將「絕命十八騎」的弟兄們擋住。

刀長手快的陳士元，只用了三五招，便將水仙的鋼刀挑得脫手飛出，緊接著一式「拔草驚蛇」，撥開秋海棠和紫丁香的刀鋒，剎那間已到了沈玉門的身前。

沈玉門仍在全神貫注的望著棋盤，連頭都沒有抬一下。

陳士元稍許楞了一下，掄刀就砍。

就在淡紅的刀光即將沾在沈玉門冷汗淋淋的頸子的時候，水仙已然撲到，猛然拔出擺在一旁的那柄短刀，「噹」的一聲，正好將那片刀光擋住。

兩刀相觸，火星四濺。陳士元登時嚇了一跳，急忙倒縱而起，同時還把正在跟無心道長拚鬥中的杜雲娘一拎，一起落回兩人原來站立的地方。

其他的人也登時收刀罷手，每個人的目光都緊盯著陳士元那張冷冷的臉，誰也摸不清他為什麼會突然抽身。

陳士元只一聲不響的查看著自己的寶刀，過了很久，才道：「妳看到那把短刀了嗎？」

杜雲娘點頭道：「看到了，好像鋒利得很哪！」

陳士元道：「但不知是什麼來歷？」

杜雲娘沉吟道：「從外型看來，倒跟傳說中的『六月飛霜』有幾分相似。」

陳士元愕然道：「『六月飛霜』是峨嵋的鎮山之寶，據傳已失蹤多年，怎麼會在她的手上？」

杜雲娘囁嚅著道：「所以屬下也不敢確定，只說有幾分相似而已。」

陳士元道：「無論是不是那把東西，等一下都不要忘了把它帶走！」

杜雲娘忙道：「是。」

石寶山陡然哈哈大笑道：「陳總舵主，你也未免太目中無人了，你以為憑你們這幾個人，就能吃定我們嗎？」

陳士元看也沒看他一眼，只微微皺了皺眉頭，道：「他講什麼？」

杜雲娘即刻道：「他說咱們的人太少，吃不住他們。」

陳士元冷哼一聲，道：「再叫幾個人進來給他瞧瞧，也剛好趁這個機會把『金刀會』的這些人統統除掉。」

杜雲娘微微把頭一點，身後立刻響起了一聲呼哨，每個人都以為必定有人衝進來，可是過了半晌，竟沒有一絲回聲，也不見一個人影。
杜雲娘臉色大變，道：「怎麼搞的？外面那群人莫非都死光了？」
石寶山一旁接口道：「死是沒死，只不過一時難以脫身罷了。」
杜雲娘呆了呆，道：「原來你在外邊早有了佈置！」
石寶山面有得意之色，道：「那當然，有二公子在這裡，我還能不派人在外面防守嗎？」
杜雲娘道：「既然如此，方才我們進來的時候，你的手下為什麼不阻擋呢？」
石寶山笑笑道：「妳倒也真會說笑話！試想陳總舵主若想從這扇大門走進來，普天之下又有誰能阻擋得住？我石寶山不是傻瓜，叫手下白白送死的事，我是不會做的。」
杜雲娘不再吭聲，目光飛快的轉到陳士元臉上。
陳士元臉上忽然現出一股難得一見的笑容，道：「道上都說沈府的石總管是個人物，如今看來，果然不太簡單。」
石寶山駭然退到無心道長身旁，道：「陳總舵主莫非想先把我除掉？」
陳士元笑容不減道：「不錯，我想你也應該知道，我若想取你性命，普天之下也沒人可能擋得住，手上沒有劍的無心道兄也救不了你。」
石寶山急忙喊道：「快，快替道長把劍找來！」

陳士元悠悠笑道：「要找就多找幾把，一把恐怕救不了你的命。」

無心道長立刻點頭，道：「對，一把好像不夠，至少也得找個三五把來！」

杜雲娘聽得不禁失聲而笑，水仙等人卻不約而同的皺起了眉頭，每張臉上都出現焦急之色。

在這種時刻，莫說找三五把，就算想找一把，也不是一件容易的事，誰知話剛說完，房中已有人應道：「道長接劍！」

但見青光閃動，一把長劍已自房門拋出，柄前刃後，緩緩地向無心道長站立的方向飛去。

無心道長大喜過望，正想縱起抄劍，卻被身旁的石寶山緊緊拉住。

杜雲娘卻趁機一躍而起，剛好將那柄劍撈在手裡。

無心道長狠狠地將石寶山的手甩開，頓足道：「在這種要命的時候，你拉住我幹什麼？」

石寶山道：「就是因為要命，我才不得不把你老人家拖住。你老人家走了，我怎麼辦？」

無心道長嘆道：「劍已經被那狐狸精搶走，我就算不離開你，也救不了你的命了。」

石寶山居然笑了笑，一副有恃無恐的樣子道：「你老人家要劍有的是，何必跟人家搶？」
無心道長一怔，道：「劍在哪裡？」
就在這時，陡然人影一閃，一個商賈打扮的人已衝到無心道長面前，同時一柄利劍也已遞到他手中。
只見那人衣著考究，體型肥胖，怎麼看都不像個武林人物，但他的動作卻快得有如鬼魅一般，不僅無心道長瞧得目瞪口呆，連陳士元也不禁霍然動容，道：「這人是誰？」
杜雲娘翻動著眼睛正在思索，那人已笑呵呵道：「陳大老板真是貴人多忘，八年之前你還照顧過我的生意，至今賬還沒結，怎麼就裝著不認識我了，莫非你想把這筆賬賴掉？」
陳士元恍然道：「哦，我想起來了，你是胡仙！」
杜雲娘緊接道：「不錯，這人正是胡大仙，他除了輕功之外，其他的本事有限得很，把他交給我就行了。」
胡仙緩緩地摸著頭，道：「杜大娘，不是我給妳洩氣，憑妳老人家這把年紀，只怕已迷不死我，我看還是換個年輕的來吧！」
杜雲娘大喝一聲，道：「姓胡的，你是在找死！」呼喝聲中，人已飛撲而上，一劍刺了出去。

旁邊的無心道長嚇了一跳，胡仙卻挺著肚子站在那裡動也沒動。
突然「噹」的一聲，劍鋒尚未刺到，長劍竟已脫手掉在地上，杜雲娘也駭然退回原處，尖叫道：「不好，我好像中了毒？」
陳士元愕然道：「妳是說他在劍上做了手腳？」
沒容杜雲娘接腔，胡仙已叫起來，道：「胡說，我這兩把劍是剛剛才從唐大掌櫃的手中買過來的，他曾親口答應過我不在劍上搞花樣，怎麼可能在上面施毒？」
杜雲娘大驚道：「什麼？唐大先生也來了？」
胡仙道：「是啊！他就住在後街的那間客棧裡，難道你們還不知道嗎？」
陳士元忽然冷笑一聲，道：「難怪我的手下被人擋住，原來是唐老大在外邊！」
胡仙忙道：「錯了，唐大掌櫃生意比你做得小，絕對不敢得罪你大老板。他賣給我這兩把劍也只是因為缺少盤纏，一點都沒有跟你為難的意思。」
陳士元道：「這話是他告訴你的？」
胡仙連忙點頭道：「不錯，他告訴我這些話，就是想讓我轉告給你……還有，他為了怕惹你懷疑，直到現在還窩在客棧裡，不信你可以過去看看。」
陳士元垂首沉吟道：「那就怪了！如果不是他，還有誰能把我的人擋住？」
胡仙道：「那我就不知道了。」
石寶山突然道：「我知道，只是我現在還不想告訴你。」

陳士元嘿嘿一陣陰笑，道：「最好在你的腦袋落地之前趕快告訴我，否則你就永遠沒有機會開口了……」

說著，人已欺身飄到無心道長面前，舉起寶刀就砍。

無心道長撤步出劍，劍身一抖，已將砍來的刀鋒撥開，撩劍就想反擊。

可是陳士元卻早已借著那一撥之勢，連人帶刀直朝石寶山撲過去。

石寶山也非弱者，急忙揮刀應戰，一旁的盧九和胡仙也刀掌齊出，同時無心道長仗劍尾隨而至，每個人都搶攻其必救，硬想把他的攻勢阻住。

但陳士元不僅身法矯若遊龍，令人難以沾身，刀勢也銳不可擋，雖然以一敵四，那片淡紅色的刀光仍不時在石寶山的要害上打轉。

石寶山邊戰邊退，突然「鏘」的一聲，手中的鋼刀竟然齊根而斷，盧九也剛好一刀落空，前撲的身形恰巧將無心道長和胡仙的掌劍擋住，而陳士元的刀鋒也在這一剎間劈到了他的面前。

沈府的人和「絕命十八騎」的弟兄全部嚇得驚叫起來，都以為石寶山完了。

誰知就在他閉目等死之際，陡然破空聲起，陳士元劈下的刀鋒猛的一震，竟被一股巨大的力道撞開，緊跟著「嘩啦」一聲，幾十顆圓球登時滾落一地，原來撞在刀鋒上的竟是一串佛珠。

滾動的佛珠停了下來，石寶山和盧、胡三人也已躲到無心道長身後。

陳士元也不追擊，只回首大聲喝道：「什麼人？」

只聽門口有聲音道：「阿彌陀佛！多年不見，施主的刀法更加神奇了，當真令人佩服得很！」

眾人這才發覺門裡忽然多了五名身披袈裟的僧人。

陳士元微微怔了一下，陡然昂首哈哈一笑，道：「我當什麼人有如此深厚的功力，原來是大智方丈到了。」

那五名僧人中一個年紀最長、手持禪杖的人道：「不敢，方才老衲救人心切，貿然出手，尚請施主莫要見怪才是。」

這人氣度恢宏，語音宏亮，顯然正是少林當今的掌門大智。

無心道長一見他出現，似乎比陳士元還要緊張，急急忙忙道：「你……你跑來幹什麼？」

大智方丈淡然一笑，道：「聽說道兄在這裡落腳，我能不趕過來看看嗎？」

無心道長大叫道：「你少跟我胡扯，你是為什麼來的，你當我不知道嗎？」

大智方丈聽得不禁一楞。

無心道長揮手道：「你趕快走！老實說，你肚子裡那點東西並不見得高明，這裡有我就夠了，根本用不著你來插手。」

大智方丈笑了笑，突然臉色一整，雙手合十道：「出家人不打誑語，方才我不過是跟道兄開句玩笑，實不相瞞，我是接獲石總管的傳書相召，才特地趕來的。在事情弄清楚之前，是不能走的。」

無心道長瞪著石寶山，道：「原來又是你搞的鬼！」

石寶山咳了咳，道：「道長言重了，少林和沈府的交情一向深厚，晚輩既知幾位大師駕到，急謀一晤也是人之常情，怎麼能說是搞鬼？」

大智方丈也立即道：「石總管說得不錯，沈府與敝派間的關係的確非比尋常，老衲這次便是聞說二公子有難才匆匆下山，即使石總管未派人相邀，老衲等還是要趕過來的。」

陳士元忽然淡淡道：「只可惜你的消息遲了一步，就算趕來也已於事無補了。」

大智方丈一怔，道：「這話怎麼說？」

陳士元道：「沈玉門早在半個月前便已死在我的刀下，難道方丈沒有聽人說過嗎？」

大智方丈忙向蹲在牆邊的沈玉門瞄了一眼，道：「是有這麼一說，不過傳言終歸不可靠，沈二公子至今不是還活得滿好的嗎？」

陳士元道：「如果你認為這個人是沈玉門本人，你就錯了，這人只不過是他們找來的替身而已。」

大智方丈又匆匆朝沈玉門看了看，灑然一笑道：「施主倒也真會危言聳聽，老衲曾經見過沈二公子多次，如果他是假的，絕對瞞不過老衲的眼睛，這人顯然是沈二公子本人無疑。」

陳士元冷冷道：「他瞞得過你們，卻瞞不過我。當時我那一刀雖然沒有將他開膛破腹，卻也深及五臟，斷無起死回生之理，怎麼還可能像沒事人兒般的蹲在那裡下棋？」

大智方丈楞住了。

一旁的杜雲娘也捧著中毒的手，呻吟著道：「對，昨天我就覺得這小子有點不太對勁，原來只是個替身，那就難怪了。」

無心道長卻皺眉頭道：「不可能啊！除了沈二公子之外，還有誰能有如此巧妙的刀法？還有誰能有如此高超的棋力？」

石寶山也忍不住回望了沈玉門一眼，笑道：「陳總教主既然認為我們二公子只不過是個替身，又何必跑來趕盡殺絕呢？」

水仙急忙接道：「是啊！這個人既然不是我們少爺，自然也就跟你毫無恩怨，你又何必非置他於死地不可呢？」

陳士元道：「我不過是好奇心重，趕來看看究竟而已……」說到這裡，目光忽然落在無心道長臉上，道：「道兄方才好像說他還懂得刀法？」

無心道長道：「懂，而且還高明得很。」

陳士元沉吟道：「那就怪了……」說著，眼睛又移到水仙臉上，道：「妳能不能告訴我這個人是從哪裡找來的？他究竟是什麼來歷？」

水仙笑盈盈道：「你真想知道？」

陳士元道：「我就是想知道，所以才問妳。」

水仙一副欲言又止的樣子，道：「算了，我說了你也不會相信，還是不說的好。」

陳士元忙道：「妳說！我相信就是了。」

水仙又躊躇了片刻，才道：「你聽說過揚州小孟這個人嗎？」

陳士元想了想，搖頭。

杜雲娘卻呻吟道：「我聽過，不過揚州小孟並非武林中人，只是個小廚師而已。」

久未開口的沈玉門突然叫道：「不是小廚師，是大廚師！」

水仙忙道：「不錯，那位揚州小孟的確稱得上大廚師，他的菜做得高明得不得了……比號稱『江南第一名廚』的杜老刀還要高明幾分。」

陳士元道：「好吧！就算他是天下一品的大廚師又怎麼樣？跟這個人又有什麼關係？」

水仙摸著鼻子，道：「這個人就是揚州小孟，你相不相信？」

此言一出，登時引起一陣暴笑。秋海棠和紫丁香更是笑得前仰後翻，幾次都差點摔在沈玉門身上。

陳士元陡然狠狠地把「胭脂寶刀」往刀鞘裡一插，回頭就走，杜雪娘和秦氏兄弟等人也匆匆跟了出去。

但院中所有的人仍然大笑不止，連那幾位方丈高人也都笑得合不攏嘴巴，似乎沒有一個人相信這是事實，每個人都把這件事當成了一個笑話，一個天大的笑話。

請續看于東樓《短刀行》（下）孤刃

于東樓武俠經典珍藏版

短刀行（上）豪門

作者：于東樓
發行人：陳曉林
出版所：風雲時代出版股份有限公司
地址：10576台北市民生東路五段178號7樓之3
電話：(02) 2756-0949
傳真：(02) 2765-3799
執行主編：朱墨菲
美術設計：許惠芳
業務總監：張瑋鳳
出版日期：2024年12月珍藏版一刷
版權授權：于東樓
ISBN：978-626-7510-15-5
風雲書網：http://www.eastbooks.com.tw
官方部落格：http://eastbooks.pixnet.net/blog
Facebook：http://www.facebook.com/h7560949
E-mail：h7560949@ms15.hinet.net
劃撥帳號：12043291
戶名：風雲時代出版股份有限公司

風雲發行所：33373桃園市龜山區公西村2鄰復興街304巷96號
電話：(03) 318-1378　　傳真：(03) 318-1378
法律顧問：永然法律事務所 李永然律師
　　　　　北辰著作權事務所 蕭雄淋律師

行政院新聞局局版台業字第3595號 營利事業統一編號22759935

定價：340元　

國家圖書館出版品預行編目資料

短刀行／于東樓 著. -- 初版 -- 臺北市：風雲時代出版股份有限公司，2024.12- 冊；公分（于東樓武俠經典珍藏版）

ISBN：978-626-7510-15-5（上冊：平裝）
ISBN：978-626-7510-16-2（下冊：平裝）

863.57　　113013973